忍辱负重

木木◎著

国文出版社

· 北京 ·

图书在版编目（CIP）数据

忍辱负重／木木著 .－－ 北京：国文出版社，2025.
ISBN 978-7-5125-1943-5

Ⅰ．I247.5

中国国家版本馆 CIP 数据核字第 20252HW007 号

忍辱负重

作　　者	木　木
责任编辑	杨婷婷
责任校对	于慧晶
出版发行	国文出版社
经　　销	全国新华书店
印　　刷	北京文昌阁彩色印刷有限责任公司
开　　本	880 毫米×1230 毫米　　　　32 开
	10 印张　　　　　　　　　　216 千字
版　　次	2025 年 6 月第 1 版
	2025 年 6 月第 1 次印刷
书　　号	ISBN 978-7-5125-1943-5
定　　价	69.80 元

国文出版社
北京市朝阳区东土城路乙 9 号　　　　邮编：100013
总编室：（010）64270995　　　　传真：（010）64270995
销售热线：（010）64271187
传真：（010）64271187-800
E-mail：icpc@95777.sina.net

谨以此书献给曾被腐败分子诬告陷害
仍忍辱负重前行的刑侦战线的勇士们！

目录

楔子

平原市^①是著名古都、旅游胜地，历史文化底蕴厚重，名胜古迹，数不胜数。水席更是平原一绝，美味佳肴，引来无数食客垂涎欲滴。

邙山历来是帝王将相、文人雅士、商贾巨富百年之后回归自然的首选宝地，古有"生于苏杭，葬于邙山"之说。

北方的山，多为石头山，石头多土壤少。邙山却独树一帜，与众山不同。邙山南面黄河，西依洛水，是厚土山，土厚水浅，适合墓葬。

唐朝诗人王建曾经写道：

> 北邙山头少闲土，尽是洛阳人旧墓。
>
> 旧墓人家归葬多，堆著黄金无买处。
>
> 天涯悠悠葬日促，冈坂崎岖不停毂。
>
> 高张素幕绕铭旌，夜唱挽歌山下宿。
>
> 洛阳城北复城东，魂车祖马长相逢。
>
> 车辙广若长安路，蒿草少于松柏树。
>
> 涧底盘陀石渐稀，尽向坟前作羊虎。
>
> 谁家石碑文字灭，后人重取书年月。
>
> 朝朝车马送葬回，还起大宅与高台。

---

① 平原市为小说虚构地名。

而今，平原市的厚土之下仍埋藏着千年的故事。当代的平原市，山清水秀，人杰地灵，仍然是个有故事的地方。无论是地上的故事，还是地下的故事，连续十天半个月也讲不完。

有友人作诗为证：

> 平原刑警故事多，一讲就是十年歌。
> 莫道人间无净土，冰心一片镇风波。
> ……

上部

第一章　初出茅庐

江岳出生于黄河边上，打小在黄河水里捉鱼摸虾，游泳嬉戏，有"浪里白条"①之美誉，村里人无不称其为水中高手。高中毕业后，他于一九八一年如愿以偿地考入黄河省②人民警察学校公安专业。

初入警校的他，一双黑布鞋、一身黑色衣服、一个杨树箱子、一床红花被子就是他的全部家当。他家来自农村，父母务农为生，仅靠五亩薄田维持生计。他下有弟妹，自幼深知父母的艰辛和不易。黄河省人民警察学校的校址在郑市。父亲给他三张面值五元的人民币，买火车票花了七点五元，剩下一半。

在郑市火车站下车后，天尚未放亮，仍然是满天繁星。从未出过远门的他，单枪匹马地站在车站广场上左顾右盼，耐心等待警校的迎新车辆，等待着师哥师姐来接他。

突然，一声凄厉的哭喊声传入他的耳朵。顺着哭声望去，一个十五六岁的青春少女，一边哭，一边朝他跑来。发生了什么？他丈二和尚摸不着头脑。

---

①　"浪里白条"是《水浒传》中张顺的绰号，此处引申为"水中高手"。
②　黄河省为小说虚构行政区。

"我的钱被扒手扒了，现在回不去了，哥哥，你帮帮我！"少女对他哭诉道。

他一时半会儿不知如何是好，愣在那儿。

"哥哥帮帮我……"少女越哭越伤心，实在令人同情。

他摸了摸手心里仅有的三张纸币，一张五元、一张二元、一张五角，心里面如十五个吊桶打水——七上八下。

少女见他有所迟疑，哭得更加伤心了，简直撕心裂肺。

他心想：只剩手里这点钱了，这可是一个学期的生活费用啊！给还是不给？给的话，给多少？五元实在有点多了，五角又少了，那就给两元吧。于是，他掏出两元钱放在她手心。

只见她接过钱，二话不说，转身就走，消失在茫茫人海中。

过了一会儿，不远处再次传来少女悲催的声音。

江岳顿时明白自己上当受骗了。那少女就是一个乞讨骗钱的女骗子。他真是哑巴吃黄连——有苦说不出。

警校生活是快乐而艰辛的。学校给学生每月二十八斤大米、二十二元伙食费，包吃包住。可是，每餐三两大米，对于正处在长身体时期的江岳来说，常常吃了上顿望下顿。仅有的那双布鞋，运动时不能穿，他只好买了一双解放鞋。

幸亏学校有奖学金，凡是期中和期末考试各科成绩在九十五分以上的，给予奖学金八十元。于是，同学们上街遛弯，他学习；节假日他也在教室，从不松懈。皇天不负有心人，他终于拿到了一百六十元的奖学金。这对于江岳来说，无异于天文数字，一百六十元解决了所有问题。两年共四个学期的奖学金六百四十元，他全部获得。从此，他不仅再没有给父母增加过负担，还给弟弟妹妹各买了一件衣服。

两年警校青葱岁月转瞬即逝。同学们满腔热血，跃跃欲试，纷纷奔赴各自的工作岗位。

江岳回到了生他养他的家乡——伊水县。

当时正值一九八三年全国声势浩大的严厉打击刑事犯罪分子的第一次"严打"专项斗争时期。科班出身的他，敏锐地感受到自己有了大显身手的舞台。

"一炮打响"

八月十三日，江岳到县公安局报到。十四日，他就参加了伊水县第一次严厉打击刑事犯罪活动的誓师大会。

大庙口，地处伊水县的西南角，与河北全县的文桥、干卢、调元相邻。舜帝"南巡"，途经大庙口，娥皇、女英二妃不远万里寻夫至此，感人肺腑，催人泪下。后人为纪念舜帝孝德，就在此修建了一座大庙。大庙建在舜皇山入口处，大庙口因此而得名。

杨江河从全县天湖顺势而下，流经大坳、小坳，出舜皇工区，过陈家村，一路狂泻而下。千万年河水冲刷的石头，千姿百态。耸立河中的磐石，岿然不动，四角无棱，圆圆胖胖。堆积如山的大小各异的鹅卵石，有如气球挤满河心。奔腾不息的河水穿石而过，发出雷鸣般的轰鸣声，震耳欲聋，山鸣谷应，蔚为壮观。只可惜，如今这无弦的千年流水古琴，再也弹不出万古琴声了。人们引水发电，筑坝漂流，炸毁河中巨石，打造人文景观，已彻底毁坏了杨江河的原始风貌。河水干涸，巨石暴晒，爆然开裂。石靠水养，水靠石冲，浑然天成、相映成趣的美景一去不复返了，子孙后代再也见不到这壮观场景了。这简直是杀鸡取卵，竭泽而渔，吃子孙饭，赚后代钱啊！

"报告！"江岳来到胡所长办公室门前大声说道。

"小江来了！欢迎！欢迎！"胡所长站起身和江岳握手。

胡所长身躯高大单薄，已经有点含胸了。无情的岁月在他长长的脸上留下沧桑的痕迹，高高的鼻梁呈黄褐色，一双小眼睛炯炯有神。他说起话来温文尔雅，嗓子略带沙哑，声音带有磁性，看上去五十四五岁的他是一位有着三十五年警龄的老警察，也是德高望重的老所长。

"所里目前共有六名干警，两名联防队员，管辖大庙、塘夫、白沙、紫云三乡一镇，户籍人口四万五千六百三十六人，社会治安最复杂、最混乱、最差劲的是塘夫……"胡所长耐心地向江岳介绍着，"派出所目前没有住处，你先在大庙供销社旅社暂时安顿下来。明天一早，随村民们到紫云塘旁边去挑山蛙……"

第二天，天还没亮，联防队员小邓就来敲门："吃碗米粉就出发！"

江岳来到大庙派出所之前，小邓就已经准备好了一担箩筐。江岳挑起箩筐，跟在队伍的后面。

挑山蛙的人足足有二十人，队伍蜿蜒曲折地行走在山间小道上，宛如一字长蛇阵。

山里风大，湿气重，小路两旁草尖、叶尖上满是露珠。真是打湿你的裤腿、弄湿你的鞋袜没商量。可山民们一路上欢声笑语，还时不时讲一些幽默风趣的段子，逗得大家大笑不止。

江岳从未听说过挑山蛙。世上只有捉蛙，哪有挑蛙，真是奇了怪了。他带着疑问，一路缓缓前行。

山蛙是两栖动物，常年生长在深山老林，以蚱蜢、螳螂和小虫为食，肚小腿长，个头不大，全身长十厘米到十五厘米，腿长占身长的三分之二，每只重二到三两，两条细细的长腿，肌肉发达，皮肤呈褐黄色，长长的双腿一蹦就有一两米高，四五米远，它肉质鲜嫩，味美可口，可做汤，可红烧，可腌制，是人间美味佳肴，上等的山珍。重阳节前后，成群结队的山蛙走出深山密林，来到已经收割的稻田里，交媾繁殖后代，因此，山蛙又名重阳蛙。

大家来到塘旁边村，已是中午时分。只见满田的山蛙"咕咕咕"直叫，长的短的，大的小的，黄压压的一片……

江岳还是第一次见到如此奇特壮观的场景。

村民们告诉他："这时的山蛙是不怕人的。既不怕人，也不逃跑。你尽管选大个的捡就是，小的不要捡，留待来年长大再说。你能挑多少就捡多少。"

江岳脱掉鞋子，卷起裤腿，来到山蛙中间。果不其然，山蛙尽情交配，享受传宗接代的乐趣，根本不把人放在眼里。于是，他专挑大个的捡。一会儿工夫，他就捡了四五十斤。箩筐里面的山蛙"咕咕咕"直叫，簇拥着叫个不停，那一蹦一跳两三米高的功夫，不知道跑到哪里去了。

他回到所里时，已经月上柳梢头。可往返数十公里的山路，五十斤重的担子，已压得江岳全身酸痛，双肩磨得红扑扑的，双腿有如灌了铅似的不听使唤。他已疲惫不堪，便早早进入了梦乡。

"咚咚！咚咚！"

一阵阵急促的敲门声将江岳惊醒。他睁开眼睛一看，已经日上三竿，太阳晒屁股了。

　　"小江，胡所长叫你快点到所里去，有急事。"联防队员小邓说。

　　"好的，我马上就到。"

　　派出所距供销社旅社仅一河之隔，相距不到两百米。

　　江岳急匆匆赶到所里。只见一个四十二三岁的中年男子正在派出所值班室来回踱步，焦躁不安，满脸的无奈，口中喃喃自语："这可怎么办？这可怎么办啊？这是我们全家的命啊！没有了牛，田怎么耕种呀……"

　　原来，昨天晚上，他们家的一头耕牛被盗了。

　　胡所长正在办公室等着江岳，见他推门进来，便安排道："他是大庙镇早禾田村的，他家一头水字牛，昨天晚上被盗了，价值一千五百余元。所里没有其他人了，你和小邓去吧！争取一炮打响啊。"

　　当时，盗窃案件的刑事立案标准是：农村被盗现金二十五元、被盗物资价值二十五元，城市被盗现金五十元、被盗物资价值五十元，立为一般刑事案件；被盗现金、物资价值二百五十元，即为重大刑事案件；被盗现金、物资价值五百元，即为特别重大刑事案件。

　　由此推断，被盗现金、物资价值一千五百余元，是要判十五年以上有期徒刑的；被盗现金、物资价值一万元，则要判死刑。而这头牛，价值一千五百余元，绝对是特别重大刑事案件。

　　江岳迅速拿起黄色背包，与小邓、失主奔赴现场。

　　刚刚跨出派出所的大门，他又被胡所长叫住："你一个人去，我不放心，要注意安全啊！把我的配枪带上，以防万一。"胡所长当即卸下配枪，交给了江岳。

江岳接过配枪一看，原来是一支五一式手枪，五发子弹。他把枪系在腰间。

三人疾步如飞，火速赶路。

早禾田村背靠舜皇山，大黄公路从村后穿过。村前是大庙大田洞，一望无际，这里是伊水县三大产粮区之一。杨江河坝的右干渠，犹如一条巨龙卧于村前，水流急湍，波光粼粼，碧波荡漾。

一路上，江岳边走边向失主张良民了解耕牛被盗情况。

张家紧靠大黄公路，是一坐南向北、六排五间的红砖瓦房，牛栏在房子的西边。早上，他准备牵牛犁田时，发现牛栏门开着，牛不见了。他以为是牛打栏了，于是就到周边田间地头、山上山下找了个遍。结果什么都没有。他这才反应过来，一定是牛被盗了。于是，他赶到派出所报案。

来到张家，已是上午十点半。牛栏用四根杉木柱子撑起，是用冬茅秆子盖的茅屋，四周有一米五高的栅栏，现场没有发现任何有价值的痕迹物证。

江岳从警校毕业，还是第一次接触刑事案件，新媳妇上轿头一回。这是特别重大盗窃刑事案件，他顿时感到有如天狗吃月、老虎吃刺猬，无从下手。

从现场情况看，牛栏门有门闩，牛不会开门闩。如果牛打栏，牛栏门的门闩是不会开的，只有人才能打开门闩。由此可见，牛肯定是被盗了。被盗的是一头刚满三岁的黑色母牛，腹中孕有一头小牛，十一月份即将生产……

江岳冷静下来。他回想起老师的教导和书本上关于盗窃案件的侦破方法：一是要仔细勘查现场，尽可能地寻找发现提取痕迹物证；二是要控制销赃；三是要设卡查缉；四是要通缉通报……

他分析了一下这起案件，认为破案的关键是控制销赃，找到被盗耕牛。具体可分两步走：一是顺牛蹄足迹追踪，二是控制销赃。

管他三七二十一，先追再说。毕竟人比牛走得快，与其临渊羡鱼，不如退而结网，行动是最好的破案方法。

于是，他请小邓回所，向胡所长汇报现场勘查的情况和他的下一步工作安排。

接着，他便将黄色军用背包斜挎在肩上，开始和张良民顺着牛蹄足迹追踪。

张良民背了一袋熟红薯，以供路上充饥。这时，江岳的肚子已"咕噜咕噜"直叫。他这才想起尚未吃早餐，便顺手拿起一个黄心红薯，边走边大口大口地吃起来。

两人沿着牛栏出口的牛蹄足迹一路追踪，快步追到大黄乡村公路。

突然，不见了牛蹄足迹。于是，江岳让张良民沿大黄公路往东追，他自己往西追。

大黄公路是大庙镇到河北全县沙河镇的通省公路。因为涉及两省，资金匮乏，所以还是一条土茅路的乡村公路。路上坑坑洼洼，路旁杂草丛生，路中时不时地见到一两堆形似块状的牛粪。

江岳沿大黄公路往西追踪了一千五百米时，又发现了牛蹄痕迹，清晰可见。张良民往东追踪了两千米，没有发现牛蹄印，就往西跟上来了。两人又一同继续寻踪觅迹。

原来，狡猾的盗贼为防寻迹觅踪，牵着牛一踏上大黄公路，就掩盖了牛的蹄迹，以期让找牛的人失去方向，赢得逃跑的时间。

现在，追踪方向确定下来了，关键是要和时间赛跑。

时间已到下午三点半，机不可失，时不再来。从西路岭工区到鸭塘村，五千米的路只用了不到一小时，两人沿途一路小跑。

进入鸭塘村，公路两旁时不时地出现一些路边店——小卖部。

于是，两人一边追踪，一边沿途访问，看看昨天晚上有没有发现牵一头黑色水字牛经过门前的。他俩还告诉沿途村民，凡发现昨天晚上牵牛的人，提供线索破案的奖励现金一百元。

两人追出鸭塘村，太阳已经西斜，落日余晖洒满大地。

江岳下定了决心，不破此案，誓不罢休。他心想：失主一家老小七口人，耕种三十五亩沃田，全靠这头耕牛犁田打耙。如果失去了耕牛，明年春耕春种将无从下手，困难重重。如此一来，一家人的生计将会大打折扣。这怎能令人不急？一定要抓住盗贼，牵回被盗耕牛，以解村民心头之痛，一定要来一个开门红，一炮打响。

胡所长在出发前不是叮嘱要"一炮打响"吗？

江岳信心倍增。真是初生牛犊不怕虎，他此时心里只有一个字，那就是追！追！追！追！一追到底，直至将耕牛追回为止。

从鸭塘村追到日丰村，再到白石村，路越来越窄，山越来越陡，林越来越密。白旗村与全县干卢乡干山村接壤，两村之交就是两省之交。白旗村没有发现可供破案的有价值的线索，而牛蹄痕迹依然若隐若现。

追出白旗村，进入干山村，已是午夜时分。路上已有零星的牛贩子在牵牛赶路。

张良民上前一看，不是自家被盗的耕牛。

原来，牛贩子是到文桥牛圩去赶牛圩卖牛的。于是两人就与这个牛贩子一同前往文桥牛圩。

江岳决定在那里张网以待。

牙口定输赢

文桥牛圩赶二四八，沙河牛圩赶三六九。沙河牛圩远远大于文桥牛圩，是清朝江北的三大牛圩之一，市场覆盖了豫燕陕鄂四省区二十五个县市，满地耕牛，买的卖的，赶圩的，贩牛的，纷纷云集于此。

由于天黑已经看不清蹄印了，只能沿大黄公路摸黑走大路。穿过干卢，已是月朗星稀，远山显出灰蒙蒙的轮廓，东方露出了鱼肚白。

两人大步流星，终于赶到了文桥牛圩。

此时，天已大亮，圩场上已有四五十头牛，挤在狭长的圩场。水字牛、水古牛、黄牛、老牛、小牛……

"哞哞哞"的牛叫声，牛贩子的吆喝声，人声牛声混杂一片，热闹非凡，盛况空前。

江岳和老张转了一圈，没有发现要找的牛。

一夜追踪未眠，两人已是饥肠辘辘。于是，他俩来到圩场边的米粉店，一人买了一碗三两的米粉，另加两个鸡蛋。

二两一碗一角五分钱，多加一两多加五分钱，鸡蛋五分钱一个。两碗三两米粉，另加两个鸡蛋，共计五角钱。闻着卤香，看着卤粉，垂涎欲滴，五片卤肉、十粒花生米盖在粉上，再加一点小米椒，那个叫爽。一会儿工夫，江岳已风卷残云，一扫而光。

吃完米粉，两人来到牛圩市场，来回反复寻找未果。

于是，江岳安排老张继续寻找，他自己则来到牛圩交易所。

他向老牛人、老牛贩子和工作人员请教牛的生老病死、生长发育、牛龄、牛蹄足迹等有关牛的生长知识，以期从中发现破案线索。

原来，牛一出生，从牛犊子到老牛，生命周期不过十二三年。牛犊子出生后，长出一口八个乳牙，有下牙无上牙，长到两岁后开始换牙，乳牙换为恒牙，两岁前只有乳牙，没有恒牙，三岁时长出两颗恒牙，四到五岁有四颗恒牙，六到七岁长出六颗恒牙，也叫齐口牙或者满口牙，以后再无恒牙长出。齐口牙的牛，已经是老牛了。所以，辨别牛龄是靠牛的恒牙来分辨的。

三岁的牛是最好的牛，所以，古有"三岁牯牛十八汉，正是男儿挑大担"之说。

母牛两岁开始受孕生产小牛，一年一胎。七岁以上的牛，再无生育能力。

不问不知道，一问吓一跳，原来牛的身上蕴藏着这么多的学问，真是吃得老，学不老，学海无涯，学无止境。

日已近午，骄阳似火，秋老虎不减往日威风。

顶不住太阳的养牛人、牛贩子、牛，还不到下午一点钟，就纷纷离场散了，准备赶往下一场更大的牛圩——沙河牛圩，以图讨个好价钱。

于是，江岳和老张西出文桥，穿庙头，过黄河古渡，跨京广铁路，越过 G107 国道来到河北全县沙河镇。

沙河，历来是古代兵家必争之地，是关中北进中原的门户、南来北往的要冲，商贾云集，人文历史底蕴深厚。沙河牛圩的圩场，位于黄河河湾的沙滩上。市场足足有上百亩，场面蔚为壮观，远远望去黑压压的一片，牛群一圈一圈的，人在其中宛如一个小小的黑点。

他俩来到沙河，已是黄昏时分，口袋里的红薯仅剩两个。

于是，两人在靠近牛圩市场边上找了一伙铺（旅社）住下。

两天一夜的奔波劳累，让他俩很快进入了梦乡。

第二天，天未放亮，两人就被嘈杂声吵醒了。

他俩迅速起床，站在二楼向牛圩市场望去，圩场里已挤满了牛群，黑压压的一片，足足有上千头之多。

江岳不觉心里一惊：这如何是好呢？

他还从未见过如此壮观浩大的场景。

冷静下来后，江岳开始安排老张马上去寻找，只看黑色水牛，其他牛一概不看。他则蹲守在圩场交易所，张网以待，守株待兔，因为市场上所有买卖成交的牛，都必须到交易所打价、核价、开票、盖公章，不准私自交易。而且，交易所有几十号人把守出入口，不断地在圩场来回巡查。牛圩虽大，但秩序井然，混而不乱。

江岳来到圩场交易所，找到刘所长，说明来意，并请他们协助支持。

刘所长态度和蔼可亲，明确表示全力以赴支持警察破案，抓贼找牛。

老张在圩场绕了一大圈，天已经大亮，没有发现自家的黑牛。

他一脸沮丧地来到圩场交易所，心事重重，闷闷不乐。

于是，两人又到四周去找，找来找去，依然杳无踪迹。

老张失去了信心，想打退堂鼓。

江岳鼓励他说，再等等看吧，好事多磨，黎明前的黑暗是最难熬的，挺一挺就过去了。

恰在此时，前方出现了一个五十多岁、身高一米六五的老年男子牵着一头黑色水牛，朝圩场这边走来。

老张定睛一看，眼放蓝光，眼睛一眨不眨地盯着前方，好像自家的牛，精神不觉为之一振。真是山重水复疑无路，柳暗花明又一村。

但是，他一时半晌又拿不定，吃不准，模棱两可，犹豫不决。

江岳附在老张的耳边，如此这般，一番耳语。

老张心领神会。

两个人一前一后地来到圩场入口，张网以待。

黑色水牛经过老张跟前时，突然"哞哞"地两声大叫。

真是神了，古有老马识途，今有家牛认主。

老张扯了一下江岳的衣角，用眼睛示意他，轻轻地说："没错，没错，就是它，我家的牛。"

说着说着，老张急不可耐，就要上前牵牛。

江岳示意他："别急，好戏还在后头，煮熟的鸭子绝对飞不了，你放心吧，一切看我的。"

于是，江岳走上前去说："请问老板贵姓？"

"姓刘。"

"哦，姓牛啊！牛老板好。"

"不姓牛，文刀刘。"他凶神恶煞地说。

"不好意思啊！刘老板，你这牛是卖的，还是买的啊？"

"卖的，卖的，你这人哪有这么多话。"刘老板有点不耐烦，牵着牛边走边说。

江岳跟在他身后，仔细观察牛的特征，并让老张仔细观看，认真辨认。

"别不耐烦嘛，刘老板。生意是谈出来的，和气生财啊！发这么大的火干吗？"

"我发火了吗？"

"你说呢？"

刘老板尴尬一笑。

"你这头牛几岁了？"

"五六岁吧。"

"产崽了吗？"

"不晓得哦！"

"你开个价吧。"

"三千元如何？"

"上天了，这牛能值三千元，一千五百元卖不卖啊？"

"实话告诉你，低于一千八百元，少一分钱不卖，钱是你的，牛是我的。"

"不过，牛是我姑妈委托我卖的，牛是头好牛，她家住大庙，不知水土服不服？"

"我是干卢的，和大庙白旗村搭水连山，有什么水土不服？"

"你熟悉白旗村和大庙？"

"那还用问，不瞒你说，我在大庙还有一个老妈子呢。"

说着，刘老板一脸的淫笑。

"都这把年纪了，还找老妈子？"

"小伙子，你不懂，饱汉不知饿汉饥。我是一人吃饱，全家不饿，一人穿暖，全家不冷，找个老妈子怎么了？"

"那，一千八就一千八，你这头牛我要定了。咱们去圩场交易所打价，开票吧。"

"好嘞。"刘老板哼着小曲，迈着方步，贼眉鼠眼，满脸麻子，活脱脱一个娄阿鼠。

来到圩场交易所，江岳示意刘所长配合。

刘所长心领神会。

老张走上前，突然扶住耕牛，放声大哭："牛啊！我的牛！总算找到你了。"

刘老板被这突如其来的哭声吓了一跳，毕竟做贼心虚啊。

"这……这，这是唱的哪一曲啊，我的牛，怎么变成你的牛了？"

说完，刘老板顿时强硬起来："不要胡说八道，你认错牛了。"

两人开始争执，差点大打出手。

江岳赶紧出面打圆场。

"你说牛是你的，刘老板说是他的，刘老板说他的牛今年五六岁。那请问，你家的牛几岁啊？"江岳故意问老张。

"我家牛刚满三岁，牙口已经长出两颗恒牙。不信，请交易所的工作人员撬开牛嘴，看看牙口，不就一清二楚了。不是我的牛，我不要。"

"请问刘所长，五六岁的牛长几颗牙？"江岳故意问刘所长。

"五六岁的牛是齐口牙，六颗恒牙。"

"那刘老板，你家的牛是五六岁？是吧！"

"是的，没错。"他肯定地说。

"这样吧，你俩别争执不休，还是请刘所长撬开牛的牙口，来定输赢，好吗？"

"好的！"老张和刘老板异口同声地答道。

刘所长撬开牛嘴，果然是两颗恒牙。

"不对啊！刘老板，这牛有猫腻啊！不是你的吧？"

"什么猫腻不猫腻？不是我的，难道是你的不行？我不管它几颗牙，我不懂，反正牛是我家的……"

戏已进入高潮，江岳走上前去，一个抱摔，把刘老板放倒在地，双手锁喉，大声说道："我是伊水县公安局的，放老实点。"

刘老板被压在地下，几乎喘不过气来。

"牛还是你的吗？如果我没有记错的话，你是前天晚上在大庙偷来的吧！"

"是偷来的，是偷来的！我是贼遇到强盗了。"

"谁是贼？谁是强盗？"

"我，我，是我。"

江岳喊老张解下牵牛的绳子，将他绑得严严实实。

就这样，老张牵着牛走在前面，江岳押着刘麻子走在后面，沿大黄公路原路返回。

一路上，刘麻子想方设法逃跑，一会儿要尿了，一会儿要拉屎了，变着花样企图寻机跑路。

江岳死死地盯着他，就是拉屎也站在他身边，捆绑的绳子始终不离手。拉屎是最容易出事逃跑的，老师在课堂上的话，他牢牢地记在心中。不然，煮熟的鸭子真的会飞，那才叫功亏一篑。

掌灯时分，江岳押着刘麻子回到大庙派出所。

"报告胡所长，您的指示已落实到位，人抓回来了，牛也物归原主了。"

胡所长快步上前，握住江岳的双手："你这个拼命三郎，三天两夜，杳无音信，我寝食不安啊！回来了就好！回来了就好！真不愧是科班出身，你为派出所增光添彩了，辛苦了，真的一炮打响了……"

刘麻子是全县干卢乡人氏，五十二岁，光棍一个，打小好逸恶劳，嗜赌成性，偷鸡摸狗，经常出没于大黄公路沿线村庄，昼伏夜出，从事盗窃活动。他还在大庙街上有一情妇，两人勾搭成奸。老张家耕牛被盗的当晚，他在大庙街上参赌，身上仅有的五十五元输得精光。饥肠辘辘的他，来到陈寡妇家敲门，以图解决温饱问题。岂料陈寡妇贪财绝情，听说他赌博输了，身无分文，想来打秋风，始终不开门。

"老陈开门呀！"他站在陈寡妇门前轻轻地叫道。

"老刘，这么晚啊！"

"莫讲了，输得精光，饿得要死。"

"哦，是来打秋风的吧！"

"开门啊！陈婆。"

"开什么开？不开！"

"看在我俩多年的情分上，求求你了。"

"什么情分？身无分文，想来占老娘的便宜。哼，休想！气味都没得你闻，刘麻子。"

"陈婆，你不要这么绝情嘛。俗话说：'一日夫妻百日恩。'你扯起裤子不认人吗？"

"刘麻子，谁跟你是夫妻？老娘不吃那一套，滚……滚……快滚！"

"滚就滚，谁怕谁？信不信，陈寡婆，三天后，我要你脱得精光，赤条条地侍候我。"

"周瑜黄盖，一个愿打，一个愿挨，有钱再来。老娘我就是不开门。赶快滚回你老家去，滚得越远越好，别吵着老娘睡觉。"

"唉，金窝银窝不如我家狗窝啊！"他喃喃自语，悻悻地离开了陈寡妇家。

无奈之下，他只得打道回府。昼伏夜出，是他的拿手好戏。途经早禾村时，他见张家灯亮着，想去讨点东西吃，结果发现牛栏里的大牛，于是就蹑手蹑脚地拉开牛栏门闩，打开牛栏门，牵出耕牛，来到大黄公路上，向干卢方向狂奔，还不忘掩盖牛蹄足迹。

穿过西岭工区，离开鸭塘村，穿过日丰村，进入白石村，他认为危险已经消除。于是，他在地里偷了两根生红薯充饥。然后，他便骑在牛背上，优哉游哉地往家走。天亮时分，他回到家里，把牛拴在山上，倒头就睡。第二天凌晨，他牵着牛到沙河市场赶牛圩，准备卖掉盗来的耕牛，拿着赃款到陈寡妇家去显摆，让她脱得精光地服侍他。

可他没有料到，法网恢恢，疏而不漏。

包打包唱

江岳在大庙派出所工作四个月以后，"严打"第一阶段已告一段落，工作进入常态化。这时，根据省厅指示精神，县公安局党委决定，把警校分来的三名新干警派往最艰苦、社会治安最复杂的基层派出所去锻炼，去经风雨见世面。实践出真知，斗争长才干。

一九八三年十二月五日，清晨。

江岳和小吴肩背手提着简单行李，前往伊水县汽车站，乘公共汽车奔赴新的工作岗位。从伊水县公安局出来，南出龙溪路，过向阳桥，跨建设路，二人即到县城唯一的汽车站——伊水县汽车站。

江岳肩背一床红花被子，被子叠得整整齐齐，用麻绳子扎成豆腐干状，芦草席子插在被子上方，干净整洁。他右手提着一个白色铁皮桶，内装洗漱用品，右肩斜挎一个军用绿色背包。这就是他的全部家当。俗话说："穷三担穷三担，再穷搬家有三担。"可他连一担家当都没有。

当年，从警校毕业分配到伊水县公安局的共有三人：小李、小吴和他。三人各自回到自己的家乡工作，小李到城关派出所，小吴到大仁派出所，江岳到木马桥派出所。

上了汽车，江岳和小吴有说有笑，似有说不完的话，讲不完的事。汽车蜗牛似的在公路上缓缓爬行，车后扬起一阵阵"黄龙"，好不容易于十点半钟来到木马桥停车点。

江岳拿起行李，和小吴道别："来耍啊！别客气啊！"

江岳一边说，一边挥手。小吴也伸手示意："到大仁来玩啊！"

汽车随即一溜烟地开走了。

木马桥派出所地处伊水县的中部，辖一镇、四乡、一林场，即木马桥镇、桥铺乡、个木乡、西桥乡、金乡、泥洞林场，人口七万五千人。伊芦公路呈"7"字形穿境而过，西北面的金乡和泥洞林场属于林区，山高林密，流水潺潺。金乡水库就是拦截金江河，在金乡石鼓村丫巴口两山之间，将丫巴口拦腰堵住修建而成。它宛如一夫当关，万夫莫开，锁住了桀骜不驯的金江河，消除了金江河千年水患，左右两干渠造福于下游四万百姓。

木马桥街道呈"T"字形，沿伊芦公路和金乡公路而建，两边的红砖青瓦房已经破旧。丁字路口停车点周边，是一排排低矮的土砖茅房，一扇薄门面对着公路。盛夏时节，臭气熏天，蚊蝇"嗡嗡"齐叫，宛如轰炸机，让人心烦意乱，捂鼻快走。

木马桥派出所位于木马桥区委、区政府大院内。大院是坐南朝北的四合院，南面正屋两层红砖瓦房，是区委、区政府的办公室兼宿舍；西面一层瓦房横屋，是工会、共青团、妇联的办公室兼宿舍；东面一层瓦房横屋是武装部、司法所、派出所的办公室兼宿舍。

派出所共有三间房，周所长靠南住，蔡教导员紧靠周所长房间，内勤小伍住两间连通套房，前间办公，后间住宿。北面临金乡公路的一层红砖瓦房，是大院食堂。与东面横屋一墙之隔的另一排横屋是澡堂和法庭。门前的空坪上，一棵小叶樟枝繁叶茂，犹如一把巨型大伞遮在瓦上。

江岳就住在樟树下的一层青砖青瓦横屋里，面积约六平方米。他把被子丢在架子床上，拿出行李，放在三屉桌上。

刚刚打扫完卫生，收拾好行李，他准备稍事休息。

突然，一阵"丁零零"的铁铃敲响。原来是食堂开饭的铃声。院内所有单身干部职工都在食堂吃饭。

江岳来到食堂，只见一排长长的队伍在等待就餐。每人碗里三两米饭，两块油煮豆腐，一点肥肉。他见吃饭的人多，便离开了食堂。等大家吃完了，他才进食堂吃饭。

下午，周所长和蔡教导员找他谈话，安排工作。

木马桥派出所共有十名正式民警，三名联防队员，中心派出所三人，五个乡镇派出所一到二人不等。所领导要他先在中心所工作一段时间，视情况再分配到具体乡镇，负责全所的刑事案件侦查工作。

周所长语重心长地说："年轻人多吃点苦，多担当，吃苦是福。木马桥派出所的明天靠你们。我们都是老家伙了，大多数都五十四五岁了，文化水平不高，你要多担当，主动工作，大胆工作。"

周所长接着部署工作："昨天接到县局陈局长的批示，金乡黄金洞村护林员伤害楼脚坪的李平一案，你明天跟蔡教导员去金乡派出所，协助老邓办理……"

第二天早上，江岳跟随蔡教导员乘车前往金乡。

到达金乡后，老邓和两个护林员已在停车点迎候。

下得车来，他们一行人沿金乡破烂泥泞不堪的街道，过金乡水库右干渠渡槽，直达水库大坝。当地老百姓对金乡水库是这样描述的："金乡水库的水，丫巴口的风，水寒刺骨，风寒透身，令人不寒而栗。"

无篷无座的铁壳机房船，在宽阔的湖上挤开水面，拨浪前行，船后扬起阵阵波浪，波浪拍打两岸，发出"哗啦啦"的响声。两岸陡峭的山峰一晃而过。乘客们拥挤地站在船上，朔风吹得人满身鸡皮疙瘩，脸红扑扑的。

四十分钟后，船到肖家村码头停泊靠岸。乘客纷纷下船，各奔东西。

"邓所长，好久不见了啊！"一半老徐娘扯着嗓子站在自家屋门前娇滴滴地喊道。

"这不就来了嘛。"

"去黄金洞吧？"

"你消息蛮灵通嘛。"

"晚上住哪里？"

"住您家吧，您家房子宽，我们三个人，留三个房间哦。"

"放心吧，三个五个随你便。"

来到黄金洞村时，时已近午。

张支书、村委会主任、治保主任、民兵营长、妇女主任、村支二委骨干早已在村口等候，双方客套几句，直奔正题。

"小江，我俩问话吧！"蔡教导员说。

江岳经过四个月的实战，理论与实践相结合，无论是审讯，还是问话做笔录，都已经驾轻就熟了。

"蔡教，您问，我来记录。"江岳谦虚地回答。

"好的。"蔡教导员点头。

面对眼前的护林员张三，蔡教导员严肃地说："我们是木马桥派出所的，现在依法对你进行询问。希望你实事求是地把伤害李平的事情如实招来，听见没有！"

"听见了。"

……

随着问话的深入，护林员张三似乎越来越沉默。

蔡教导员把江岳叫到外面，直截了当地说："还是你一个人包打包唱算了，我一个文盲，也帮不上什么忙，好吗？"

江岳看了看蔡教导员，知道他的话是认真的，只得点点头。

于是，蔡教导员便走了出去，到一边吸烟去了。

江岳接着问话，同时做着记录。

关于杀人的事情，护林员张三始终避重就轻，推卸责任。

"你为什么要杀他？"江岳问。

"他偷杨树，活该。"张三自恃在他家门口，态度十分蛮横。

"就是偷树，你也不能杀他啊！"

"不杀他，刹不住偷树的歪风，你来护林啊？"

"请你端正态度，摆正心态，不是你质问我，而是我审问你，知道吗？"江岳不怒自威，他那一双目光炯炯的大眼睛直瞪着张三。

张三自知理亏，低下头来。

"我也是一时冲动。"

"你动手杀人，致人重伤，这是要坐牢的，知道吗？"

"我错了。"

……

不知不觉，已到午饭时正中，摆上一张四方桌，上席摆有两把太师椅，条席和陪席是三张长条凳。桌子下方放着一个火盆，红彤彤的木炭火燃烧正旺，时不时发出"叭叭"的爆燃声。炭盆中间架着一个三架村，三架村上烧着一大壶苞谷（玉米）酒，壶嘴冒着热气。桌上已摆着干蒸土鸡、冬笋炒腊肉、红薯粉条、大白菜，香气腾腾，令人垂涎欲滴。

"开始吧，小江，菜冷了差一个味道。菜要趁热吃，热菜好下酒。"张村长招呼道。

"你们先吃吧，我这笔录马上就好。我不喝酒，吃饭就行了。"江岳回答。

"你不喝酒？"

"是的，不喝酒。"

"那可就失去了很多人生的乐趣啊。好吧！好吧！那我们就边喝边等。"

蔡教导员和老邓坐上席，支书坐条席。条席上空着一个位子，留给江岳。

蔡教端起酒杯小饮了一口，可以听到他嘴里发出"吧嗒吧嗒"的品酒声："这酒不错，好酒，好酒！就是陡（高）了点，这么陡的酒。"

蔡教导员五十多岁，身高一米六五，平头，头发稀疏上举，国字脸，一双鹰眼，鼻子较大，脸面永远都是古铜色的。

"无酒不成宴，烟搭桥，酒开路。来来，干杯。"张村长举杯示意一口喝下，"热酒伤肝，冷酒伤胃，无酒伤心。"他说完哈哈大笑，接着道，"先共同干四杯，四季拿财嘛！"

这时，江岳端着一碗饭，夹了菜，准备坐到边上去吃。

"坐桌子这嘛！见识见识，看看我们怎么喝酒的。其实，谁也不是天生就会喝酒。酒是喝出来的，酒量是练出来的，更是醉出来的，慢慢地，你就知道啦。"说完，蔡教导员一脸的坏笑。

"小江，莫听蔡教的。他就是一个害人精，拉你上贼船的。千万别喝，喝了就刹不住车了。"老邓打趣道。

"共同四杯喝完了，支书，我先敬你一杯。"蔡教边说，边端起酒杯一饮而尽。

"您是客，我先敬您。"

下午四点，蔡教一行离开黄金洞村，奔肖家岭村而去。一路上，北风呼啸，寒气逼人，江岳衣服单薄，冷得瑟瑟发抖。

"我说小江啊，如果你中午喝几杯酒就不怕冷了，酒是可以御寒的。"蔡教说着，哈哈大笑起来。

掌灯时分，终于到了肖家岭村妇女主任家。

肖家是一栋坐西向东，背靠黄金岭，面朝金乡水库的六排五间二层木质结构瓦房。中间是堂屋，堂屋有一木梯连接二楼五间住房。厨房在南边，卫生间在北面。家里收拾得干干净净，窗明几净，床铺家什摆放整齐划一，一尘不染。一看就知道这家主妇是个能干婆，里里外外一把手。

南来北往的乘船客，在她家门前的肖家岭码头下船，然后，进黄泥洞、黄金洞，到河北岭，独此一道。黄泥洞、黄金洞出金乡，走水路是唯一水路。

白天南来北往的商客络绎不绝，川流不息，人声鼎沸，"嘟嘟"的机帆船声、行人喧嚣声，非常热闹。入夜后，喧嚣了一天的码头渐渐归于平静，只有呼呼的寒风叫个不停，朔风吹起阵阵波浪，拍打两岸，发出"哗啦啦"的响声。

"来得早，豆腐和菜炒，来得岸（晚）杀个黄鸡壮（母鸡）。"肖主任系着蓝色围裙笑盈盈地出来迎接。

"不早了，已经点亮（灯）了，又来打秋风了。"老邓说。

"哪里的话！外面冷，屋里坐。"肖主任边说边邀请三人进屋。

屋子里暖烘烘的，两大盆木炭火红彤彤的。八仙桌上已摆上了菜肴，黄焖金乡水库活鱼、干炒火焙小杂鱼、干蒸腊肉、黄焖土鸡、炒腊麂子肉、素炒油麻菜。酒已经温好。

"老邓，你比我年长些，理应坐上席，有请！"蔡教说。

江岳和肖主任作陪，坐陪席。肖主任爱人不喝酒，坐条席，负责斟酒。

"小江，晚上搞两杯吧！"蔡教说。

"教导员，我确实不会喝酒，就不喝了吧！"江岳答道。

"什么会不会？谁生下来就会喝酒？"蔡教说着，端起酒杯一饮而尽，然后夹起一块腊肉，边嚼边说，"酒醉英雄汉，茶洗聪明人……"

江岳出于礼貌敬了他一杯酒。可是，酒刚一下喉，喉咙就火烧火燎，一直烧到肚子，他眼泪都涨出来了。

"小江，敬酒是有规矩的，先敬坐上席的长辈，每人敬两杯，然后，敬坐条席的，再敬陪客席的。"蔡教开始讲起他的酒文化，"俗话说：'老人不讲古，年轻人不识谱。'这些知识，书本上是学不到的，只能在社会上学，在实践中学。社会是个大课堂，包罗万象，慢慢地你就懂了。"

无奈，江岳只得硬着头皮敬老邓、肖主任和她爱人每人两杯酒。一圈敬下来，他如坠云里雾里，饭没吃完就醉了。

鸡叫头遍时，江岳被脚步声惊醒，原来是肖主任爱人起早到水库收网捉鱼去了。头天晚上放网，第二天清早收网捉鱼。

肖主任爱人捉到两条黄河大鲤鱼，一条足足有五斤。新鲜的黄河大鲤鱼端上桌子，奶黄色的鱼汤，色香味俱全，香气扑鼻而来。

"好马配好鞍，好菜配好酒，早酒三杯，一天威风。"蔡教看着江岳，微笑着说。

"我昨晚喝醉了，好难受，喝不下去了。"江岳摇着头。

"年轻人，中华酒文化博大精深，源远流长，干我们这一行的，不学会喝酒，寸步难行。"蔡教意味深长地说，"烟搭桥，酒开路，很多事情的处理，是靠酒解决的。你是聪明人，慢慢地，你就会明白个中的道理了。"

……

转瞬间，一九八三年行将离去。

年终总结评比等工作繁多，周所长都安排江岳去做。

江岳不负众望，竭尽全力完成各项任务。

最终，派出所被县公安局评为优秀单位，周所长也被记个人三等功。

周所长深受感动地说："这段时间你辛苦了！表现不错。阳历年辞旧迎新之际，所里要专门设宴，欢迎你加入木马桥派出所，为所里增加新鲜血液庆贺。"

第二章　势如破竹

一九八四年，初夏时节。江岳从木马桥中心派出所调任个木乡派出所工作，既负责中心派出所的全部刑事案件，又主导个木乡派出所的全面工作。说是一个乡派出所，实际上仅两名干警，一名是五十八岁的老干警，部队转业干部，另一名就是江岳。派出所没有自己的办公场所，和个木乡政府合署办公。两个人齐心协力，把个木乡的社会治安工作搞得很完善。整个乡里平平安安，老百姓安居乐业。

鉴于江岳的政治觉悟和能力水平，当年十一月，他便被提拔为木马桥派出所副所长，兼个木乡派出所所长。第二年他加入了中国共产党，成为一名优秀党员。基层派出所生涯有苦也有乐。艰难困苦，玉汝于成。在基层摸爬滚打，他练就了一身铮铮铁骨。一九八七年七月，江岳调入伊水县公安局刑警大队任痕迹技术员，是正股级侦查员。一九九一年，他被提拔为伊水县公安局刑警大队副大队长，分管刑事技术和基础工作。他肩上的担子越来越重，责任越来越大。

顺手牵羊

一九九三年四月，江岳由副转正，担任刑警大队大队长，成为副科级干部。

那天清晨，江岳从家里出来，抱着尚未满周岁的儿子前往岳母家。

小家伙依偎在父亲的怀里，一双水灵灵的大眼睛清澈明亮，胖嘟嘟的小脸粉嫩粉嫩的，嘴里咿咿呀呀的，甚是可爱。

龙溪河发源于伊水县和宁河县交界的界牌岭，小溪顺流而下，清澈碧透，水草肥美。河道穿牙市镇而过，两旁建于二十世纪四五十年代的低矮店铺，大多数是木质结构。木门木窗，年久失修；木质壁子，日晒雨淋，呈现为棕褐色。铁皮铁扣铁将军挂在门的上方，屋顶上有的盖青瓦，有的盖红瓦，有的盖石棉瓦，有的盖琉璃瓦，不一而足。

耸立在伊水县公安局门前的梁冬木树，已有千年树龄。树冠宛如一把巨伞，遮天蔽日，树干上长满了青苔和黄姜，阴生植物依树生长，这里是棋友对弈、儿童玩耍、妇女穿针引线、过往行人休息纳凉的绝佳去处。树下两把青石双人椅，油光泛亮，稳稳当当地安放于树下，静静地见证着龙溪河两岸的千年历史。

伊水县公安局与龙溪路仅一墙之隔。迈出公安局的大门，就是街道。满大街的人们，熙熙攘攘，行色匆匆。卖糖的，卖粉的，卖油煮粑粑的，补鞋的，修伞的，铲剪子磨菜刀的，杂耍的，卖蔬菜的，卖杂货的，各种吆喝声此起彼伏，热闹非凡。

江岳抱着小家伙，行走在闹市中。他不时驻足观望，也时不时地逗逗怀里的儿子。小家伙活泼好动，好奇的眼睛东张西望。

突然，一个悠闲自得、腰系黑色尼龙拉链腰包的中年人进入江岳的眼帘。

这不就是昨天晚上的那个窃贼吗？

真是冤家路窄啊！

江岳走上前去，十分平和地说："我是伊水县公安局的！请你出示一下居民身份证。"

"我又没有外出，哪里带了居民身份证。"他边说边走，置若罔闻。

江岳截住他，掏出警官证，"这是我的证件，请你配合！"

"我不认识你！谁知道你是真警察，还是冒充的。"他的态度极其嚣张。

"既然你不肯出示居民身份证，那就请跟我去县公安局一趟！"

"我又没犯法，为什么要去公安局？你是没事找事吧！"

"我告诉你，今天你去也得去，不去也得去，没有商量的余地。"江岳不怒自威，严厉警告道。

中年人见江岳怀抱着孩子，街上人又多，便摆出一副无所谓的样子，看你奈我何。

这时候，看热闹的人们已经里三层外三层地把他俩围住。

江岳那双犀利的眼睛往人群里扫了一下，希望找到熟悉的面孔、自己的战友。

恰在此时，两名同事挤入人群，出现在他面前。

"请你俩协助，把他带到县公安局去。"

他俩立即上前，一左一右将其夹住。

就这样，中年人只得乖乖就范，毕竟做贼心虚嘛。

伊水县火车站，地处陇海铁路的中部，是郑市铁路局和西安铁路局的分界站，一个县级火车站。俗话说得好："火车一响，黄金万两。"挨着伊水火车站而建的城东都塘路，走南闯北的旅客汇集于此，乘车旅行，拉货贩货，商贾云集，人潮涌动，热闹异常，素有"伊水县的小香港"之美誉。

连日的担心劳累、借钱筹款，累得美丽漂亮的李慧珍直不起腰来，疲惫不堪，仿佛一下子老了好几岁。

她走出长途公共汽车，来到伊水火车站一墙之隔的东新旅社，开了一个单人间。进入房间后，她倒头便睡，迅速进入甜蜜的梦乡。

东新旅社是坐南朝北的六层楼砖混结构。一楼是大堂、餐厅，二楼、三楼、四楼是三人间，五楼是单人间，六楼是双人间。每层楼六个房间，楼梯口在东边，公共洗浴卫生间在西头。这里人来客往，鱼目混珠，十分复杂。

年轻的服务员小王开着录音机，歌声悠扬，她跟着时不时地手舞足蹈。

夜晚九时三十分许，突然传出一阵撕心裂肺的哭喊声："我的天哪！我的钱被偷了……"

一个披头散发的妇女，边哭边跑，跌跌撞撞地来到旅店大堂，一头倒在地上，就地打滚，呼天抢地："这是我老公的救命钱啊！天杀的贼古子，雷打火烧的小偷……"

这撕心裂肺的哭喊声，彻底打破了宁静的夜空。

原来，她是当天下午两点从回隆市乘公交车五点半来到伊水火车站，准备乘晚上十一点的西安到广州的直快列车前往广州，要送钱到广州南方医院给丈夫治病。

可是现在，她千辛万苦借来的八千六百元现金，连同黑色尼龙腰包，竟不翼而飞。

接到城东派出所的电话后，江岳马上率领刑警大队的刑事技术员、侦查员赶往现场。

调查访问，现场勘查，警犬追踪，一切工作井然有序，有条不紊。

东新旅社共有三十间客房。当晚，有五十一名旅客入住，李慧珍住五楼 501 房间。她因担心连日劳累奔波，一下公交车，就直奔东新旅社开房休息。她拉上窗帘，将装有八千六百元钱的黑色尼龙拉链腰包解下，放在枕头边上，倒头便睡。谁知一睡下去，她就睡熟了。

待她九点二十五分钟醒来时，顺手一摸，哪里还有腰包。

她翻开枕头，什么都没有，顿时吓出一身冷汗。

她把房间翻了个底朝天，可还是什么都没有。问题究竟出在哪里？她左思右想，总是理不出个头绪来，心里也好似十五个吊桶打水——七上八下。

她冷静下来，仔细回忆。一定是房间门忘记打反锁，更别说打防盗扣了。

果不其然，她跑到门后一看，小锁和防盗扣原地待命，纹丝未动。

她这才确定钱被盗了。

被盗现金共计八千六百元。其中，五十元票面一百五十张，二十元票五十张，十元票十张，用一个黑色的尼龙拉链腰包装着。尼龙拉链腰包产自浙江温州永嘉金腰包工厂，品牌标识的金腰带价值三十五元，她一直系在腰间。

除此之外，她再也提供不出任何有价值的破案线索。

看到李慧珍那满脸的焦急，江岳感同身受，同情之心油然而生。

十九年前的那一幕往事，顿时浮现在他的脑海里……

那是一九七五年十二月，母亲喂了一年的那头肥猪，作为平价计划猪送到公社食品站，平价卖给国家，卖了三十一元人民币。父亲带着卖猪的钱，来到洪市镇，上街置办年货。恰好那天洪市镇电影院放映《上甘岭》。曾入朝鲜参战的父亲，凡是有抗美援朝的电影，他都必看。结果他在买电影票时，钱不幸被扒手偷走了。

父亲承诺的过年新衣服，自然就这样打水漂了……

"你放心吧！我们一定全力破案，一定抓住盗贼，为你追回赃款。"江岳郑重地说道。

"我相信，我相信，一定破案啊！"说着说着，她一头跪在了江岳跟前。

江岳迅速扶起她，安慰她要保重身体。

现场勘查，没有提取到任何有价值的痕迹物证。警犬追踪，一追出旅店大堂不到五十米就追不下去了。

当班的服务员小王反映：入住的五十一名旅客中，案发前陆陆续续有六个人因赶火车而退房离店。其中504、506、305、402四个房间，六人退房离店赶火车。

504房间住的是一对夫妻，阳县人。

506房间是一个人，没有登记，退房时说赶武昌到西安的161次列车去青海。该人三十五六岁，身高一米七二左右，长脸，中等体态，细眯眯的小眼睛，留大西装头，头发长且茂密。他上身穿黑色夹克衫，下身穿深色裤子，脚蹬黑色三接头皮鞋，手提一个黑色人造革袋子，操木马桥、走马坪、洪市一带的口音。

305 和 402 房间分别是二位年约六十岁的老人和一位教师，他们分别都登记过，都是金石镇人氏。

江岳分析，506 房间旅客作案的可能性非常大。

506 房间旅客进出都要经过 501 房间，来去自如，不易引起他人的怀疑。他是案发前九点钟退的房，准备前往青海，本地人完全没有必要开房入住。而且，他手提的黑色人造革包鼓鼓的。

直觉告诉江岳，506 房间旅客有重大作案嫌疑。

可是，他已经退房离店，既无身份信息，又无通信信息，更无照片等相关个人基础信息，茫茫人海，到哪里去找呢？

根据 506 房间住客的年龄、身高、体态、体貌、口音、衣着等个人特征进行画像，其具有以下特征：

犯罪嫌疑人为男性，年三十六七岁，身高一米七二左右，长脸，细眯眯的小眼睛，头发较长且茂密，留大西装头，操木马桥、走马坪、洪市一带口音，上身着黑色夹克衫，下身着深色裤子，脚蹬黑色三接头皮鞋，手提一黑色人造革提包。身上或者身边有一个浙江温州永嘉金腰牌黑色尼龙拉链腰包，内有现金八千六百元。

于是，全城据此连夜行动，设卡查缉，寻找发现与画像特征相似的可疑人员。

经过一夜鏖战，没有任何收获。

天亮时分，江岳拖着疲惫的身体，回到家里。简单洗漱后，他想休息一会儿。由于职业原因，他常常晚出晚归，家人早上起床了，他正在休息，家人晚上休息时，他正在工作，总是错时错位。

这时，他发现儿子醒来了，爱人要上班了。

他上午九点半还要主持召开案件分析研究会议，所以决定把小家伙送到岳母家，请外婆帮忙照看。

不料，他抱着儿子走到龙溪路时，竟意外碰到了犯罪嫌疑人。

这真是踏破铁鞋无觅处，得来全不费功夫。

于是，前面那一幕抓人情景便发生了。

犯罪嫌疑人被带到了县公安局刑侦大队。

"给他戴上手铐，反铐起来。"江岳说。

"你们凭什么在大街上乱抓人，我又没有犯法，为什么铐我？"

"你有没有犯法，自己心中有数。"

"我心中有数呀！你们抓错人了，冤枉好人呀。"

"你是好人吗？我看不像。言归正传吧！这个黑色尼龙拉链腰包，是你的吗？"

"不是我的，难道是你的？"

"你什么时候买的？"

"昨天下午买的。"

"在什么地方买的？多少钱？"

"在百货大楼买的，四十元。"

"不是吧！在501房间'买'的吧，不是四十元，是三十五元。"

"你说什么501房间？我不明白。"

"既然包是你买的，产地、品牌分别是什么？"

"这个……这个……我没有在意。"犯罪嫌疑人支支吾吾。

"包里装的是什么？"

"是钱。八千五百九十元。"

"不对吧，如果我没有记错的话，应该是八千六百元。这钱不是你的吧？"

"不是我的钱，难道是你的？就是八千五百九十元。"

江岳让人把点钞机拿来。

点数的结果，确定是八千六百元。

"怎么回事啊？你的钱是八千五百九十元啊！"

对方沉默不语。

"我问你，昨天晚上，你到东新旅社 501 房间干什么去了？"

对方仍然沉默。

"说吧！老老实实给我竹筒倒豆子，一粒不留，全部倒出来。老老实实地交代清楚，才能争取从宽处理。"

事已至此，犯罪嫌疑人不得不招供了。

"这个钱，确实是我昨天晚上在东新旅社 501 房间偷的。可是，我百思不得其解，你是怎么认出我来的？"

"直觉，加灵感吧！"

"直觉？灵感？我走南闯北十几年，从未栽倒过。今天居然在那么多人的大街上，栽倒在你手上，服了，服了，我真的彻底服你了。"

原来，小偷外号唐老五，是伊水县木马桥人，自小跟着李燕子扒窃，流窜盗窃，是一个老奸巨猾的老贼痞子。他经常活动在陇海铁路西安到郑市火车站之间，扒窃盗窃，能扒就扒，能盗则盗；溜门入室，来无影去无踪；长途奔袭，甲地作案乙地销赃；顺手牵羊，等等。这些都是他的拿手好戏。

当天下午，他从郑市火车站来到伊水火车站，在站内绕了几圈，没有发现下手的机会。于是他来到东新旅社，开房入住 506 房间休息，养精蓄锐，准备夜晚大干一场。

吃完晚饭，他在伊水火车站遛了一圈，还是无机可乘，于是就悻悻地回了旅社。

他经过 501 房间时，透过窗帘的缝隙，发现床上躺着一个女人，枕头边放着一个黑色腰包，女人鼾声如雷，正在熟睡之中。

但凡贼人，只要见到别人的东西和钱，如果不偷，心里就痒痒的，非常难受。一般都是想方设法偷到自己手中，这是贼人的惯常心态。

于是，他试着故意在 501 房间门外边用力蹬了一脚，听听里面有无反应。

结果房间内只有起伏不定的鼾声。

他贼眼溜溜，见四下无人，便轻手轻脚地扭开门把手，蹑手蹑脚地潜入房间，小心翼翼地拿起腰包，慢慢地退出房间，生怕发出响声，惊醒酣睡的女人。

他轻轻带上房门，迅速溜出，回到 506 房间，将腰包放入人造革包内，提着包来到大堂，以赶 161 次列车为由将房间退掉。

走上大街，他乘了一辆摩的，来到牙市镇东新路的姐姐家住下。

待他打开腰包一看，是满满当当的一袋子钱，心想这下发大财了。

他顿时眉开眼笑，喜不自禁。

第二天，他早早起床，丢掉黑色人造革提包，将盗来的黑色尼龙拉链腰包系在腰际，自鸣得意、悠闲自在地在龙溪路上瞎逛。

正当他准备吃碗米粉，再到伊水县汽车站乘车回家时，不想被江岳逮个正着。这真是冤家路窄，"功"亏一篑啊。

午夜迷案

时间回到一九九三年一月十七日。

深夜，天寒地冻，滴水成冰；大地银装素裹，白茫茫一片；朔风呼啸，寒冷刺骨。光秃秃的狮子岭耸立在大田洞的南面，面向大田洞，夜幕中，白雪皑皑，蔚为壮观。

广袤的田野，收割后的晚稻干田里，高矮不一的禾兜被冻得直刷刷地上翘着，刚刚长出一点点嫩苗的绿肥草籽，两片细小的叶子在凛冽的寒风中不停地摇曳。

芦洪江蜿蜒曲折，穿行在个木大田洞，滋润着肥沃的田地，孕育着两岸的人民。作为个木的母亲河，此时此刻，它安静地汩汩流淌，缓缓地向北流去。

素有"伊水县三大粮仓"之称的个木大田洞，万籁俱寂。星罗棋布的洲江、九江、湖江、竹木、杨梓洞、王木、珠塘口、车游村，错落有致地镶嵌在田洞中央和矮丘之间。

临近年关，人们开始为年而忙。有钱无钱回家过年。常言道："过年难，年难过。年年过年，年年过。"

风声、雨声、冰粒声，声声入耳。远处零星的犬吠，时近时远。寒冷的严冬，人们早早地上床御寒取暖，进入了甜蜜的梦乡。

夜越来越深了，风越来越大了。寒风吹打着冰粒子，落在瓦上哗哗作响……

肖启响躺在床上，喃喃自语："老天这要收人了，已经下了十多天的大雪，怎么还没有停歇的意思啊？"

他孤身一人，一人吃饱全家不饿，一人穿暖全家不冷。七十好几的年纪，一个人睡在床上习惯了，美中不足的是晚上睡觉脚冷。尽管他用两个盐水瓶子装了热水暖脚，仍然无济于事，他还是感觉到脚冷，一时半会就冻醒了，辗转反侧，难以入睡。

听着瓦上"沙沙"的冰粒子声，他唉声叹气道："还是两个人睡觉好啊！少来夫妻，老来伴啊！唉……"

"啪啦啪啦"的响声越来越大，越来越密。

突然，一束光亮映红了他的窗户。

临近年关，他想，可能是侄儿家烘腊肉起火了。

于是，他大声喊道："崽崽来仔，你家腊肉烧嘎了，腊肉烧嘎了。"

没有人回应，只有呼啸的寒风和"啪啦啪啦"的响声。

"崽崽来仔，你睡死了，腊肉起火了！"

还是没有回音。

他顿时觉得不妙，迅速从床上爬起来，拿开撑门的木棍。刚一打开房门，一股火气扑面而来。

他吓得后退两步，定神一看，是侄儿的卧室着火了。

他吓得大声骂道："崽崽来仔，还不快起来打火啊……"

空旷的宅院，只有风声、火声，风助火势，火助风威，大火直往上蹿。

他穿着裤衩站在那里，瑟瑟发抖。

"快来救火啊！崽崽来仔家起火了……"

"快来救火……救火……啊！"

他不停地大喊大叫。

急促的叫喊声惊得夜犬汪汪大叫，此起彼伏，越吼越急，越吼越密。

人们纷纷从床上爬起来，站在门前东张西望。

只见一股火光从崀崀来仔家中直往上蹿，冲入雪夜的天空。火光映着雪夜，雪夜反射火光，如同白昼。

大家回过神来，是崀崀来仔家起火了。

水火无情，乡里乡亲的，谁家没个急事，远亲不如近邻。大家肩挑水桶，手提脸盆，拿着取水和救火工具，从四面八方飞速奔往崀崀来仔家。

火越烧越大，越烧越旺，火苗"呼呼呼"直叫……

传统的浇水灭火法根本就无济于事，只得采取隔断火墙法灭火。年轻力壮的小伙子们，架着楼梯爬上屋顶，上屋拆瓦，撬栓皮，拆横条，将火墙与堂屋房间隔断，防止火势蔓延。

经过两小时的艰难扑救，火渐渐地熄灭了。

"崀崀来仔，我们这么辛苦打火，你还不挑担水来喝！"人群中不知谁喊道。

没有回应。

"崀崀来仔，你死了啊，太不讲义气了。"不知谁又骂了一句。

还是没有回应。

乡亲们这才回过神来一看，刚才救火的时候，就不见崀崀来仔的影子，一家老小四口，一个人都不见。莫非？

大家突然觉得事态严重了，可能出大事了。他一家老小四口，救火这么长时间，居然没有一个人出来打招呼，肯定是出事了。

……

人们站在雪地里一时不知所措。

"启响啊！你到你嫂嫂房间里去看看，到底怎么回事？"人群中有人说道。

“我怕，不敢去。”他答道。

“这有什么好怕的，这么多人，怕鬼啊！”

“就是怕鬼。”

“你怕鬼，我去！”肖志说。

于是，肖志打着手电筒，推开崽崽来仔母亲的卧室房门，进入房间。

他撩开麻布蚊帐，用手电筒一照，接着“啊”的一声大叫，迅速冲出卧室，大声喊道：“崽崽来仔的母亲被杀了，床上，床上到处是血……”

真的出事了！而且是人命关天的大事！

一家四口，母亲被杀，崽崽来仔、其妻和儿子三人下落不明，生死未卜。

此时，东方已露出了鱼肚白，远山显出灰蒙蒙的轮廓。

忙碌了一宿的乡里乡亲，拖着疲惫不堪的身躯纷纷回家，只留下一小部分人保护现场，等待警察前来破案。

接到报案后，个木乡派出所所长迅速率人奔赴现场。现场位于伊水县个木乡洲江村第九村民小组肖春家。

肖春，别名崽崽来仔，三十三岁，初中文化，农民，一家四口。母亲杨金秀，七十五岁，农民；妻子胡纷，二十八岁，农民，哑巴；年仅十个月的儿子肖小朋，尚在襁褓中。

现场北临芦江，过热洛滩，跨芦江三千米处是S217省道，从S217省道到冷水市仅六千米；南靠狮子岭，狮子岭下是市县道伊冷公路，从个木村去冷水市九千米；西边是南涧河，南涧河在洲江村前注入芦江；东面与竹木接壤，石堨张家河沿竹木注入芦江，水网密布，三河交汇，水运发达。

中心现场是坐南向北的三间泥砖瓦房。肖春和妻儿住西头房间，中间是堂屋，母亲住东头房间。西头卧室房间，屋顶已经全部烧毁，只留下空空的四壁，四面泥砖墙面被烧得黑不溜秋。地面覆盖了一层厚厚的碎瓦片和炭化了的横条、栓皮和家什。救火的水时不时地冒出，地面还有零星的白烟和火苗蹿出。一辆被烧得仅剩铁架的自行车，孤零零地倚靠在东墙；房间全部家什烧得精光，床下人体已经全部炭化，惨不忍睹。

刑事技术员现场勘查的口头禅是：一怕放火，二怕爆炸。

放火，指放火案件现场勘查；爆炸，指爆炸案件现场勘查。这两类案件的现场勘查，是全部刑事案件现场勘查中，最难勘查的现场，被视为"癌症现场"。放火案件由于扑火、抢救生命和伤员，无形中破坏了原始现场，以致现场无法恢复原状。而爆炸案件现场威力大，破坏严重，同样面临抢救生命和伤员的问题，导致现场复原难上加难。

眼下的现场勘查，在省、地两级刑警部门领导的亲自指导下，采取由中心向外围的方法进行。

冰冷的寒风中，刑事技术员伏在冰冷的地面上，对复杂的现场细致勘查。先用大筛筛选第一层炭化了的大部头木炭和家什，再用中筛筛选中等颗粒的瓦片和炭什，然后用细筛筛选细小的颗粒炭什，最后用麻筛筛选最小的颗粒炭什，以期从中发现可疑物、引燃物及可采用的痕迹物证。

通过现场勘查筛选发现，肖春卧室放床的部位，燃烧最彻底、最严重，应该是起火点、放火源。通过对泥砖墙上黑色的烟雾痕迹分析，助燃剂应该是柴油或者煤油……

地面上的尸体，经法医尸检，系女性尸体，即肖春的妻子胡纷，其腹部留有三角形状的锐器伤口两处。

门前门后，屋前屋后，门前池塘、厕所、灰堆、田野，里三遍外三遍翻了个遍，就是不见十个月的肖小朋。

肖春的母亲被杀死在床上，颈部留有三角形伤口，系锐器刺杀致死，伤口周围及盖着的红花被子留有大量血迹。现场无反抗挣扎打斗痕迹，系在睡梦中被杀死。

肖春被杀死在距家五百五十五米处的绿肥草籽田里，穿着打扮整齐，脚穿一双草绿色解放鞋。头北脚南俯卧在草籽田里。他头后颈部有明显的钝器击打的痕迹，曾经鲜血淋漓，现已经结冰。他身旁有一根木质扁担，扁担边有一副棕色箩筐索子，索子打折整齐，现场无搏斗反抗的打斗痕迹。

由于救火破坏了现场，现场没有发现和提取到任何可利用的有价值的痕迹物证。

西头有一低矮土砖瓦房，即厨房，通过厨房屋檐，连通肖启响的三间木质结构瓦房，肖启响住南屋。

一棵硕大的香樟树，似一把巨伞撑起在西南角，枝繁叶茂，叶上结了一层薄薄的白色冰层，寒风中树叶发出"沙沙"的响声，似乎在诉说着肖家的悲欢离合。

肖小朋究竟流落何处？

他是肖家的独苗，更是唯一的希望，牵动着无数好心的乡里乡亲的心。

芦江，亦名应水河，系伊水江一级支流，发源于伊水县与阳县分水岭的黄花山东麓，源头在阳县的崇山峻岭中，始为一脉细流，穿越峡谷密林，沿途汇聚无数山溪小涓，渐渐成了气候，流经大盛桥、新圩江，沿途接纳栗木水、大浪水、龙井水、龙合水、西涧水、南涧水，抵达古镇洪市的时候，温驯而舒缓，经冷水市高溪市西南角注入黄河。

虽然芦江的径流量不如黄河流经伊水县的径流量大，但是，它的流域面积和长度比黄河在伊水县的要大得多、长得多。

南涧河和石埧河分别在洲江村注入芦江，宽阔的江面冲击出了个木乡大田洞，整个田洞沿芦江两岸延伸，沃野千里……

肖小朋尚处在襁褓之中，不可能自己走，他能到哪里去呢？

一系列的疑惑，萦绕在江岳副大队长的脑海里。

江岳副大队长迈着沉重的脚步，拖着腰酸背痛的疲惫身躯，走出中心现场。

这时，空旷的坪子上，三副白色棺木一字排开，甚是吓人。肖春与其母亲和妻子分别睡在冰冷的棺木里，一家人说没就没了，令人潸然泪下。

江岳整个人显得特别沉重，心想：不破此案，枉为刑警。他暗暗下定决心，就是踏遍千山万水，也要将犯罪分子缉拿归案，绳之以法。

当务之急是尽快找到肖小朋的下落。

天色渐渐地暗下来了，呼啸的寒风似乎没有停歇的意思，越刮越猛，越刮越大，刮得人们脸上生疼生疼的。

江岳向唐局长汇报后，公安局开始以现场为中心，在五千米范围内，广泛发动群众，并悬赏寻找：凡发现肖小朋下落的，不管生死，奖励现金五百元。

同时，刑警们以芦江为中心，沿江两岸，顺流而下寻找打捞。他们从洲江乘船出发，沿江而下，经沉舟凼，出车游，下水济江，最后，来到高溪市芦江注入黄河入口处。

可是，大家一无所获，望着东去的滔滔江水，只得悻悻地打道回府。刺骨的江风，冰冷的江水，把刑警们的脸冻得红扑扑的。

其他各路人马，在五千米范围内的池塘、水库、河沟、涧子，凡是能藏匿物品的地方，开展地毯式的搜索。最后依然没有找到肖小朋的下落。他似乎在人间蒸发一般……

东冷公路在个木乡段的石坝河上有一座石拱桥。在距石拱桥六米处的河里，发现一把三角刮刀。三角刮刀长三十三厘米，其中木柄长十厘米，刀刃长二十三厘米。由于刀在河里浸泡过，没有发现手印和生物检材。只是，刀的形状与肖春母亲和妻子锐器伤类似。

几天的搜索寻找，仍然没有肖小朋的一丁点儿消息。

他难道就这样不明不白地永远失踪了吗？

山重水复

一九九三年一月十八日晚上十时许。

个木乡政府会议室灯火通明，能容纳两百人的会议室座无虚席。省公安厅领导、省公安厅刑侦处和刑科所领导、地区公安处领导、刑侦科领导、县委县政府领导、县公安局领导、刑侦大队全体指战员、区公所区政府领导、乡党委乡政府领导、村支两委领导等各方领导，从四面八方聚集到会场，研究侦查破案，处理善后事宜，维护社会稳定，让人民群众过一个欢乐祥和的新春佳节。

偌大的会议室里，个个神情严肃，全神贯注。主席台中央，坐着代表省公安厅领导赶赴现场的省公安厅刑侦处负责人于副处长。他既是副处长，又是主任法医，刑侦工作经验非常丰富。他的左边是地区公安处分管刑警工作的陈副处长，右边是伊水县委政法委陈书记。

伊水县公安局唐局长主持会议。他在简单的开场白后，直奔主题。

首先，伊水县公安局刑警大队江岳副大队长兼痕迹技术员，汇报现场勘查、尸体检验、提取的痕迹物证，以及综合分析判断的情况。

江岳来到主持台上，清晰地介绍了简要案情：一九九三年一月十七日凌晨时分，伊水县个木乡洲江村第九村民小组肖春一家四口被杀死三口，尚在襁褓中的年仅十个月的肖小朋生死未卜。犯罪嫌疑人心狠手辣，杀人后焚尸灭迹。肖春之妻被杀后，烧得仅剩腹部，身体其他部位全部炭化。其母在睡梦中被杀死在床上。肖春被杀死在距家五百五十五米处的绿肥草籽田里，身旁有一根木质扁担、一副棕色箩筐索子。作案杀人工具为锐器三角刮刀和钝器木质扁担。

作案的先后顺序为：犯罪嫌疑人以某种不可告人的目的，将肖春骗出家，来到田野，行走中采取突然袭击的方式，由后向前打击其头后颈部，导致颅脑损伤致死。随后，犯罪嫌疑人返回，潜入肖春家中，杀死熟睡中的肖母，再到西头肖春的卧室，杀死其妻，抢走年仅十个月的肖小朋，浇上助燃剂，放火焚尸灭迹，畏罪潜逃。

犯罪嫌疑人原本将房间全部烧毁，幸被肖启响及时发现，引来乡里乡亲救火，这才使外二间房子得以幸免，未被焚毁。

现场提取立体石膏足迹模型两枚、三角刮刀一把、木质扁担一根、棕色箩筐索子一副、烟灰和烧着物若干，以备分析化验所用。

从现场的立体足迹分析，足迹前掌球形压明显，犯罪嫌疑人系年龄在二十至二十六岁之间的男性青年，身高一米七至一米七五之间，体态偏瘦，步态外八字……

江岳汇报完毕，会场顿时嘈杂起来。

大家交头接耳，各抒己见，议论纷纷。特别是案件性质，究竟是仇杀、情杀、财杀，还是报复杀人，抑或拐卖人口杀人？大家各执己见，莫衷一是。

夜越来越深了，时钟已指向一月十八日凌晨两点。寒风夹杂着冰粒子，打在屋上沙沙作响。

于副处长环视会场，心情沉重地说，临近年关发生如此严重的杀人焚尸灭门惨案，实属罕见。省、市、县三级公安机关的刑警部门，作为主力军，务必要引起高度重视，集中精力，集中时间，全力以赴，尽快破案，确保社会稳定、安全有序。根据同志们汇报介绍的情况，他讲了三点意见：

一是关于案件性质问题，仇杀还是情杀，仇杀的可能性大。但也不能排除其他因素，既要全面侦查，又要有的放矢。

二是关于侦查范围问题，以现场为中心十五千米范围内开展侦查工作。

三是关于下一步侦查工作安排的问题，要依靠群众，发动群众，广辟线索来源，开展地毯式的大排查，全面摸底排队。对熟悉现场周边环境，能够取得肖春高度信任的身高为一米七零左右，年约二十岁至二十六岁，有前科的男性进行全面摸底排队；刑事技术工作尽快跟进，检验鉴定加速进行，为甄别犯罪嫌疑人是否提供客观证据；继续扩大搜索范围，寻找肖小朋，生要见人，死要见尸。

……

从此，该案被命名为"1993.01.17"特大杀人焚尸案，并被列为黄河省开年第一号案件。

于是，一张无形的大网在个木乡的上空撒下。

鉴于个木乡住宿条件的局限性，省、地公安机关领导被安排到冷水市住宿。

天渐渐地放亮了，远山显出灰蒙蒙的轮廓，东方露出了鱼肚白。

一夜未眠的唐局长告诉江岳，一定要考虑拐卖人口杀人这一性质。这条线不能丢，而且要死死地盯紧看牢，抓紧不放。

江岳心里牢记着唐局长语重心长的告诫。

时间飞逝，明天是阳历一月二十一日，转眼间离农历大年三十仅剩一天了。

大家原本认为，该案地处农村，应该简单易破，可三天三夜战斗的结果却不如人意。线索满天飞，但一条条线索很快都被否定了。

省、地、县三级公安机关和当地党委政府都期待着尽快破案。每天中午开饭人数达数百人，一个乡政府食堂根本就容纳不了，每当中午开餐，如赶社一般，人头攒动，出出进进……

专案组最后决定，江岳副大队长带三名干警留守，其余人员打道回府，安心过年，过完年再战。

封岁的鞭炮声响彻山野，"噼噼啪啪"地响个不停。当地风俗，大年三十，过年前，先上祖坟，给祖先封岁，然后再回家过年。

对江岳来说，个木乡他再熟悉不过了，这里是他曾经战斗过四年的地方，他用双脚无数次地丈量过个木乡的山山水水。

为什么这一案件偏偏陷入僵局了呢？

江岳陷入了深思和回忆中。

九年前的那一幕，仿佛就在昨天，仍然历历在目……

一九八四年六月四日上午十一时许，木马桥派出所周所长大声喊道："江岳，专车来接你了，收拾行李，赶快出发吧！"

"马上就到。"他高兴地答道。

他背上扎成豆腐干似的一床红花被子，芦草席子横插被子上方，右手提着一袋书，左手提一个白色铁皮桶子，洗漱用品放在桶里，上面用警帽盖住。这就是他的全部家当。

他跨出房间，周所长已在门口等候。他锁好门，把房子钥匙交给周所长。

两人来到木金公路和东芦公路的丁字路口，只见一辆绿色的手扶拖拉机，冒着浓浓的黑色烟雾，"嘟嘟嘟嘟"地直响，车厢装了满满当当一车梗子柴火，有茅柴条、刺木柴条、栗子柴条，不一而足，用竹条捆绑成长一点五米，直径三十厘米一捆，整齐划一地码好，堆积成一个四方体，四个角用四根杉木固定，周围用绳子捆绑，绑得牢牢实实，柴垛足足有两米高……

蔡师傅坐在驾驶台上，一手拿烟，一手扶着方向盘，侧着身子和周所长打招呼。

蔡教导员肩扛一把木梯子，架在柴垛上："小江啊！越是艰苦的地方越能锻炼人，安心去吧……"

江岳想，吾心安处是故乡。他迅速地爬上柴垛，将行李放在上面，坐在红花被子上，望着熟悉的街道、亲切的邻居，泪水渐渐湿润了眼眶……

"坐稳啰！开车啦！"蔡师傅大声喊道。

他坐在柴垛上，和所长、教导员挥手道别，"再见！再见！"

原来，头天下午，教导员已经找他谈话了。所里决定，他到个木乡任驻乡民警，独当一面。个木乡紧靠冷水市，与冷水市珊瑚乡、溪市乡接壤，属城乡接合部，交通便利，社情复杂，特别能锻炼人。

手扶拖拉机行驶在凹凸不平的砂石公路上，颠簸得非常厉害，江岳坐在柴垛上被抛上抛下，打排球似的，差点没将他心脏抛出来。火辣辣的阳光直射下来，烤得他汗流浃背，全身湿透。黄土砂石路面的乡道，车辆一行驶，尘土飞扬，车后扬起一条一条"黄龙"。每当遇有车辆交会，尘土更甚，灰突突的尘土扑面而来。他的头发被染成黄色，汗水包裹着尘土，全身黏糊糊的……

经过艰难的漫长行程，他好不容易于下午两点到达个木乡。

江岳拿起行李，下得车来，口干舌燥，饥肠辘辘，直奔乡政府。此时饭点已过，也只好饿着肚子了。

乡政府里，张秘书正在办公室等他。

"一路辛苦了，先喝杯井水解解渴，休息一下吧！"张秘书说。

"谢谢您！"江岳端着一杯井水"咕噜咕噜"喝得一干二净。

下午五点，乡党委李书记一班人风风火火地下乡回来了。

与江岳寒暄后，李书记交代张秘书："就安排小江住值班室隔壁吧。便于值班备勤，处理紧急情况，警察有经验。"

张秘书打开隔壁房间，一股霉味扑面而来。

江岳放下行李，打开窗户，霉味才渐渐消失。

"江岳啊！委屈你啰，目前乡政府没有多余的床，你就将就着打地铺吧！"

"没有问题，请书记放心。"

于是，他来到农家借来一捆稻草，将草解开，整整齐齐地铺在水泥地上。就这样，他总算安顿了下来。

一天的暴晒、满身的灰尘、全身汗臭，他很不是滋味。

晚饭后，他向张秘书打听："澡堂在哪儿？"

张秘书告诉他，没有澡堂，澡堂就在吊井边上，一边打水，一边洗澡。你们年轻人可以步行一千多米到鲁塘水库去洗澡，那儿也非常方便游泳……

于是，江岳和刚认识的钱副乡长两人提着铁桶，边走边聊，向水库方向走去。路边的稻子正在抽穗，雪白的禾花粘在稻穗上，美不胜收。一会儿，两人就来到鲁塘水库。

鲁塘水库，美其名曰是水库，其实只不过是一口大塘。水面不过十亩，四周杂草丛生，塘水浑浊不堪，水面不时浮现一坨一坨牛粪，十几头水牛正在塘中游泳。牛头伸出水面，两只牛角不停地拍打水面，驱赶牛蚊。有的牛站在塘边，牛尾巴来回拍打屁股和背部，啪啪作响。好一幅水牛戏水画面！几个小朋友正在塘中追逐戏水，追逐声、喊叫声、跳水声，此起彼伏。

"过年了！江大队长。"一个熟悉的声音喊道。

江岳这才回过神来。

他站在刘氏旅社往下一看，一个个熟悉的面孔跃入他的眼帘。原来，是一群熟人朋友知道他留守现场没有回家，纷纷前来请他过年。

"谢谢啦！谢谢大家的好意！我今年就在刘氏旅社过年了！你们回吧！快回去过年吧！祝福大家新年快乐！万事如意！"

年很快就过完了，可是案件仍毫无进展。

乡亲们眼巴巴地盯着案子，希望尽快破案抓人，将犯罪分子绳之以法。然而，事与愿违，案件陷入了僵局，专案组仍然一筹莫展。

穷根究底

时间如白驹过隙，转眼间进入春天。从冰天雪地的严冬，到鸟语花香的阳春，仿佛就在一瞬间。

万物闹春，个木乡大田洞渐渐地沸腾起来了。芦江春涨，滔滔江水奔腾不息；河坝、沟渠到处流水潺潺，青蛙"呱呱"地叫个不停，虫鸣鸟语，一派春和景明、气象万千的美丽画卷。

田野里，水牛正在耕田打耙，人们在为春耕奔波劳作，忙个不停。主人"嘿起、嘿起"的赶牛声，此起彼伏。过了个把小时，主人叫停了拉犁的牛，让其休息一会儿。牛儿套着牛轭，静静地站在田里东张西望；主人则走上田埂，卷起裤腿，双脚沾满泥水，一屁股坐下，点燃一支喇叭筒旱烟。优哉游哉，他时不时地吐出一圈圈白烟。牛拉着犁望着主人，时不时"哞哞"地叫几声，似乎在催促主人快点干活。人望着牛，牛望着人，相映成趣。此时，雨燕在田野觅食，飞来飞去，"叽叽喳喳"地叫个不停。真正是人与自然和谐共生，简直妙趣横生。

江岳看着眼前的景象，脑海里禁不住浮现出这样一副对联：田野不墨千秋画，流水无弦万古琴。这里的山，这里的水，这里的田，这里的人，他再熟悉不过了，淳朴厚道，和蔼可亲。俗话说得好："一年之计在于春，一日之计在于寅，一生之计在于勤。"个木乡的春天真是生机勃勃。

然而，江副大队长无心恋景。案件毫无进展，肖小朋下落不明，他压力很大，心事重重。

明明谭用有重大作案嫌疑，为什么偏偏很快就将其否定排除了呢？

谭用，男性，二十二岁，冷水市纸厂人氏，身高一米七二，走路外八字，体态偏瘦，有前科，为人凶残狡诈，心狠手辣。其母是洲江村的外嫁女，他打小在此地长大，逢年过节到洲江走亲戚，和当地人混得滚瓜烂熟。肖春大他十岁，双抢大忙时节，他曾经帮他搞过双抢，对肖家一草一木、一家一什、一家老小非常熟悉。还有，他谈了一个女朋友，已经非法同居产下一私生女，急需大量钱用。肖春和他走得非常近，对他言听计从，唯命是从。

谭用作案的可能性非常大！

技术鉴定结果显示，作案工具就是三角刮刀。但是，是否就是石坝张家河里发现的三角刮刀呢？不能同一认定，只能作为种类认定，以物找人，从三角刮刀溯源找人，寻找其产地、批次、销售地，以期发现买刀者。

调查结果显示，三角刮刀产自浙江，是冷水市五金公司黄泥井铁路道口店所售。

一九九三年一月二日，该店共进同类同种型号的三角刮刀三把。一月十六日下午卖出一把，尚有两把没有售出。经比对，现场提取的三角刮刀确为该五金商店售出的三角刮刀。

服务员反复回忆：当天下午，一个操本地口音的青年男子前来柜台购买了一把，但对其具体相貌特征，一问三不知。

勘查现场时，当地村民就曾怀疑过谭用，并将这一情况耳语告诉了江岳。

……

年后，江岳将这一重要线索报告了专案组主要负责人。

于是，专案组决定由地、县两级公安机关派出精干力量，前往冷水市公安局作专题调查，查个水落石出，结果令人大失所望。

原来，案发时谭用正在水浪坝监狱服刑，没有作案时间。

就这样，他被彻底地排除了。

侦查工作围绕既定方向目标有序开展，先后查证可疑线索一千五百余条，排除嫌疑人一百五十七人，但是案件仍然毫无眉目，陷入僵局。

鉴于案件特别重大，此案被列为黄河省第一号大案。

一九九三年四月上旬，省厅刑侦处处长代表省厅领导亲临伊水县指导侦查破案工作，研究破局之策，寻求突破点以期打破僵局。

伊水县公安局会议室，案件分析汇报会议由地区公安处陈副处长主持，伊水县公安局刑警大队队长汇报简要案情和前期侦查工作情况及下一步工作思路。

紧接着，陈副处长让江副大队长补充汇报。

江岳三言两语，简明扼要，有的放矢，仅用十分钟就将现场勘查、综合分析判断、犯罪嫌疑人画像、侦查范围汇报得清清楚楚，明明白白。

事后，省、市领导提议，将刑警大队队长提拔为县公安局副局长，江岳副大队长由副转正，任伊水县公安局刑警大队队长。

一九九三年四月十三日，江岳正式由副转正。他走马上任后，全面主持伊水县公安局刑警大队工作，重组了伊水县公安局刑警大队。

江岳认真梳理了前四个月的侦查工作思路，回头看，侦查方向、侦查范围、侦查思路都是正确的。

可这看似简单的案件，为什么就是上不了路？

随着时间的推移，上级领导前来指导侦查破案的频率，从隔三岔五到十天半个月，再到一个月、两个月，甚至是半年、一年……这也不难理解，全省不止这一起特大案件要破。改革开放初期，社会治安情况纷繁复杂，重特大恶性刑事案件频发，交通不便，警力有限，路途遥远，严重制约了想来而又来不了的领导和专家到现场指导侦查破案。

专案组由初期的两百多人，锐减到四人：省厅刑侦处副处级侦查员郁侦查员，地区公安处刑侦科刘科长，伊水县公安局刑警大队队长江岳、侦查员小夏。

尽管案件处于低谷，毫无进展，但是大面积的摸排工作已经告一段落，太多的警力也无济于事，甚至有浪费警力之嫌。于是，专案组就调整侦查方向，进行专案侦查，也就是不再全面撒网，而是采取重点进攻，紧紧地抓住案发现场、冷水市城北片区和肖小朋的去向下落三个重点，开展重点侦查，有的放矢，巧施谋略，力求撕开口子。

转眼间又入严冬，寒风刺骨，北风呼啸。

江岳一行人入住的刘氏旅社，作为专案组前方指挥部，已经快满一年了。由于生活条件有限，吃喝拉撒都成了大问题，最难受的事是，旅社既没有独立卫生间，又没有公共卫生间，只能到附近的农家茅厕去解决。

农村的茅厕是低矮的稻草房或者瓦房，四周用泥砖砌成，密不透风，一扇小木门，居中放一个木质大圆桶，名曰"茅屎桶"，桶上架起两块木板，通过泥砖堆起两三步台阶，爬上台阶，踩在板子上，"嘎吱嘎吱"作响，令人提心吊胆，生怕踩断板子，掉入茅屎桶，兜来一身臭。夏天，苍蝇飞来飞去，嗡嗡直叫，犹如轰炸机般刺耳。小脚蚊子特别厉害，一叮一个红包凸起，奇痒无比。

旅社没有浴室，时间一长，大家都落下了顽固湿疹。

事后，江岳花了整整十五年时间才将湿疹治愈。

这一年真是艰难的时日。可尽管条件艰苦、环境艰难，也并没有吓住侦查员们的破案信心和决心。越是困难越向前，明知山有虎，偏向虎山行。

江岳下定决心穷根究底，不破此案誓不罢休。

柳暗花明

时间跨入一九九四年六月中旬。天渐渐地热起来了。

江岳沿着芦洪江两岸走访，模拟当时的发案情况，进行侦查复盘实验。

他一路上都在冥思苦想。

"江法官，你好！"

江岳抬起头来，只见一个正在稻田除草的村民喊他。

"你好！老乡，除草啊！"

老乡走上田埂，两个人站在田埂上开始拉起家常，谈收成、谈成长，相谈甚欢。

原来，江岳九年前任个木乡派出所所长时，想群众之所想，急群众之所急，关心群众疾苦，与群众打成一片，上管天文地理，下管鸡毛蒜皮，邻里纠纷，但凡大事小事都找他处理，他也不厌其烦。因此，老百姓送给他一个雅号——"江法官"，而不是叫他江所长。

反正叫什么都行，无所谓，只要老百姓方便就行，百姓满意就好，人民警察为人民，人民警察人民爱，鱼水情深，何乐不为呢？

"我说江法官，崽崽来仔家的案子怎么样了啊？"

"到目前为止，还没有任何进展。"

"唉……冤魂不丧啊……"

"此语怎讲？"

他欲言又止，吞吞吐吐道："破案是你们警察的事情，与老百姓何干？我只会种田种地，犁田打耙。"他边说边下到田里继续除草。

江岳敏锐地感觉到他话里有话，深含隐情。他认为此人有戏。

于是他脱掉鞋子，卷起裤腿，下到田里除起草来。

"江法官，您这是唱的哪一出啊！这可使不得。"

"有何不可，我也是农民出身，犁田打耙也曾干过。"

……

落日余晖照着碧波荡漾的芦江，江水闪闪发光，炊烟袅袅。

"时候不早了，今天晚上就到我家将就一下如何？"

"恭敬不如从命。"

一路上，两人边走边聊，相谈甚欢，很快就来到他家。

他爱人已经准备好了晚餐，一壶米烧酒、辣椒炒火焙鱼仔、茄子豆角炒辣椒、生辣椒酸豆角、红苋菜，满满的菜香味扑面而来。一桌菜真是色香味俱全，令人垂涎欲滴。

雪白的灯光下，两个人对饮起来。

他的妻子带着两个孩子站在旁边吃饭，任凭江岳如何说、如何请，就是不上桌子吃饭。

酒过三巡，他主动说："崽崽来仔一家人被害，应该是谭用那个短命鬼干的。"

"何以见得？"

"他是我村的外甥，从小在这里长大，他和崽崽来仔非常熟悉。而且，这个短命鬼心狠手辣，偷蒙拐骗样样精通，又生了一个女儿，他家里不同意这门婚事，无奈现在租住在外，不敢回家。我们大多数人都认为，是他杀人放火。"

"可是，崽崽来仔被杀时，谭用正在坐牢，没有作案时间啊！"

"这就奇怪了，奇怪，奇怪，真奇怪了。"

……

借着月色，江岳回到刘氏旅社，迅速拿出案卷，翻开谭用的刑事判决书。

判决书显示，谭用犯抢劫罪被判处有期徒刑三年，刑期自一九九〇年二月到一九九三年二月，根本就没有时间作案啊！除非他有分身术，否则不可能作案。

江岳躺在床上辗转反侧，久久不能入睡。

小夏已经发出了轻微的鼾声。

到底是哪个环节出了问题，江岳百思不得其解。于是他决定明天一大早，亲自去一趟水浪坝监狱探个究竟，查个水落石出。

心中有了这个想法，他这才渐渐地进入了梦乡。

第二天一大早，江岳和小夏乘坐第一趟班车赶往冷水市汽车站。

公交车在凸凹不平的砂石公路上摇摇晃晃，艰难地前行，只有三十个座位的车子，满满当当地塞进了八十余人，人挤人，人挨人，犹如笋子插笋子一样，汗味、烟味、体味、香水味，五味杂陈，令人作呕。车后扬起一条条"黄龙"，一个半小时后，好不容易到站，大家纷纷跳下汽车，各奔东西。

二人吃了简单的早餐，一碗汤粉就解决了肚子饥饿问题。江岳和小夏迅速地继续赶路，前往水浪坝监狱。

水浪坝监狱直属省监狱局管理，是一九八三年"严打"的产物。监狱地处偏僻的水浪坝乡的城乡接合部。一条泥泞的土路通往监狱，车子一过，黄尘满天。从汽车站到监狱约十公里路程。

他俩一路小跑，要赶在下班前到达监狱。

监狱开餐时间是十一点半，干警们正准备下班。他俩好不容易于上午十一点半到达值班室，小夏跑步冲入狱侦科。

说明来意后，狱侦科王科长热情接待。

一了解情况，谭用于一九九二年九月三十日提前释放。王科长找出出狱记录和释放通知书存根，记录和存根赫然写着谭用的释放时间：

一九九二年九月三十日。

谭用完全有作案时间！

原来，派到冷水市公安局调查谭用的干警，来到刑警大队，恰巧碰到当时的办案民警，他清楚地记得谭用刑期到一九九三年二月结束。于是调查的干警就将其判决书带回来存档备案。因为谭用是社会上的混混，偷盗拐骗无所不为，已经是"三进宫"了，大家对他比较熟悉，就把他否定了，彻底地排除了。

江岳如获至宝，迅速返回伊水县公安局，向局长、政委和主管局长进行了详细的汇报。

其实，侦查破案没有那么神秘兮兮，往往就是一个眼神、一句话、一丁点儿蛛丝马迹就能拨云见日，抽丝剥茧，让犯罪嫌疑人现出原形。破案后，才知道破案非常简单，可是未破案的时候，重重迷雾遮望眼，简直让人不知所措。而拨云见日、抽丝剥茧的侦查破案过程，既是最艰辛、最艰难、最迷茫的，也是最具悬念感的。

水落石出

老百姓的眼睛是雪亮的。案发之初，谭用即显现出重大作案嫌疑，是重要的嫌疑对象，却被轻易地排除了。

但事实是，谭用有作案时间。他打小在洲江村长大，对当地再熟悉不过，肖春对他非常信任，他完全能把他骗出田野。而且，谭用心狠手辣，坑蒙拐骗、偷盗抢劫无所不为，与女友非法同居后产下一女，经济非常拮据，穷困潦倒，急需大量钱。他与现场画像的嫌疑人所具备的条件如出一辙，不差毫厘。只是，苦于没有直接客观证据，肖小朋又不知去向，生死未卜，鉴于案件重大，不敢对他立即采取措施，贸然动手罢了。

根据当时的案件管辖原则，一次杀死三人，一人失踪，又焚尸灭迹，属于特别重大刑事案件，由地区公安处管辖，以地区公安处刑侦科为主负责侦查，伊水县公安局协助配合侦查。

因此，江岳按程序形成书面请示报告，呈报地区公安处，请示下一步的侦查工作意见，并请求给予技术支持，上技术手段，对谭用开展技术侦查。

然而，随着时间推移，人们渐渐地淡忘了这起案件，总觉得此案没有破案条件。案子破不了，最终结果就是挂起来，势必就变成了悬案。

江岳的相关报告和请示，都石沉大海，杳无音信。

他想，活人岂能被尿憋死，曾有名家说过："吃自己的饭，流自己的汗，自己的事情自己干。靠天，靠地，靠祖宗，不算是好汉。"

想当初，侦查阶段初期，根据领导指示，专门物建了控制特情和专案特情，可是力度不大，收效甚微，没有获取到有价值的情报线索，深层次内幕性的情报线索发现不了。专案特情打不进，拉不出，进攻能力欠缺。

鉴于该案缺乏直接认定犯罪嫌疑人的客观证据，最好的侦查方法还是：物建专案特情开展内线侦查，获取深层次内幕性的核心情报，作为锁定或排除犯罪嫌疑人的关键证据。

又是一年春草绿。时间进入一九九五年的夏季。

江岳和小夏行走在个木乡大田洞的机耕路上。绿油油的禾苗茁壮成长，正待抽穗，犹如万顷碧波。骄阳似火，微风习习，虫鸣蛙叫，万籁俱鸣。

"肖师傅好，今天的猪肉多少钱一斤啊！"江岳问道。

"哦！是江法官啊！稀客，稀客！"肖屠夫说着，马上放下屠刀，从家里搬出凳子。

"谢谢啦！"

"应该的，你们破案这么辛苦。"

"这是我们的职责所在，只是能力有限，还没有破案啊！"

"警察又不是神仙，如果我没有记错的话，你们已经在这里三年了，三年如一日，不容易啊！"

"谢谢肖师傅的理解。"

"理解，理解万岁。今天中午就在我这儿喝一杯吧，不走了。"

"那就打扰您了。"

原来，肖师傅的儿子也子承父业，在芦市农贸市场开肉铺。他与谭用熟悉，且年龄相仿，有共同语言，是专案特情的绝佳人选。江岳当机立断，立即部署：由肖师傅之子开展专案特情工作。

谭用与女友非法同居后，产下一私生女。双方家庭对这门婚事都不满意，男方父母嫌弃女方家庭，女方父母嫌弃未来的女婿是一个混混，因此产生矛盾，双方家庭都不允许他们回家居住。

无家可归的年轻父母带着他们的私生女，一家三口流落街头，居无定所，食不果腹。无可奈何，直到来到了芦市租房居住，他们才算有了一个安身立命之所。贫贱夫妻百事哀，缺衣少食是他们生活的常态，经常入不敷出。

芦市是千年古镇，晋朝时是伊水县县衙所在地，交通便利，商贾云集。芦江穿镇而过，斩龙桥、十八节街、天子岭等名胜古迹，闻名遐迩。

江岳和小夏来到芦市农贸市场。

市场紧靠芦江，场内热闹非凡。呐喊声、吆喝声、叫卖声此起彼伏，鸡鸭鹅猪家禽的叫声遥相呼应，人潮涌动，川流不息，热闹非凡。

"小肖师傅好！"江岳喊道。

"什么风把江大法官吹来了。"

"到芦市街上瞎逛，不承想在这里见到你，缘分啊！"

"初中时我就听你的法治课长大，好久不见，我也为人父了。读书不努力，只能子承父业，惭愧啊！"

"此话不妥。三百六十行，行行出状元。"

小肖师傅家里，江岳说明了来意。他交代方法，附在他耳边轻言细语，如是如是。

随后，江岳从芦市乘车赶到冷水市，在火车站、汽车站、城北片、黄泥农贸市场选建四名控制特情，搜集社会面上的情报信息。这些人都是他曾经工作时认识的熟人、朋友，并且在冷水市经商，有固定的收入，人缘广，门路宽。为慎重起见，专案特情建立双线。于是，他在谭用父母所在地又专门物建一名专案特情。

就这样，一张无形的大网撒在了谭用的周围。无数双眼睛盯着他，无数只耳朵听着他，他的一举一动、一言一行，尽在警方的掌控之中。

一九九五年十一国庆节那天，小肖师傅请谭用共进晚餐。

席间，他突然号啕大哭，酒后吐真言："天天做噩梦，看到警察就怕，听到警笛声就提心吊胆、心惊胆战……"

获此情报后，江岳叮嘱小肖师傅，循序渐进，继续放长线钓大鱼，急不得，要慢慢来，特别是要弄清楚肖小朋的下落。

一九九六年一月，临近年关，人财物大流动，返乡务工人员陆续回家过年，交通拥堵，扒窃分子蠢蠢欲动，纷纷上路，伺机发不义之财。务工人员辛辛苦苦一年的血汗钱，瞬间被扒，伤心欲绝，痛不欲生。

于是，江岳决定于一月十七日至二十日在伊冷、伊芦开展一次集中打击扒窃犯罪分子的专项行动。

一月十七日凌晨四时许，江岳一行在伊冷公路叶塘路段设卡查缉，张网以待。

这时，公交车都是从冷水市火车站接返乡务工人员，所以，车上大包小包，人头拥挤，仅有三十五个座位的车辆，满满当当地挤进了六十余人。

一路上，车上乘客昏昏欲睡，放松了警惕，一双双贼溜溜的眼睛盯着他们的大包小包，伺机行窃。

突然，警灯闪烁，客车被警察截停检查。

扒手们一时傻了眼、慌了神，惊慌失措，只好乖乖就擒。经审查，抓获十一名扒手。

睡梦中的返乡务工人员满眼茫然，不知刚才究竟发生了什么。

全县统一行动，共抓获五十五名扒手，狠狠地打击了扒窃分子的嚣张气焰，维护了春运安全秩序和社会大局的稳定。

"江大队长好！案件破了吗？"扒手伍飞满脸怪笑地问道。

"此话怎讲？"

他欲言又止，吞吞吐吐，故作神秘兮兮。

江岳脑海里迅速闪过一道电光：此人有戏。

机不可失，时不再来。江岳将伍飞单独带回办公室，给他端茶倒水，搬椅子。

伍飞受宠若惊。原来，伍飞从事扒手行业有一定年头了，是老扒手、老油条了，多次被抓，几进几出。所以他认识江岳，相互打交道多次，也就熟悉了。

"说吧！这里没有其他人，只有你我两人！"

伍飞沉思片刻，说道："你保证为我保密。"

"这没有问题。"

"我知道你在破个木乡的杀人案子，如果我没有记错的话，今天已经满三年了。"

"啊，记得这么清楚，佩服，佩服！"

"干我们这行的，属于邪道，你们才是正道。一正压千邪。其实，我们很佩服你的，你铁面无私，执法如山……"

"打住，打住，你来点正经的吧，把你的心里话说出来，少点恭维。"

"我说了，算立功吗？"

"那要看情况，视情而定。"

"去年中秋前的一天晚上，我在芦市和谭用喝酒，他喝多了，说人是他杀的，肖小朋被卖到广东汕头去了，卖了五千块钱……"

至此，谭用的马脚完全露了出来。

江岳于是将伍飞建立专案特情，继续贴靠，获取肖小朋被拐卖的详细地址，以获取直接证据，解救肖小朋。

一九九六年六月六日深夜，在冷水市公安局城北派出所的协作下，对谭用采取刑事拘留措施，连夜押解回伊水县公安局。

车子途经个木乡洲江村时，突然狂风大作，电闪雷鸣，大雨倾盆，苍天似乎在为肖春一家垂泪，闪电似乎在为他一家鸣冤叫屈，真是苍天有眼啊。

谭用很快就供述了杀人焚尸的作案全过程。

至此，水落石出。压在江岳心头的巨石，终于落地了。

他长长地吁了一口气，伸了一下懒腰。

远山渐渐地显露出灰蒙蒙的轮廓，又是一个不眠之夜。这对于他来说，已经是家常便饭了。

他在思考如何迅速地解救肖小朋，让他尽快回到亲人的怀抱。

挥师南下

案件取得重大进展，市公安局主要领导率领相关部门人员前来伊水县公安局慰问指导。

江岳安排完后续工作，开始着手处理当天的接待工作，汇报相关事情。

为便于工作，谭用被临时羁押在城关派出所的留置室，由六名刑警专门值班看守，确保万无一失。

市公安局主要领导对案件的成功侦破给予了充分肯定和高度评价，并指示，当务之急是尽快挥师南下，奔赴粤东，解救已经离开家乡三年零五个月之久的肖小朋，让他安全回家。

突然，江岳的手机响起，侦查员报告："谭用畏罪自尽了。"

真是晴天霹雳，惊得与会人员目瞪口呆。

原来，谭用临时羁押在城关派出所留置室时，趁侦查员端饭之机，撕碎留置室的一床破被子，挂在留置室通风口窗户钢筋上，上吊自尽，结束了他罪恶的一生，前后不到三分钟。可就是这短短的三分钟，铸成大祸。这飞来横祸，使好端端一副牌瞬间变成了烂牌，一锅好饭瞬间变成了夹生饭。

一时间，流言蜚语迅速传遍了县城的大街小巷，无形中给江岳和伊水县公安局带来了巨大的压力。

肖小朋尚未找到。时隔四年，南粤大地日新月异。如果找不到他，将会前功尽弃，功亏一篑。

伊水县委史书记力排众议，迅速安排一万五千元专案经费，以解救肖小朋。

市公安局章太局长高度肯定前期工作，瑕不掩瑜，全力支持挥师南下解救被拐卖小男孩，要人给人，要物给物。

艰难困苦，玉汝于成。伊水县公安局直面挫折，顶住压力，越是困难越向前。真正是明知山有虎，偏向虎山行。

一九九三年六月八日清晨，一辆警车奔驰在 G107 国道上，伊水县公安局分管局领导苏局长率江岳一行五人挥师南下，奔赴粤东汕头市潮阳县解救肖小朋。

南粤大地是改革开放前沿，吊塔林立，到处都是建设工地，到处生机盎然、气象万千。G324 国道上车水马龙，奔流不息。

六月九日上午，苏局长一行赶到了潮阳县公安局刑警大队，在当地公安机关的大力支持协助下，他们来到铜盂镇派出所。

原来，谭用杀人后，将肖小朋带回家中。第二天他便与其母携肖小朋乘火车前往广州，从广州长途汽车站乘汽车来到潮阳县汽车站，然后转车到铜盂镇，将他以五千元的价格卖给一个洪姓男子。

买家叫什么名字？这些细节尚不可知，只知道洪姓人家附近有一座红砖厂，这是唯一标志，其他一概不知。

那时候，当地百姓收买小孩子是常有的事，即便家里已有两三个孩子，仍然还买孩子的案例比比皆是。特别是男孩，很是"畅销"。这不是什么新鲜的事情，大家心知肚明，心照不宣。

当地公安机关心有余而力不足。

"还是你们自己去找找看吧！所里抽不出人陪你们了，希望不大。"当地警察说。

既然这样，求人不如求己，天无绝人之路。

他们无奈走出派出所，只得死马当活马医。千里迢迢，关山重重，人命关天，不能就这样不了了之。

江岳刚上车，驾驶员准备倒车。

他突然大喊一声："慢！车后有一个小男孩！"

驾驶员通过反光镜一看，说："没有啊！你看花眼了吧！"

"明明看见了一个小男孩。"江岳不相信，于是就跳下车来，左看右看，反复寻找，哪里有小男孩的影子。

他一时愣在那儿发呆，是脑子出了问题，还是眼睛出了问题……

原来，江岳连日的奔波劳累，解救心切，眼睛看花了，满脑子想的都是如何解救肖小朋。如何把肖小朋安全接回家，交到亲人手中，江岳已经忘乎所以，走火入魔了。

这时，一名身着警服的交警问道："从黄河来吧？我们是半个老乡啊！"

江岳这才回过神来说："是的，半个老乡，你好啊！"

"大老远地来铜盂有何贵干？需要我帮忙吗？"

真是东方不亮西方亮，黑了南方有北方。吉人自有天相，好人自有好报。

江岳连忙掏出一支黄河牌烟递给他。

交警接过烟。他曾经在平原市当过八年兵，对黄河省感情颇深，当他看到黄河牌的警车时，知道是黄河省警察，就主动上前打招呼。

择日不如撞日，既然你主动热情帮忙，那就客随主便了。江岳主动作为，就汤下面，说明来意。

江岳真诚地说道，出差在外，人生地不熟，在家靠父母，出外靠朋友，请看在半个老乡的分上给予大力支持。

交警二话不说，爽快地点头应诺。

洪氏家族主要分布在洪盆村及其周边村庄。该村比较大，有一万余人，周边到处都是红砖厂。

于是，交警驾车在前面带路，一小时左右之后，他们来到洪盆村。

果不其然，村子周围到处都是砖窑和烟囱，红砖厂遍地开花。这该如何是好？

半个老乡姓李，大江岳五岁。江岳称他李兄。

下得车来，他们一行三人来到村支书家。

李警官把情况说了。

村支书一听，就说："我们村买小男孩的人家多了，一时半会儿说不清楚。"

于是，江岳把案发时间，简要案情，一家四口，三口被杀，唯一的独苗小男孩生死未卜，生不见人、死不见尸……——说出。

江岳绘声绘色地动之以情，晓之以理，娓娓道来，听得洪支书两眼发直，时不时地还抹一下眼泪。

江岳想，只有感动了村支书，做通了他的思想工作，才能一通百通。否则，无济于事。

果不其然，洪支书抓耳挠腮，冥思苦想。

突然，他一巴掌打在大腿上说："是有这么回事，一九九三年春节前，洪老二买了一个小男孩，与肖小朋年龄相仿，听说是花五千元买的，他老婆没有生育能力……"

于是，李警官脱下警服，与江岳、小刘三人，在洪支书带领下，来到洪老二家。

洪老二四十多岁，身患结核病，病恹恹的，毫无生气。他四十多岁的老婆疯疯癫癫的。他家里家徒四壁。

江岳的心顿时凉了大半截。

夫妻俩见这么多陌生人突然到来，不知所措，呆呆地站在那儿发愣。

"老二啊！你家小孩呢？"洪支书问道。

"哦……哦……哦……哦，问他呀，我早就没要了，养不起，一万五卖给我秀英姐姐了。"

这真是山重水复疑无路，柳暗花明又一村。

江岳简直有些掩饰不住内心的喜悦心情，皇天不负苦心人啊。

洪秀英家在铜盂镇王家村。王家村与洪家村相距十公里，为防止洪老二通风报信，打草惊蛇，支书留下陪他聊天。江岳一行火速驾车前往王家村。

经向村干部了解，洪秀英的确在两年前买了一个小男孩。

于是，大家快速来到洪秀英家。

其家门口，只见一个年五六岁的小男孩正在独自玩耍。

原来，洪秀英家已经有四个孩子，三女一男，后又从其弟弟处买了一个小男孩，至于这个小男孩是否就是肖小朋，尚无客观证据。

江岳走上前去，抱起小男孩。

他一时受到惊吓，但瞬间就安静下来了，不哭不闹，不说不笑，静静地躺在他怀抱里。真是心有灵犀一点通。

这时，一个四十七八岁的妇女冲出门，气势汹汹，凶神恶煞般地大声喊道："什么人？为什么抱我家孩子？"

"我们是警察，是爱孩子，见他可爱，只是想抱抱他，别无他意。"江岳说。

该村村支书上前向洪秀英说明来意。

她死不同意。她说，孩子是我花钱买的，谁也别想带走，否则，从我身上踏过去。

她一边说，一边大哭大闹，引来周围邻居驻足围观。婆婆妈妈，七大姑八大姨，一下子里三层外三层聚集了七八十人，把她家挤得水泄不通。

江岳见状，心想只能智取，不能强攻。于是，他眉头一皱，计上心来。

江岳将小男孩交给小刘抱着，并叮嘱他不能离手，请李警官协助保护好。

大家正在你一言我一语，江岳迅速拿出现场勘察照片，向大家进行展示。

让照片说话，那血淋淋的尸体照片，惨不忍睹，甚是吓人，在场的婆婆、妈妈们不约而同"啊！"的一声大叫，纷纷流下了同情的泪水。

江岳迅速抓住这千载难逢的机会，声情并茂地将肖小朋一家四口被杀三口，唯一的独苗小男孩从黄河拐卖到广东的情况说了出来，动之以情，晓之以理。

现场鸦雀无声。

他大声问道："将心比心，这孩子是否应该回他的老家呢？"

"应该！应该的！"

这时候，洪秀英也被感动了。

虽说她一时难以割舍，但最终还是松口了。毕竟人是有感情的动物，依依不舍是完全可以理解的。

于是，苏局长带着肖小朋先行回伊水，留下江岳、李警官和小刘在现场继续完成调查取证、做笔录。历尽艰辛，他们于下午六时三十分圆满完成调查取证、笔录任务。

六月十二日十一时许，江岳一行回到伊水县公安局。

伊水县城鞭炮齐鸣，万人空巷。

肖小朋自一九九三年一月十七日神秘失踪，至一九九六年六月十二日重新回到家乡亲人的怀抱，历时三年五个月又二十五天。

一千二百二十二个日日夜夜，一千二百二十二个不眠之夜，对江岳和专案组而言，冷嘲热讽、苦辣酸甜，个中滋味，只有天知地知刑警知。

可身为刑警，人命关天，大案当前，你不吃苦谁吃苦？你不受累谁受累？你不坚持谁坚持？你不担当谁担当？江岳为自己肩负的神圣使命而深感自豪。

父爱如山

肖小朋神秘失踪后，被拐卖到了遥远的粤东大地。虽然养父母待他不薄，但毕竟家里已经有四个孩子，经济条件并不十分宽裕，而一时水土不服、饮食不习惯，也致使他发育迟缓，快六岁的孩子了，仿佛四五岁的孩子一样。

回到家乡后，他已成孤儿。未来的人生之路怎么走？谁来接纳他？谁来抚养他？谁来教育他？一系列的问题迅速冒了出来。

虽然案件破了，但善后工作又面临着非常棘手的难题。

肖小朋的伯父伯母、姑父姑母家都有多个孩子，经济条件并不宽裕，突然又多出一个人来，一时手忙脚乱，不知如何是好。俗话说："床上多双脚，事情多蛮多。"

开始半年，伯父伯母和姑父姑母两家轮流抚养他。一年后，他到了上学的年龄，两家人都不干了。

两家人做了个决定，要么将他重新送回广东养父母家，要么请江岳收养。

一九九七年夏天，他的伯父来到市公安局，找到江岳说："江法官，肖小朋我们养不起了，请您还是把他送回广东养父母家吧，或者送给你收养如何……"

江岳一听，如坠云里雾里，丈二和尚摸不着头脑。

接着，他便感到心如刀绞。当初历尽千难万苦，踏遍万水千山，绞尽脑汁，好不容易破案，把他从广东解救回来，他的伯父竟然有这样的想法。

"此话怎讲？"江岳问道。

"江法官，我们实在无力抚养，这娃在咱家就是个累赘！"对方态度十分坚决。

"好吧！容我想想办法。反正，广东养父母家是绝对不能送回去的。不然，我们怎么对得起他九泉之下的父母。"

……

肖小朋爷爷辈共有八个兄弟，在世的尚有四个，其中两个在务农，两个在城里工作。

于是，江岳找到在城里的两个爷爷做工作。

最小的叔爷爷肖起水答应，由他来抚养。肖起水在冷水市耐火砖厂工作，育有两女，尚未婚配。叔爷爷、叔奶奶都乐意接纳肖小朋。

江岳在此案的侦查阶段，就与肖起水夫妇熟悉了。所以，现在他一开口，他们夫妻就承诺接纳他。

鉴于他已成孤儿，于是江岳将他的户口农转非，迁入叔爷爷的户口上，更名为肖平。希望他未来的人生平平安安，同时，通过民政部门申请让他吃上低保。至于学费，江岳通过单位捐资助学，尽最大努力减轻他叔爷爷的家庭负担。

就这样，肖平被安顿下来了。

肖小朋终于有了新家。两个堂姐把他当亲弟弟看，一家五口幸福快乐，其乐融融，共享天伦之乐。

从他进入小学一年级开始，江岳就兑现承诺，每学期开学，逢年过节，他都要和支队的同志们到他的新家走访慰问，送去慰问金、衣服、书及学习用品。六年如一日，雷打不动。

斗转星移，六年小学生活过去了，肖平升入初中一年级。

有一天，江岳和同志们来到学校走访慰问肖平。从校长口中得知，谭用的女儿和肖平在同一年级同一班里就读，而且座位并排。

这世界真是太小了，世界上竟真有这么奇巧的事情。

然而，他俩是无辜的。绝对不能让仇恨的种子代际传承，绝对不能在他们幼小的心灵里留下阴影，为了孩子健康快乐成长，绝对不能让他俩知晓父辈的往事。

江岳继续兑现承诺，在肖平初中三年时三年如一日，关心慰问他。

在校长和班主任的关心关照下，肖平的三年初中生活顺利结束，进入高中阶段。

肖平渐渐长高了，长胖了，能够独立生活了，已经是身高一米七五的帅小伙子了。

江岳打心眼里为他高兴。

肖平懂事后，常常称呼江岳为干爸，江岳也愉快地应着。

三年高中转眼间就毕业了，江岳通过组织出面，把肖平送入部队锻炼。

部队是一个大熔炉。肖平摸爬滚打，练就了一身硬功夫，人也成熟了。从义务兵，到一级、二级、三级士官，江岳都无微不至地关怀他，请求部队首长关心关爱他的成长进步，部队首长也倾注了大量心血，肖平也不负众望。

江岳还先后三次到部队看望慰问他，部队首长为此非常感动。

二〇一九年，肖平从部队转业，自主择业回到家乡，参与家乡建设。他现已结婚，有一个幸福的家庭，有一个贤惠的妻子，有一个可爱的儿子，一家人幸福美满，其乐融融。

第三章　利剑斩妖魔

侦破肖春一家灭门惨案后，江岳一时间声名鹊起。加上他勤奋好学，既虚心向老同志学习，又善于在干中学、学中干，真正是年轻有为。

伊水县委史书记力排众议，破格提拔他为正科级侦查员。

平原市公安局章太局长也很赏识他。鉴于他的能力、智慧和侦查破案水平等极强的优秀品质，平原市公安局党委研究决定，将江岳调入市公安局刑侦支队工作，以便更好地发挥他的长处。

原来，江岳已经是正科级大队长，而平原市公安局刑侦支队是副处级单位，支队长和政委是副处级，副支队长是正科级，大队长是副科级。江岳在伊水县公安局已经是正科级大队长，章太局长就打算安排江岳任副支队长。结果，党委会议研究讨论时，认为他太年轻，他前面还有很多年长的干部没有安排，先任大队长再说。

章太局长为求团结，也就同意了，安排江岳任平原市公安局刑侦支队重案大队队长。

江岳在伊水县公安局参加工作后到木马桥派出所工作，一年后被提拔为副所长时，也是满塘麻拐（青蛙）叫，论资排辈。十四年后，这一幕又发生在他身上。但他没有任何怨言，服从组织安排，安心工作，立足本职岗位才是正道。

人生不如意之事十之八九，常思一二少思八九。江岳愉快地接受了组织安排，听候组织调遣，迅速全身心投入了第一次全国扫黑除恶专项斗争。

"罗口门派"

相传，唐朝道州刺史元结隐居伊溪时，每逢晴朗明月夜，银白色的月光铺满天地，东去的黄河波光粼粼，元结便与季康、袁滋、瞿令问等好友借着月色登上峿台，围坐宎尊，饮酒赏月，吟诗作对，联句赋诗，猜拳行令，谈古论今，一醉方休。每每高兴而来，尽兴而归。然而，元结为官清廉，寅吃卯粮，经济拮据，入不敷出，常常因酒不够，而不能为继。此事被伊溪山神知道了，山神就与黄河上游的望夫石商量，如何解决元结无钱买酒的问题。望夫石乃舜帝的妻子娥皇、女英寻夫到此所化，她们被封为黄夫人，是黄水之神，专司黄河管理工作。于是，黄夫人酿黄水为琼浆玉液，使宎尊与黄河相通，美酒源源不断进入宎尊，美酒飘香，芳香四溢。一到晴朗明月夜，琼浆玉液即汩汩上涌直至注满宎尊，不盈不竭，恰到好处。元结文思泉涌，妙笔生花，便写下了千古名篇《大唐中兴颂》，留下了被誉为千古绝唱的伊溪"三绝碑"。

此时，伊山隐仙岩有一酒妖，闻得酒香，垂涎欲滴。他想，我乃伊山酒妖，专司人间酒业，这是哪里来的酒香，我怎么不知道？于是他就顺着酒香，找到宎尊，偷饮美酒。由于经常光顾宎尊偷饮，他开始嫌往返劳顿。于是，一天半夜，他借着明月前来盗取宾尊，心想这样就可以一劳永逸，永享美酒。

不料适逢八仙之一的吕洞宾从南海巡游归来，途经伊溪，就与真岩道士白玉蟾到宾尊饮酒赏月，纵论古今。见妖怪前来盗宝，吕仙大喝一声："大胆妖孽，吃了熊心豹子胆，竟敢盗取本仙的宝贝。"酒妖大惊，回头便跑。吕大仙"唰"地抽出宝剑，一道剑光闪电而下，酒妖一个踉跄跌倒在石头上，化作一阵妖风飘荡而去。

至今，宾尊北边还留下有酒妖的一正一反两个脚印，如逃逸状，脚印中间位置留下两个对称的形似鸡蛋的圆洞。那是因为吕仙用力过猛，一刀砍断了宾尊连通黄河的酒道。到如今，伊台宾尊已成空尊。

有诗云："百里伊山横叠翠，一湾江水曲环清。天边一塔迎朝旭，城郭千家入画来。"登上伊台，放眼望去，伊山犹如一条卧龙横亘在伊水东岸，绵延起伏，满眼青翠，郁郁葱葱，美景尽收眼底。滔滔东去的黄河，一望无际。

古有吕仙挥剑斩酒妖，今有平原刑警雷霆万钧除"妖魔"。朗朗乾坤，太平盛世，岂容黑恶势力横行霸道，欺压百姓，胡作非为。

二十世纪九十年代初，改革开放的春风吹遍伊水大地。伊水县山清水秀，矿产资源非常丰富，物华天宝，人杰地灵，文物宝藏到处都是。伊水经济建设迅猛发展，计划经济、市场经济齐头并进，催生出一批富裕户，其中有不少暴发户。

一天清晨，黄河边罗口门，机帆船、小摇船，大小船只齐聚码头，马达轰鸣声、水声、嘈杂的人声，宛如优美的晨曲。赶早的人们肩挑手扛，将自家的劳动产品拿来交易。

"你是新来的吧？"

"什么新来的、旧来的？我在黄河上打了一辈子鱼。"渔民刘一答道。

"知道了，为什么不缴打鱼费？"

"打鱼还要缴费？哪家的王法，你算什么？"

"我算你爷！"黄怀透带着四个喽啰，凶神恶煞般，上去就是两刀，把刘一挑的那担鱼篓子的索子砍断了。

"咚"的一声巨响，鱼篓子倒在码头的台阶上。鱼篓向后一翻，里面的活鱼钻出鱼篓，满地活蹦乱跳，有的跳进了黄河里……

喧嚣的码头，顿时安静下来，静得出奇。

众人直刷刷地望着这几个凶神恶煞般的怪物，惊得目瞪口呆。

刘一则被这突如其来的横祸吓得胆战心惊，瑟瑟发抖。任凭鱼儿蹦跶，他站在那里直发呆，不知所措。

"从今天开始，罗口门码头姓黄了。凡是过往的人，都要交过路费。否则，他就是下场。"

他用手指着刘一的头，气势汹汹，不可一世。

刘一是一介老实渔民，在黄河上打了一辈子的鱼，从未见过如此场面。他低着头小心翼翼地说："我的鱼全跑了，拿什么给你？"

"鱼篓也行。"

"这是我打鱼的工具，生活的饭碗啊！"

黄怀透一步跨上前去，用力一踩，两个圆圆的鱼篓，顿时变成了两个扁扁的大烧饼，四个喽啰如狼似虎蜂拥而上，将他按倒在台阶上。

黄怀透飞起一脚，两只鱼篓先后飞入黄河。

"看你还嘴硬不嘴硬？"

"我的爷爷，再也不敢了，我缴，我缴。"

"大家都看到了吧！"黄怀透大声吼叫。

四个喽啰立刻上前收费。

只见站在码头台阶上的黄怀透，年二十多岁，身高一米六三，上下圆墩，皮肤黝黑，留寸头，满脸横肉，手持一把砍刀，戴着墨镜，凶神恶煞。

"今天收成不错。你们四个人每天早上准时来收，如有不听话的，就按我的办法做。"

四个喽啰心领神会。

天长日久，一大帮流氓地痞、"两劳"和刑满释放人员便聚集在黄怀透身边，逐渐形成了以他为头子的黑恶势力——"罗口门派"。

伊水镇历来是商贾的重要云集地。伊水客运通江达海，四通八达。可是没想到，客运市场放开后，车匪路霸竟也"应运而生"。

陈无道纠集一伙社会闲散人员，专门上路收取保护费，强买强卖强迫交易，霸占平原和伊水的文物市场，盗掘古墓，收购倒卖文物，帮人了难，称霸伊水文物和客运市场。由此，逐渐形成了以陈无道为头子的黑恶势力——"河边派"。

伊水饮食文化源远流长，美味佳肴十分诱人，特别是伊水水席更是闻名遐迩。

朱氏兄弟俩纠集一帮社会闲杂人员，专到农贸市场、水席店收取保护费，坐大成势，逐渐形成了以朱氏兄弟为头子的黑恶势力——"朱氏兄弟派"。

伊水镇人口众多，生活用煤、燃气需求巨大。

邹氏兄弟盯住这一市场，纠集一帮喽啰守在燃气站，借煤场寻衅滋事，打架斗殴，强行收取保护费，逐渐形成了以邹氏兄弟为头子的黑恶势力——"邹氏兄弟派"。

就这样，"罗口门派""河边派""朱氏兄弟派""邹氏兄弟派"四伙黑恶势力，犹如"妖魔鬼怪"骚扰着伊水百姓。他们寻衅滋事，打架斗殴，强买强卖，收取保护费，欺男霸女，无恶不作，把伊水县伊水镇搅得鸡犬不宁。

黄怀透自小生活在黄河边，出生并成长于伊水镇罗口门。一九九二年，他从某武警支队退伍回家后，被安排在伊水电力公司工作。他目睹了伊水镇的发展变迁，特别是改革开放初期的下海大潮。他实在过不惯朝八晚五的正规上班生活，于是就辞职下海，纠集一伙流氓地痞，创立了自诩的"罗口门派"。

自从在码头强行收费以后，一群地痞流氓迅速聚集在黄怀透周围。他们狗仗人势，称霸伊水，很快完成了血腥的原始积累。

黄怀透年轻气盛，目中无人，自恃在部队练就了一身过硬功夫，打遍伊水无敌手。他不仅觉得自己可以在伊水扬名立万，也可以称霸平原市。

一九九三年一月二日晚，他与"河边派"马仔唐知飞在良宵娱乐城跳舞，为争一舞女，双方争风吃醋，大打出手。

于是，他纠集李山峰、周文等人，手持砍刀管杀在伊水综合开发区白马山与唐知飞等十人约架。双方持械对峙，一触即发。

黄怀透大喝一声："冲啊！杀啊！"他手持管杀刀冲在最

前面，势不可当，杀得唐知飞一伙死的死，伤的伤，"河边派"一伙最终落荒而逃。

两伙恶势力火拼，"罗口门派"大获全胜，彻底击溃了"河边派"。"河边派"从此一蹶不振。

可也因此，黄怀透与"河边派"老大陈无道结下了梁子，恩怨情仇，势不两立，不共戴天。

黄怀透一战成名，威风凛凛，名震伊水，恶名远扬。

打败了"河边派"，尚有"朱氏兄弟派"和"邹氏兄弟派"。必须将朱氏和邹氏兄弟彻底收拾，才能"一统"伊水，那样才会财源滚滚，兄弟们不愁吃不愁穿，过上神仙日子。

一九九四年一月二十七日，黄怀透纠集李山峰等十五人手持管杀刀，与朱氏兄弟在罗口门约架斗殴。朱氏兄弟人多势众，手持鸟铳、砍刀、管杀刀浩浩荡荡。双方剑拔弩张，可黄怀透毫不畏惧，一阵砍杀，将对方冲散。虽然自己受了伤，但是对方有四人受伤，实属一场以少胜多的狗咬狗混战。时至今日，那仍然是伊水街头茶余饭后的谈资。

两个月后的一天，黄怀透与兄弟李山峰途经观音庙时，发现正在路边候车的朱氏兄弟俩。

仇人相见分外眼红。黄怀透毫不迟疑地冲上前去，从后面突然袭击，将没有任何准备的朱氏老大扑倒在地。李山峰则从身上抽出匕首将朱氏老二的双腿捅伤，并残忍地挑断朱氏老二双腿的后脚筋，使朱氏老二落下终身残疾。从此，"朱氏兄弟派"被彻底打垮。

收拾了朱氏兄弟，尚有邹氏兄弟。邹氏兄弟霸占着伊水的燃气市场。黄怀透想，开门七件事——柴米油盐酱醋茶，这是一块肥肉，必须把他们赶走。

于是，他眉头一皱，计上心来。

"邹老板吗，送一车液化气到罗口门来吧。"

"好的，马上安排。"

当液化气送到罗口门时，约好的收货人电话关机，联系人找不到。

司机刚刚返回，还没有到燃气站，邹氏电话响起："怎么还没有到啊？嫌我没钱吗？什么东西？"黄怀透故意激怒邹氏。

"你这不是没事找事吗？姓黄的，别欺人太甚。咱们井水不犯河水。惹急了，兔子也咬人呢！"邹氏气得牙痒痒，简直岂有此理。

"那好吧，不信你试试，看看我黄老大的厉害。有本事罗口门见！"

于是，邹氏纠集马仔，持棍拿棒，背上砍刀、管杀刀，二十余人浩浩荡荡杀向罗口门。他明明知道这是黄怀透的阴谋诡计，可实在咽不下这口气。

一场恶斗一触即发。

突然，一个美女冲入两派中间，大声喝道："刀枪不长眼，手下留情！"

"你是什么东西？敢管老子的事，信不信老子一刀剁了你。"黄怀透大声吼叫道。

"好男不与妇斗，连这点您都不懂，还当什么老大？"

"臭娘们，快……快……快滚开，不然老子动手了。"

可美女丝毫没有退却的意思。只见美女身材苗条，双腿修长，一双杏眼不怒自威。

四目相对，黄怀透一时愣住了，不知他是被美貌吸引了，还是被她镇住了。他混迹江湖，打打杀杀多年，还从未见过如此美女。

美女名叫刘美丽，年方二十，名如其人，美丽大方，简直人见人爱。

"兄弟们，今天，就暂且听她的。"黄怀透突然间竟松了口。

"这还像个男子汉，黑风寨茶楼见！"

一场恶斗就此平息，双方化干戈为玉帛。

原来她是邹氏的表妹，当听闻双方要斗殴后，她知道后果难料，便迅速赶来平息事态。

真是不打不相识，后来她竟然成了黄怀透的妻子。双方喜结良缘，她还为他产下三个千金。

就这样，黄怀透摆平了伊水所有的黑恶势力，称霸一方，恶名远扬。

伊水百姓闻黄色变，唯恐避之不及。伊水百姓甚至不知道伊水的书记姓甚名谁，但却知道黄怀透这个黑老大的名字。

谁家小孩一旦哭闹，哄不住，只要说"黄怀透来了，黄怀透来了"，小孩马上停止哭闹，吓得一动不动。

投案自首

黑风寨茶楼，是伊水有名的茶楼，楼名源于《西游记》中黑风老妖居地黑风寨。黑道上，混道的人常来喝茶谈事。三层楼的黑风寨茶楼，牌子黑底白字，给人一种阴森森的感觉。其内装饰更是黑得出奇，墙壁、茶桌、茶椅、茶具等，一应俱是黑色，唯有灯光是白色。

"今天，我怀里抱得美人归，伊水称老大。快哉！快哉！"黄怀透迈着方步，哼着伊水小调，后面跟着一众喽啰，前呼后拥，来到黑风寨茶楼。

三楼 888 包厢为他专设，别人不敢染指。来到包厢，黄怀透上座，李山峰靠他右边而坐，左边座位空着，其他马仔喽啰里三层外三层围坐。

泡茶前，大伙都要听他的训斥，不听话的当场棍打，以示威严。

茶过三道，李山峰双手扶着黄怀透的右手，将他请入内间。两个人窃窃私语。

"老大，我们这样一路打打杀杀走过来，真不容易啊！风险太大了，树大招风。如果再这样下去，势必会有牢狱之灾。既然你已经是伊水老大了，就没有必要再打打杀杀了……"

"老兄此话怎讲？"

李山峰自小和黄怀透在罗口门长大，黄怀透小他一岁，因此他俩以兄弟相称，可以说是铁杆兄弟。每有重大事情，他俩都到黑风寨茶楼密谋策划，然后付诸行动。

李山峰附在他耳边，一番耳语后，黄怀透走出密室。

"这段时间，一切听我老兄山峰的调遣。我要和夫人过神仙日子……"

"哪个不听话，有如此杯。"黄怀透顺手拿起一个茶杯，"咚"的一声砸得粉碎。

伊山脚下，一个临时工棚。

众人正围着一张圆桌，大声叫喊："押，押，押……"赌红了眼的赌徒们，眼睛直勾勾地盯着骰子。这是他们在聚众赌博。

李山峰手握大哥大来回巡逻，众喽啰马仔穿梭其间。做迷子的做迷子，出老千的出老千，参赌的参赌，放数的放数，抽水的抽水，放哨的放哨，明岗暗哨，井然有序，有条不紊。

一个月下来，这间赌博工棚获利颇丰，盈利达五百万元。

俗话说："好事不出门，恶事行千里。"一时间，伊山的荒山野岭、大街小巷到处都是棚子。摆桌子押间子宝，打三公，效仿他们进行赌博。输红眼的赌徒，倾囊而出，最终落得倾家荡产、家破人亡，甚至不得不背井离乡。

全国性的第一次扫黑除恶，自一九九九年开始，二〇〇〇年结束，为期两年。第二次全国性的扫黑除恶，自二〇〇五年开始，二〇〇六年结束。恶名远扬的黄怀透感受到了扫黑除恶的压力，成天心神不宁，六神无主。检举揭发他的举报信，雪花般地飞向省市扫黑除恶办。

黄怀透把李山峰叫到黑风寨茶楼密室，商讨对策。

他故意虚张声势："扫黑除恶一阵风，要学甲鱼藏泥中。大风起时云飞扬，待在泥中别动弹。"他在李山峰面前，依旧摆出一副大哥大的做派，其实已外强中干。

"这次和以前不一样了，伊水全城都知道你是老大。还是稳妥为佳。"

"这样吧！明天你带四个兄弟，跟我去省城，找我大哥，请他出马……"

深秋时节，一辆奔驰、一辆宝马，两车一前一后奔驰在京珠高速上，直赴省城华天酒店。华天酒店地处解放东路，是比较早的五星级酒店。酒店闹中取静，生意兴隆，宾客云集，是宴请宾客的绝佳首选。

"大哥您好！我到了。"

"你还知道有大哥？恐怕早就忘记了吧！"

"哪能呢？您是我心中的太阳。"

"还太阳呢？无事不登三宝殿吧。"

"不瞒您说，确实遇到麻烦了。"

"我还不知道，要你告诉我？"

"大哥你看咋办？"

"晚上没有时间陪你吃饭，晚上九点半，老地方等我。"

"好的，好的。"

黄怀透每次与他大哥见面，都选在解放路华天酒店。他开好茶室888豪华包厢，点好优质碧螺春。一下午，他心里都焦躁不安，急不可耐。

晚餐后，八点不到，他就提着一个黑色手提袋，早早地来到包厢迎候。他不时地看手表，生怕时间弄错了。

九点二十九分，一个身高一米八五、身材高大威猛、戴着黑色墨镜的黑衣男子推门而入。

黄怀透迅速起身，双手迎上前去，毕恭毕敬："大哥好！"

"还大哥呢？有事钟无艳，无事夏迎春吧。"

"不好意思大哥，钟无艳我认不得，夏迎春我更不认识，没有任何往来。"

"我还不知道你吗？斗大的字不识几个，成天只知打打杀杀，怎知钟无艳、夏迎春？哈，哈，哈……"

黄怀透名义上算初中毕业，可肚子里那点文化水儿，撑死也就是小学水平。他哪里知道如此典故，他只知道三个字：钱、权、色。

"服务员，看茶。"一壶优质碧螺春上到茶桌，满屋子清香扑面，令人心旷神怡、精神大振。

"怎么样？这阵子还好吧！"

"还好，还好，有劳大哥关照，哪有不好之理！"

"我想啊，这段时间风声鹤唳，草木皆兵，躲是躲不过的，逃也逃不了，唯一的办法是……"

黑衣男子把嘴附在黄怀透的耳边，如是这般一番窃窃私语。

然后，黑衣男子提着他的黑色包走了。

这时，黄怀透才回过神来，会心一笑。他常常念叨："'官'字两个口，要吃，要喝。很正常。"

第二天，黄怀透来到省扫黑除恶办公室。

"同志你好！"

"请问你找谁？"

"找扫黑除恶办的领导。"

"我就是。请问你有什么事情吗？"

"我是来投案自首的。"

"哦！投案自首，你为什么来投案自首？"

"我看到公检法司敦促黑恶分子投案自首的通告后就来了，他们说我是黑老大，到处诬告陷害我。"

"你的姓名？"

"我叫黄怀透。"

"哦，你就是黄怀透！那你说说你的犯罪事实吧。"

"我只做了一件违法的事情，开间子宝，打三公，抽水，放数，没有犯罪。"

"抽水，放数，是什么意思？"

"放数就是在赌场放高利贷，抽水就是在赌场对赢者抽取百分之十五的利润，其他没有了……"

省扫黑办的领导当即给平原市扫黑办打电话，说："贵市公民黄怀透来省扫黑办投案自首，这是你市扫黑除恶宣传发动深入群众的结果。请你们再接再厉，再立新功。"

接着，这位领导告诉黄怀透："你回去直接到平原市公安局投案自首，争取从宽处理。"

平原市公安局立即对黄怀透涉嫌赌博立案侦查。

于是，黄怀透被传唤至执法办案室进行审讯。

审讯刚刚进入佳境，黄河省公安厅某领导一个电话打到平原市公安局："改革开放初期，打点擦边球，没有什么大不了的事。不要小题大做了，就事论事，就案办案吧！既然能来投案自首，说明他态度好，就不要羁押了。"

省厅领导的指示，平原市公安局不得不执行落实。

就这样，黄怀透又回到了伊水。他大摆酒席庆贺。

然而，伊水百姓却不买账了，检举信再次雪花般地飞向省市扫黑办。平原市公安局依法对黄怀透进行刑事拘留，羁押在九嶷县看守所。

二〇〇七年五月，黄怀透因赌博罪、寻衅滋事罪被判处有期徒刑六个月。

随即，黄怀透在九嶷县看守所留所服刑。

当年，刘美丽在罗口门大显身手，化干戈为玉帛，而黑风寨茶楼的一颦一笑，更是令黄怀透这个恶煞神魂颠倒。从来还没有哪个美女令他如此上心。于是他俩互相留下 BP 机号码。黄怀透还不忘把自己的大哥大号码告诉她，反复叮嘱她多联系。自从见到刘美丽后，黄怀透简直到了茶饭不思的状态，一日不见如隔三秋。而刘美丽在伊水完小教书，她需要遵守师德师风，不敢放肆。黄怀透使尽浑身解数，穷追不舍。她最终为他感动，双双牵手进入婚姻的殿堂，并为他产下三个千金。

黄怀透在九嶷县看守所服刑期间，其妻刘美丽日思夜想，夜不能寐，竟得了相思病，久治不愈。他得知妻子病情后，便向看守所申请批准刘美丽探视，以期缓解其病情。看守所经评估后，准许刘美丽探视。

阳春三月，刘美丽在其闺蜜陈多情的陪同下，驾车来到九嶷县看守所。

九嶷县名胜古迹众多，历史文化底蕴深厚，五A级旅游景区就有两处：孔庙、舜帝陵，还有三分石国家森林公园，三分石更加名扬天下。

陈多情与刘美丽是闺蜜、发小，二人情同手足，形影不离。小学、初中、高中、中专都是同一年级同一班，高中毕业二人同时考入平原师范学校。毕业后，陈多情考入税务部门，刘美丽则从事教育工作。在刘美丽婚后不久，陈多情也和税务局的领导完婚，产下一子，家庭和睦美满，工作如鱼得水。两家大人、小孩过生日，逢年过节都要相互请客，礼尚往来。

中午时分，刘美丽和陈多情来到九嶷县看守所大院。大院里三层外三层的高大围墙上拉有电网，漆黑的双扇铁门阴森恐怖，令人望而却步。

看守所安排黄怀透与刘美丽在专用会见室见面。该房间陈设简洁：白色灯光下放置固定金属桌椅，墙面为防火涂料，无窗帘遮挡。刘美丽与黄怀透隔桌而坐，双手平放于民警可视的桌面上，简短互问冷暖。

二人会见时，陈多情先行离去，在所外等候。

放风时分，刘美丽神色凝重，一步三回头地离开看守所，驾车返回伊水。

一路上姐妹俩谈兴甚欢。

"满意吧！"陈多情说。

刘美丽轻叹："能见一面已是万幸，至少心里踏实些了。"

陈多情醋坛子泛起阵阵涟漪，默默不语。

"怎么啦？吃醋啊！"

"哪里的话？"

"也是我的肚子不争气，没有为他生下一男半子，全是女娃啊！"刘美丽叹息道。

三个月后，黄怀透刑满释放。

陈多情竟瞒着闺密刘美丽，陪着黄怀透一同返回伊水。原来，陈多情在黄怀透服刑期间竟一个人偷偷多次去看他，他已移情别恋。

俗话说得好："朋友之妻不可欺。"可他黄怀透，吃相难看，"赢者"通吃。

黄氏集团

金秋十月，秋高气爽，伊连公路上，三辆车匀速前进。奔驰车在前面开道，宝马紧随其后，中巴车断后。公路两边稻浪滚滚，红叶满山，炊烟袅袅。黄怀透坐在宝马车上，双手抱着陈多情。她就势坐在他的大腿上，两人打情骂俏，俨然一对久别重逢的夫妻。

黄怀透出狱前，他的军师李山峰精心准备，派出三辆车前去接他出狱。他在奔驰车上开道，黄怀透和陈多情坐在宝马车上温存，中巴车上装了一车的马仔喽啰，狐假虎威，浩浩荡荡，好不威风。

九嶷县看守所副所长牛璧主动请缨，前去护送。黄怀透服刑期间，他没少关心他。两人早已情同手足，猫鼠同窝了。送他，一是为黄怀透脸上贴金，二是在喽啰面前为他显摆立威，他二话没说就跨上了中巴车。

"大哥好！承蒙您关照，我从局子里出来了。"黄怀透拨起了电话。

"出来了好啊！局子里好受吗？"

"有大哥您罩着，虽说是坐牢，但和在外面没什么两样。"

"混账，我什么时候罩着你了？只是关心关照，不要胡说八道。"

"是，是，牢记大哥指教。明天周末，我想到省城来感谢您。"

"好吧！明天晚上老地方见。"

回到伊水，一众混混、喽啰马仔尽来嘘寒问暖，把黄家挤得水泄不通。

第二天，京珠高速上，三辆车依然按前车奔驰、中车宝马、后车中巴的顺序快速行驶着。一路上，大家还沉浸在昨天晚上的解放路狂野的酒吧里，回味着盛大庆功宴的美味佳肴。

临行前，黄怀透仍不忘把第一任情妇陈多情带上车。虽说在九嶷县两人已经非法同居，可那毕竟是偷偷摸摸的。现在名正言顺地将她收到麾下，虽说未明媒正娶，但与正常夫妻并无二致。

中午十二点，他们准时到达黄河边的华天大酒店。开房订餐，一切按部就班。

"大哥您好！我已到达华天，晚上老地方恭候大哥您！"

"好吧！晚上见。"

周末的华天酒店宾客盈门，热闹非凡。888、999、666豪华包厢早已被预订，只剩 333、777 两间豪华包厢，于是他们就订下 333 豪华包厢。

包厢里，既温馨浪漫，又富有诗情画意，偌大的圆桌只摆放三把椅子，居中的是一把太师椅。

黄怀透带着情妇陈多情早已在包厢恭候。

晚上六点半，大哥推门而入。

黄怀透毕恭毕敬地迎上前去，点头哈腰道："大哥好！有劳您的大驾。"

"上菜吧！晚上还有个会议。"

"服务员，上菜。"

大哥居中坐太师椅上。三位漂亮的美女服务生站在身后。服务员打开一瓶三十年的茅台酒。

"来，为你出局子干杯。"大哥说。

第一道菜是泰国燕窝鱼翅，第二道菜是澳大利亚深海鲍鱼，第三道菜是波士顿龙虾，第四道菜是新西兰老虎斑，第五道菜是樟树港辣椒炒宁乡花猪肉，第六道菜是武汉菜薹。

"兄弟啊！你总是这样冲冲杀杀，迟早又要进局子的。"

"洗耳恭听大哥教诲。"

"你看着办吧！"

酒足饭饱之后，大哥提着他的黑包神神秘秘地离开了。

深夜，解放西路酒吧一条街依然灯火通明，如同白昼。五光十色的霓虹灯闪烁着刺眼的光芒，俊男靓女穿梭其间。

魅力四射酒吧，黄怀透带着陈多情坐在包间里，偌大的旋转舞台慢悠悠地转动，疯狂的男女们尽情地狂欢。

黄怀透把李山峰叫到身边，边喝边聊。众喽啰一一前来向他敬酒。

"黄老板，我敬您一杯。"一个似曾相识的美女双手捧着一杯洋酒说道。

他被她的美貌和身材惊呆了，双眼直勾勾地盯着她高耸的双峰。

陈多情在他的大腿上用力一捏，痛得他差点叫出声来。她有些生气地小声道："果然是个花心大萝卜，吃着碗里，看着锅里。"

"我是您伊水老乡，名叫江风，还望黄老板多多关照。"美女旁若无人地自我介绍。

黄怀透本来打算第二天回伊水，可自从见到江风后，他似乎神魂颠倒了，直感到全身血脉偾张，无所顾忌道："魅力四射酒吧，再庆贺两天，兄弟们尽管开心狂欢……"

三天下来，江风就成了他的第二任情妇。

黄怀透为她在平和堂附近的春天华府买了一套四居室，金屋藏娇，将其安顿下来。

第二年，江风产下一子，取名黄二。

回到伊水，黄怀透脑海里反复响起大哥的话："这样冲冲杀杀，迟早又要进局子的。"

于是，他叫来"军师"李山峰商量，认真研究大哥的忠告。

李山峰分析道："我们本来就是黑道行生，以黑护商，以商养黑，是上不得台面的歪门邪道，进不了大雅之堂的黑道……"

接着，李山峰附在黄怀透的耳边，窃窃私语一番。

黄怀透点头赞同。的确，打打杀杀，小打小闹，成不了大器，必须有雄厚的经济基础做后盾，才能得心应手，方能立于不败之地。

于是，黄怀透拿出一千万元，在伊水中路和文华路交会的十字路口黄金地段，买地三亩。短短十个月，一座一点九万平方米的十二层大厦拔地而起，地上十层，地下二层，气势恢宏。

一楼门面全部出租，二楼是酒家，三楼是豪华包厢，四楼是美容养颜、美发、按摩、水疗SPA，五楼是娱乐城，六楼是文物鉴赏交易大厅，七楼、八楼是客房，九楼是行政办公层，十楼是员工宿舍，楼顶还有天顶花园，负一层是车库，负二层是训练中心。

硬件设施齐全了，软件服务必须跟进。

于是，黄怀透注册了伊水县黄氏集团钱柜发展有限公司，他亲任公司总经理兼法人代表，其妻刘美丽任副总经理兼行政总裁，第一任情妇陈多情任副总经理兼执行总裁。该公司下设五个分公司：黄氏钱柜餐饮公司、黄氏钱柜客房中心、黄氏钱柜文物有限公司、黄美容美发按摩SPA水疗娱乐有限公司、黄氏钱柜保安公司。一切井然有序、有条不紊地顺利进行着。

黄氏大厦刚刚落成，陈多情为黄怀透产下一子，双喜临门。他梦寐以求的儿子说来就来，令他喜不自禁。他便将其取名为黄一，并决定公司开业和儿子满月酒合并进行，举行盛大的庆典。

阳春三月，报春花刚刚露出花蕾，一场盛大的开业和满月庆典如期而至。四根大理石包裹的水泥柱子，高高地耸立在大厦正门前方，三排大红的气球拱门排至大门，墙上挂满红色的祝福条幅，生意兴隆，财源广进，开业大吉，五福临门……祝福的花篮摆满了行人道。九门礼炮摆向街面，各路人士争先恐后，尽来恭贺。

九时十八分，随着九门礼炮响起，鞭炮齐鸣，响声震彻伊水大地。

大哥西装革履，头戴墨镜，高大威猛，脚蹬三接头黑色皮鞋，锃光瓦亮，大步流星走上前去，与黄怀透、刘美丽、陈多情三人共同剪彩，并为总公司和五个分公司揭牌。

鞭炮声、礼花声、喧闹声交织在一起，热闹非凡，盛况空前。

二十世纪九十年代初，改革开放的春风吹遍伊水大地，国家鼓励支持政府部门有能力的工作人员辞职下海。邓弃明就是第一批吃螃蟹的人，并成为伊水为数不多的百万富翁之一。

邓弃明夫妻俩均毕业于黄河科技学院物理系，两人既是同乡，又是同学，毕业后双双分到同一所中学——伊水县黑水中学任教，一个教物理，一个教数学。年终，夫妻俩双双被评为伊水优秀教师。邓弃明勤奋好学，妻子勤俭持家，家庭和睦幸福美满。一年后产下一子。孩子的出生，既给家庭带来了无穷的欢乐，也增加了家庭负担。邓弃明夫妻俩都是农村出来的，家境并不宽裕，一时间入不敷出，经济拮据，而父母帮不上一丁点儿的忙。于是，邓弃明利用自己的一技之长，寒暑假帮助附近的农民修理机电、柴油机、拖拉机、打米机、抽水机，换取劳务费用。

一年下来，这劳务收入颇丰，比夫妻俩一年的工资还多。于是，夫妻俩商量，妻子继续捧铁饭碗，丈夫停薪留职，下海创业。恰逢国家政策鼓励支持公职人员停薪留职下海创业，他便停薪留职下海，开辟人生第二战场。

邓弃明从修理机电电器开始，几年下来积累了百万财富，于是就在伊水县城开了一家钢材专卖店，生意兴隆。不久，他便购买了一辆桑塔纳轿车。有钱、有知识，又有车、有房、有店，有本事的他开始飘飘然了，将全部业务交给徒弟打理，自己则成天在伊水钱柜娱乐中心一掷千金，花天酒地，醉生梦死。

伊水宾馆888套房内，三十余名赌徒已经鏖战了一天一夜，杀得天昏地暗，只是苦了隔壁房间的住客。赌红了眼的赌徒们，不知饥渴冷暖，眼睛直勾勾地盯着牌桌。

李山峰脸上露出一丝阴险的冷笑：来吧，来吧，兄弟！没有哪个不倒在我的牌桌上的。

开始，邓弃明只当看客，时间一长就忍不住了。起初，他五万、十万地押上去，十万、二十万地赢回来，他心想，这钱也来得太容易了。

所有赌徒都输得精光，唯独邓弃明赢钱。

李山峰觉得奇怪，莫非他出老千？可他是一介书生，大学文化，中学老师，应该没有这个能力。于是，他眉头一皱，计上心来。

"老大，来了一位奇人，最适合做我们的账房先生……"李山峰与黄怀透窃窃私语商议道。

"你看着办。金钱、美女尽管用。"

他俩在电话里哈哈大笑，一致认为真是天助我也。

于是，李山峰开始与邓弃明套近乎，设局诱其上钩。

"邓老板，你手气真好，好运连连啊！"

"哪里，哪里！小试牛刀而已。"

"你看，我已经输得连裤子都脱了，饥肠辘辘啊。"李山峰说道。

"我请你，地方由你选。"

"去'钱柜'如何？"

"行，那里不错，吃喝玩乐一条龙。"

于是，两人驱车来到钱柜娱乐城。草草吃夜宵后，上到五楼娱乐中心，邓弃明财大气粗地说："'妈咪'，选最漂亮的美女来。"

"妈咪"带来一打美女，他俩一人挑了一个，唱歌跳舞直至天亮。

于是，他俩就在六楼开房休息。一觉醒来，日已西斜，二人伸个懒腰，动动筋骨，下去吃晚餐。

"邓老板，饭菜味道怎么样？"

"不错，不错。"

"今晚，你还有兴趣吗？兄弟和你单挑如何？"

邓弃明赌兴正浓，自以为是，早已忘乎所以，不知是黄怀透做的局、设的套，故意挖坑诱使他往火坑里跳。

"单挑就单挑，单挑安静。"

钱柜九楼行政楼层，装修金碧辉煌，又不失典雅大方。一张牌桌居中，四位身着比基尼的美女，洗牌倒茶递烟。

"李老板，你这唱的是哪一曲啊？莫不是美人计吧？"

"哪里，哪里！兄弟如手足，女人如衣服。穿穿罢了，助兴嘛！"李山峰说。

李山峰和邓弃明押间子宝赌博，开门见山，直奔主题。一盘下来，李山峰输了八十五万。

"兄弟啊！你太厉害了，我甘拜下风，不玩了，不玩了。"

"我这是狗闯蚊子，全靠运气。"邓弃明心想，你想溜，没门。

于是，他反复挽留李山峰，接着玩。

这正中李山峰下怀。他故意装傻，垂头丧气，宛如一条死狗，唉声叹气。

"来就来吧，钱是一张纸，生不带来，死不带去。"钱我已经没有了，就拿我家房子和门面做押金如何？这次各押一百万。

结果，李山峰赢回了一百万。

再赌，邓弃明又输一百万。邓弃明不仅把赢的钱输了，而且把带去的钱都全部输光了。

他想，干脆倾其所有，押一次大宝，盘回本钱。其实，赌博这行，越想盘本越亏本，越盘越亏，越亏越输，越输越赌，越赌越输，十赌九输，十赌九死，十输十赌，十赌十死。

"押两百万。"

"两百万，就两百万，押。"

结果邓弃明又输了。拿不出钱的他，将门面、店面、房子、车子全部抵债，还欠一百万。

他打下欠条。欠条限定十天内还清，否则滞纳金百分之十，利滚利滚雪球。

清晨，邓弃明一觉醒来，床上多了一位裸女。他睁眼一看，她正在甜蜜的梦乡，美丽漂亮，秀色可餐，他心想：一双玉臂千人枕，半点红唇万人尝。

可此时他已无心欣赏，昨晚发生的一切仍然历历在目，他掏出欠条仔细一看，吓出一身冷汗。这真是辛辛苦苦几十年，一夜回到解放前，自己从百万富翁瞬间变成了百万负翁。

他望着身边的美女，不禁潸然泪下，泣不成声。

"兄弟啊，昨晚睡得可好？"李山峰在吃早餐时问候道。

他哑巴吃黄连——有苦难言，勉强挤出一丝苦笑。

"我什么都没有了，你看着办吧！"

"要不这样，你到我们钱柜公司来打工还债，不计利息，如何？"李山峰说。

"也只能这样了。"

就这样，邓弃明成了黄怀透的打工"奴隶"。

李山峰认为这种方法好，来钱快，又不得人怨。于是，他便故技重演，使拥有千万资产的董树民输得精光，逼得他背井离乡，远走他乡。南华大酒店、威尼斯酒店、郑市、西安、武汉、广州星级酒店的豪华套房，都留下了李山峰开赌场约赌诱赌的足迹，非法牟利达数千万元之巨，赚得钵满盆满。

黑风寨茶楼的豪华包厢里，黄怀透坐主位，"军师"李山峰右向坐，"账房先生"邓弃明左向坐，其他马仔里三层外三层地围坐喝茶。

"从今天开始，他就是你们的三哥。他可是文化人，在座的有几个上过大学，你们和我一样小学肄业。哈……哈……哈……哈……"他用手指着邓弃明，开始训话。

"愿效犬马之劳，肝脑涂地，在所不辞。"

"文绉绉的，大学生就是不一样。"

"承蒙老大夸奖，不足挂齿。"

惹是生非

子系中山狼，得势更猖狂。人性的弱点，就是见不得别人比自己好，尤其是熟人之间更甚。人往往就是这样，当自己是受害者时，奢望人间公平正义，人人平等；当自己是加害者时，便逞凶施暴，算计诬告陷害别人。

想当初，邓弃明在伊水钢材市场开钢材店时，曾因生意场上的事情，与邻店廖老板发生矛盾，结下梁子，现在报复的机会来了。

"老大，有件事向您汇报，我当年做钢材生意时，廖老板经常欺负我。"

"什么？有人竟敢欺负我账房先生，吃了熊心豹子胆了？大哥为你主持公道，出了这口恶气！"

第二天上午，黄怀透带着喽啰马仔，驾着奔驰、宝马，浩浩荡荡地来到廖老板的钢材店，一副财大气粗、不可一世的样子。

"老板，有武钢的无缝钢管吗？"

"有。您要多少？"

"我要八十万的武钢无缝钢管，直径五厘米，长一百厘米，五天后提货。"

"没有问题。可是，这么大的量，还是请您先交十万元定金吧！"

"什么？定金？你担心我骗你？你小看我黄老大，买你的钢管，是看得起你，你走运了。"

廖老板心想，遇上大老板了，都是伊水两个熟人，不交就不交吧。

五天后，李山峰带着一帮马仔驾车前来提货。

廖老板日夜加班，赶在第五天的天亮时分，总算把八十万的货保质按量完成了，心想，这笔生意至少也能赚上十万八万。

"老板请验货。"

一帮马仔挑来挑去，东敲西打，横挑鼻子竖挑眼，不像是验货的，像是来找麻烦的。

廖老板不觉心里一惊，打了个冷战。

"廖老板，这是什么东西？全是些假货。"

"什么？假货。正宗武钢无缝钢管，哪来的假货，红口白牙，讲话要凭良心啊！"

"货不提了，你留着自己用吧。"丢下这句话，一帮如狼似虎之辈转身就走。

廖老板冲向前去，拖住李山峰，叫他别走，有事好商量。

"廖老板打人了，兄弟们上啊。"

闻听此言，事先早有预谋的一帮马仔，似饿虎一般凶神恶煞，蜂拥而上，将廖老板推倒在地，一顿乱揍，打得他哭爹喊娘。妻子上前劝阻，也被打倒在地。

当廖老板吃力地从地上爬起来时，那帮马仔早已经扬长而去。

伊水法院的罗高明，从书记员、审判员，到副庭长、民事庭庭长、刑事庭庭长，到分管民事庭和刑事庭的副院长，再到院党委副书记、常务副院长，分管民事和刑事诉讼。一路走来，一步一个脚印，脚踏实地，一帆风顺。这步步升迁，既有他的智慧和过人之处，又与他的能力强、水平高密不可分。从政之初，他尚能自律，严格要求自己。可自从当上副院长后，他就开始忘乎所以，飘飘然了。

伊水钱柜大厦落成剪彩时，他受邀为特邀嘉宾，只是碍于组织纪律，他不敢公开站台。但是，剪彩的那把金剪刀，黄怀透没有少他的那一把。

其实，在罗高明任民事庭副庭长时，黄怀透就已经和他勾搭上了，一直以兄弟相称。伊水坊间传闻，伊水法院是他黄怀透出钱，罗高明、曾庭长出法槌，三人合伙开的。因此他没有打不赢的官司，没有改不了的判决书。

黑风寨茶楼的豪华包厢，黄怀透在急不可耐地等待罗高明院长的大驾光临。

但是，罗院长却故意拿捏，姗姗来迟。黄怀透自然急不可耐，翘首以盼。因为替邓弃明报复邻家钢材店廖老板一案，已经有四名马仔进了局子。他怎能不急？

"老兄请喝茶，这是陈年普洱生茶。"

"嗯……嗯，不错，口感好。"

"我那帮小子们实在是不听话啊！又惹是生非了，案件到您那了吧？"

"还没有，还在检察院。"

"有劳院长大人，您高抬贵手，放他们一马。"

"这还用说吗？兄弟你的事，就是我的事，甚至比我的事还重要，放心吧！"

黄怀透替邓弃明寻衅滋事报复廖老板一案，凶残的暴徒居然将廖老板脾脏都打烂了，致其重伤，其妻也被打成轻伤，八十万的无缝钢管已经变成了一堆废铁。从此他一蹶不振，一下跌到贫困线以下。手术后，他将取出的脾脏用矿泉水瓶装好，再用福尔马林泡着，带着它四处上访告状。

法院认为公安机关未查清案件关键事实，认定事实不清、证据不足——具体致人脾脏破裂的行为人无法确定。在缺乏充分证据的情况下，不得作出有罪判决。鉴于多人参与互殴且具体加害人无法查明，法院最终以故意伤害罪判处顶替者蒋某有期徒刑三年、缓刑四年，其余涉案人员因证据不足依法不予定罪，当庭释放。

其实，黄怀透与罗高明狼狈为奸，沆瀣一气，早就不是一次两次了，这次只不过是罗院长枉法裁判的又一"杰作"。

"老兄院长好！今天晚上有时间吗？好久不见，老弟想您了。"

"好吧！好吧！晚上钱柜大厦见。"

六点半，罗院长准时来到钱柜大厦888豪华包厢。黄怀透率李山峰、邓弃明，还有一众美女恭候他的大驾。酒足饭饱后，大家一起到五楼钱柜娱乐中心唱歌跳舞。

随后，黄怀透和罗高明在两位美女陪同下，一同到四楼，全套服务下来，已是午夜时分。

"老兄，这是您喜欢的两盒陈年冰岛生茶，不成敬意，请笑纳。"

"无功不受禄，无功不受禄啊！"

"我们是兄弟，谁跟谁啊！"黄怀透说。

"那就不好意思了。"

"应该的，一点点小意思，请院长大人别介意。"

"哪里，哪里。"

罗高明回到家里，打开一看，茶叶仅有一盒，另一盒装的是十万元现钞。他心安理得地收下了，心想这只有天知地知，你知我知。

"大哥啊，我们开赌场还有五千万的欠款没有收回，怎么办？"李山峰说。

"今天晚上，请曾庭长吃饭，你参加。"

"好的。"李山峰心领神会。

晚上，还是钱柜酒店888豪华包厢，黄怀透、李山峰、邓弃明，加上两位美女，共五人陪曾庭长吃饭。

席间，曾庭长天南地北，高谈阔论，口若悬河。

关于五千万欠款，曾庭长说，其实此事非常简单，欠条变借条，附加利息；然后，到他那里打"关系"，一切就OK了。

大家高兴得纷纷端起酒杯干杯。酒足饭饱之后，又是唱歌，又是水疗SPA，整套服务舒心惬意，恰到好处，曾庭长非常满意。

可是，一个月过去了，递去的诉状如泥牛入海，杳无音信。

黄怀透找来邓弃明。

"我叫你送钱给曾庭长，送了吗？"

"没送。"

"为什么不送呢？"

"他吃也吃了，喝也喝了，唱也唱了，摸也摸了，睡也睡了，嫖也嫖了，应该一切都行了吧。"

"你呀！官字两张口，口干什么来着？要吃要喝，没有银子哪来的吃喝。今天晚上送五万现金给他。"黄怀透几乎是以训斥的口气交代邓弃明的。他赶紧照办落实。

第二天，黄怀透便收到了立案通知书，十天就开庭。办案速度之快，真是神速。

"亏你还是大学生，榆木脑袋不开窍。"黄怀透盯着邓弃明说道。

二〇〇〇年，房地产市场高潮迭起。伊水建筑材料砂卵石、红砖、煤矸石炙手可热，供不应求。

108

"大哥，伊水的砂卵石、煤矸石大有文章可做，我们应该从中分一杯羹，不能仅限于赌博一条生财之道。"李山峰说。

"言之有理，一切都由你去办。"

潘大明是伊水最大的煤矸石老板，几年下来赚得千万家产。他与侄儿子潘海合伙开采的忠山煤矸石矿，他占百分之五十五的股份，潘海占百分之四十五的股份，生意非常兴隆，收入颇丰。潘海年幼无知，年轻气盛，经常到钱柜娱乐城唱歌跳舞，水疗 SPA，花天酒地，醉生梦死。

李山峰故意安排美女陪唱、陪跳、陪睡，然后设局诱其赌博。他一夜就输掉两百万，连股份也输了，还欠李山峰一百万。

于是，李山峰找到潘大明商量，想收购其股份，潘大明不干。

李山峰找来潘海，对他说，只要你把你叔叔的股份搞到手，你就是忠山煤矸石矿的老大，煤矸石矿全权由你管理，赌债全免。

月黑风高夜，魑魅魍魉出没时。潘海来到矿洞，假意检查值班值守情况，故意将烟蒂丢在炸药边，一场大火引发爆炸，把一个好端端的煤矸石矿炸得面目全非。

无奈，潘大明只能将煤矸石矿低价卖给了黄怀透，潘海摇身一变成了老大。

霸占忠山煤矸石矿后，李山峰又将黑手伸向黑水码头的河砂市场。

李山峰与分管自然资源的塘副县长串通招投标，由他出面招标，塘副县长幕后操作。两千万元标的，一千万押金，只有他一人竞标，最后流标。塘副县长指示他，状告伊水县政府，打行政官司，你告政府，我代表政府出庭应诉，里应外合，政府必输，所得赔偿款五五分成。他们狼狈为奸，沆瀣一气，幸被刘书记及时发现制止，阴谋诡计才未得逞，阻止了一场重大经济损失。

黄怀透开设赌场，抽水放数，引诱赌博，设局赌博，做迷子，出老千，盗掘坟墓，倒卖文物，下三烂的手段无所不用，只要能赚钱，管他黑道白道。

他垄断了伊水及其周边的赌博和文物市场，攫取了巨额暴利。同时，他还将黑手伸进伊水建材市场，霸占煤矸石矿，只许他收购后高价卖给别人，不准他人买卖。他低价收购，高价卖出，只许州官放火，不许百姓点灯，害苦了伊水砖厂老板。但凡伊水有利可图的行业，他都要插上一竿子，害得百姓叫苦不迭，伊水百姓苦黄氏之害久矣。

二〇〇一年农历八月初一，距中秋佳节尚有十四日。月上柳梢头，人约黄昏后。

黄怀透安排完喽啰们的中秋月饼后，带着两个马仔，哼着伊水小调，迈着方步，兴致勃勃地来到乐堡夜宵市场。

乐堡夜宵市场地处伊水南路，偌大的市场座无虚席，人声鼎沸，喝酒声、猜拳声、吵闹声、喧嚣嘈杂声，声声入耳，一派太平盛世的景象。

他和两个马仔找到一张桌子坐下。

"请问老板，想吃点什么？"服务生问道。

"卤猪手一份、烤羊肉串三十串、烤牛肉串三十串、烤河鱼一份、烤河虾一份、辣椒炒肉一份、卤水拼盘一份、杀猪粉三碗、青岛啤酒两件，够了。"

卤猪手刚一端上桌，黄怀透随即抓起一只猪手，大快朵颐。"好吃好吃"，他们边吃边说，犹如母猪吃潲，"吧唧吧唧"直响。

"来，老大陪你俩干一杯。"

黄怀透刚刚端起酒杯，后面有人一个趔趄碰到他身上，一满杯酒倒在桌子上。他转身骂道："没长眼睛啊！没见老子正在喝酒吗？毛头小子，毛手毛脚，老子混江湖的时候，你还在你娘肚子里呢。"

"什么东西？竟敢教训你爷爷！"

"混账东西，睁大你的狗眼看看，爷爷我是谁？伊水无人不知无人不晓的黄老大！"他用手指着自己。

"我不认识什么黄老大、陈老大？老大？你算老几？"

"我算你爷！不信，老子要了你的狗命。"

双方争吵越来越激烈，言辞越来越放肆，剑拔弩张，大有一触即发之势。

"你是我爷，你是我爷。我要杀死你。"说时迟，那时快，男子抽出随身携带的一把尖刀，一刀扎进黄怀透的右大腿。

黄怀透猝不及防，杀猪般地嚎叫，顿时鲜血直流。几个混混见到鲜血，吓得作鸟兽散。

伊水中心医院抢救室的红灯持续闪烁，医生护士出出进进忙个不停。

李山峰纠集一群马仔守在抢救室门口，焦躁不安，焦急地来回张望。

四个小时后，主任大夫神情严肃地走出抢救室。

"怎么样啊？大夫，"李山峰问道。

"还好，已经脱离危险了！如果刀再往里多捅一毫米，恐怕就性命难保了。"

原来，小混混一刀下去，刀口距股动脉仅差一毫米，好险啊！不幸中的万幸，也算他命大，阎王爷暂时还没有收他黄怀透的意思。

他躺在ICU的病床上，不停地哀号。他从未受过如此奇耻大辱，伤痛、伤心、焦虑交织在一起，彻夜难眠。无论护士如何劝哄安慰，都无济于事。

五天后，他从危重病房转入普通病房。他包下一间病房，变成单间病房，三个护士服务他。一帮马仔前呼后拥，把病房围得水泄不通。

护士李美富端着盘子，要进去给他量体温、测血压，可挤都挤不进去。她心想：好大的气派，不知是哪路神仙。

等她好不容易进入了病房，只见黄怀透躺在床上，不断呻吟，装死喊痛。

"起身，量体温、测血压了。"护士李美富说。

黄怀透沿着声音看去，眼睛突然一亮。世间竟有这么美的美人！只见她圆圆的脸蛋，白里透红，柳叶眉下一双大大的眼睛，清澈透明，眉目含情，楚楚动人。虽然她戴着口罩，但是藏不住美人坯子的气质。

时间过得真快，转眼之间，他即将痊愈出院。

病房里，黄怀透在李美富的脖子上轻轻一吻，顺势将她搂在怀里。他告诉她，放心吧！不会亏待你的！一切故技重演，如法炮制，李美富成为他第三任情妇。

第二年，李美富为黄怀透产下一子，取名黄三。

并案侦查

黄怀透百思不得其解：混混为什么要杀他？如果不是自己命大，早就见阎王爷去了。

思来想去，他认为应该是群魔乱舞时，和"河边派"老大陈无道曾经结下的梁子，应该是他雇人杀他，只有他做得出来。既然你陈无道不仁，那就休怪我黄怀透不义了。

下定决心后，他便安排金牌打手邓人药前往珠三角雇请杀手报复陈无道。

邓人药肩背二十万现金前往广州寻找杀手，寻来寻去没有找到合适的，带去的二十万元现金也花得所剩无几了。他只得随便找了两个南河人来到伊水。可他俩害怕杀人，不敢下手，就这样，钱没了，人没杀着。

黄怀透把邓人药狠狠地训斥了一顿，罚两个月工资。他心想：我就不相信有钱找不到杀手，有钱能使鬼推磨，难道活人会被尿憋死不成。

于是，他亲自出马，带着邓人药和马仔前往广东，并坐镇广州花都指挥调度。

闲暇时分，经商在花都的一帮老乡请他聚会。远在他乡，老乡见老乡，两眼泪汪汪。

唐亚人、唐亚娣姐妹俩在花都狮岭从事皮具生意。姐姐由于生意耽误了婚姻大事，三十好几了依然是剩女，尚未脱单。自从见到黄怀透后，春心萌动，宛如平静的池塘投入一枚石子，荡起阵阵涟漪。

黄怀透前呼后拥，挥金如土，好有大哥大的气派，正是她心目中理想的白马王子。

入夜，花都皇中皇娱乐城灯火辉煌，歌舞升平。

"黄老板好！小妹敬您一杯。"唐亚人端起满满一杯洋酒说。

"谢谢啦！干杯。"两个酒杯碰在一起，"叮"的一声，二人"咕咚咕咚"喝下了酒。

"您人熟路宽，小妹有一事相求。"

"请讲！"

"想请您帮我介绍一个男朋友。"

"给谁介绍男友？"

"我呀，怎么样？"

"行……"

"我思来想去，有一个人比较合适。"

"谁？说来听听。"

"远在天边，近在眼前。"

一切顺理成章，黄怀透把她收在麾下，成为他第四任情妇。

接着，黄怀透便在广州花都花海宅第购买了一套住房，将其安顿下来。第二年，她为他产下一子，取名黄四。

邓人药在深圳、东莞、惠州转了一大圈，终于找到了南河乙县人甘飞、并四五个杀手，他们愿意前往伊水干这桩买卖。邓人药将十八万元现金，连同陈无道的照片、手机号码、住址全部交给了甘飞。

甘飞一伙熟悉情况后，于二〇〇二年四月十六日从广东打车前往伊水。

十七日凌晨时分，他们赶到了伊水，入住伊水宾馆516、517房间。

十七日傍晚五时三十五分，陈无道骑着单车刚到家门口，双脚刚好跨下单车，脚跟尚未站稳，一阵呼啸声从他背后飞来。

突然，他感到背部和胸部一阵剧痛，顿时鲜血汩汩流出。他顺手一摸，一把杀猪刀的刀尖在胸前凸出。他紧握刀尖，捂住伤口，拨打120。救护车迅速赶到，将他送医院紧急抢救。

得知陈无道被杀的消息，黄怀透非常高兴，他恨恨地说："小子，你也有今天啊！来而不往非礼也，一礼还一拜。"

广州白天鹅酒店，黄怀透设宴庆贺。

姨妹子唐亚娣鞍前马后，忙个不停，俨然是家庭主妇。大家酒足饭饱之后，又去酒店歌舞厅继续狂欢。

醉眼蒙眬的黄怀透，搂着姨妹子，把妹妹当姐姐，又是亲又是抱。唐亚娣则半推半就，装聋作哑，就势倒在姐夫的怀里。

正应了陈多情那句话：黄怀透就是一个花心大萝卜，吃着碗里的看着锅里的。兔子还不吃窝边草呢，他却管不了那么多，管他娘的窝边草不窝边草，只要是草，见草就吃，吃了再说，不吃白不吃。

最后，他将其姨妹子也收在麾下，是其第五任情妇。从此，姐妹俩共侍一夫。

黄怀透在广州南站附近的皇家乐府购买了一套住房，将唐亚娣安顿好。一年后，唐亚娣为黄怀透产下一子，取名黄五。

陈无道被杀的消息迅速传遍了伊水全城，各种传闻谣言四起，闹得沸沸扬扬，满城风雨，人心惶惶。光天化日之下杀人，来无影去无踪，真是太吓人了。

陈无道在伊水中心医院度过了危险期，总算捡回一条老命。说来也怪，一把长二十五厘米的杀猪刀，在非接触式的情况下，从背部向右前胸刺出，穿过胸腔，竟然没有伤及任何内脏，只是导致失血性休克。他躺在床上百思不得其解。

案发后，市、县两级公安机关迅速赶往现场勘查，调取视频资料，设卡查缉。因为发案时间是二〇〇二年四月十七日，所以该案命名为"2002.04.17"谋杀案。

其实，对于黄怀透黑社会性质组织犯罪，平原市公安局早在一九九八年就已经成立了专案组立案侦查。但因为时间跨度长，涉及的人员多，案件复杂，取证难度非常大，很多案件已经处理过了，苦于没有直接证据，未敢贸然动手，以免打草惊蛇。打蛇必须打在七寸上，方能将蛇打死。否则，打蛇不死反被蛇咬，这样的例子不胜枚举。

陈无道被谋杀，虽然说是偶发的个案，但有其必然联系，其中必有黄怀透的黑手和影子。

李学副局长明确指出："陈无道被谋杀一案，与黄怀透黑社会性质组织案，一定有着深刻的必然联系。"

专案组决定，将黄怀透黑社会性质组织案和陈无道被谋杀案并案侦查，以侦破陈无道被谋杀案为突破口，对黄怀透黑社会性质组织案撕开口子，一举摧毁黄怀透黑社会性质组织犯罪，彻底铲除伊水"妖魔"，还伊水百姓太平盛世，守护伊水万家灯火平安夜。

侦查发现，案发前十五分钟，有两个身高约一米七五、身材中等的年轻小伙子，头戴墨镜，背一个双肩包，在陈无道家附近来回徘徊，像是在等人，案发后不知去向。视频追踪漆黑一片，没有下文。杀猪刀刀柄上做出DNA混合斑，系犯罪嫌疑人所留。其他没有取到任何有价值的痕迹物证。

由于案件久侦未破，公安局是粮食局、饭桶的咒骂声和抱怨声在伊水大地传开了，无形中给破案带来了巨大的压力。

专案组理解老百姓急切破案的心情，只得默默地忍辱负重前行。其实，侦查破案的过程，就是寻找、发现、固定、提取证据的过程；这一过程，有时候是短暂的瞬间，有时候却是漫长的。顺利时，往往一个烟蒂、一滴分泌物、一片废纸、半枚手印、半枚足迹、一点痕迹就能迅速破案。从物找人，从人找物，从物找物再关联到人，从人找人再关联到人。可很多重特大疑难案件现场，极少有痕迹物证，更别说直接证据了，大多数是各种间接证据。而证据链条，是需要环环相扣、严丝合缝才能形成的。

"2002.04.17"谋杀案的侦破陷入了僵局。

回过头来分析电子数据，年轻的数据专家郭大队长提出：把黄怀透黑社会性质组织案中专案组前期侦查的电子数据，与陈无道被谋杀案的现场电子数据进行比对分析碰撞。

果不其然，综合分析发现，有五百五十组外地通信工具，案发时出现在现场。

郭大队长在大海里捞针，认真对比，仔细排查。功夫不负有心人，广东省东莞市有两个通信工具的轨迹在现场出现过，恰好与案发前的两名陌生人吻合。

调取机主资料，都不是实名登记，而且案发后因欠费停机。

这一丁点儿蛛丝马迹，又断线了。

但是数据经过比对分析发现，黄怀透黑社会性质组织骨干成员、金牌打手邓人药与此机主有关联，而且案发前五个月一直在广州、东莞、惠州漫游。

调取其通信详单，长达三千页。

郭大队长夜以继日，通宵达旦做数据，终于发现二〇〇二年三月二十五日凌晨三点，黄怀透发给邓人药信息："什么金牌打手？连个杀手都找不到，简直是个猪。"

"让他多活几天。"邓人药回复，"老大，我向你保证，四月份一定找到。"

综合分析判断，邓人药就是雇请杀手的牵线搭桥人。专案组决定，先行密捕邓人药。

暮春时节，广州南开往伊水的高铁列车上，四名警察在铁路乘警的配合下，以查票的名义，从郑市东站将邓人药"请"下高铁，戴上手铐，套上头套。

邓人药做梦也没有想到，牢狱之灾降临得如此之快。他虽然凶残无度，打架凶猛，下手狠毒，人称金牌打手，但四肢发达，头脑简单。

李副局长和他只战一个回合，他即败下阵来，将黄怀透安排他如何雇请杀手谋杀陈无道，以及黄怀透黑社会性质组织所犯罪行，如竹筒倒豆子，交代得一清二楚。

邓人药供述笔录长达二十五页。口子已经撕开，缺口已经打开。

章太局长指示："专案组务必乘胜追击，一鼓作气，全面收网。"

李山峰、邓弃明等三十余名涉案人员，悉数落网。只有黄怀透逃之夭夭。

平原市委随即成立调查黄怀透黑社会性质组织专案领导小组，市委文书记亲任专案组组长，市纪委书记、市委政法委书记、副市长、公安局局长任副组长，下设五个专门工作组：案件侦查组、破网打伞组、资金财产清查组、宣传发动和人民群众来信来访接待组、后勤和安全保卫组。

江岳任案件侦查组组长，从全市范围抽调六十六名精干警力组成专案组，攻坚克难。历尽千辛万苦，克服重重困难，专案组历时一百二十六天，终于查清全案，所有三十二名案犯悉数到案，唯有首犯黄怀透逃之夭夭，成为漏网之鱼。

"亲爱的多情！"黄怀透在电话中温柔地说道。

"还亲爱的呢？又到哪里花心去了吧。"

"哪里哪里，我今天回伊水，想死你了，你洗好澡等我吧。"

虽然说黄怀透已经有五个情妇、五个儿子，但是陈多情在他心目中的地位是最高的，那是艰难时刻结下的患难真情。

专案组民警在郑市东站张网以待，等着黄怀透自投罗网。

然而，将列车的商务座查了过遍，也未见黄怀透的踪影。明明是上了车的，莫非提前下车了？专案组民警是从信阳西上的车，他怎么会知道？

原来，狡猾的黄怀透与唐亚娣温存后，一觉醒来已是中午时分，拨打邓人药电话关机，发信息没有音讯。已成惊弓之鸟的他，直觉告诉他危险来了。所以，他当即从长沙南站下车，改乘去往上海南的高铁，开始了他亡命天涯的逃亡之路。

他的想法是，先到上海，避避风头，静观其变。

到达上海后，他直奔陆家嘴豪布庭斯大酒店。

进入房间，他便急不可耐地给李山峰打电话，打探情况，安排事情。他心想，李山峰人没有进去，这就吃下了颗定心丸，自己可以放心玩。于是，他叫来一名美女技师上房，享受特殊服务，消除一天的疲惫。

伊水那边，陈多情心急如焚，左等右等，既等不来人，又等不到电话。打电话，手机关机。

"花心大萝卜，您就是走路也该走到家了吧！"电话终于打通了，陈多情说。

"有急事，已到上海浦东新区。对不起啊，老婆！"

恰在此时，电话中断。

"怎么啦？怎么不说话呢？"黄怀透继续说。

原来是专案组侦查员把她带走了。

黄怀透马上打李山峰、邓弃明、潘海的手机，全部忙音。

他心里一咯噔：不好了！真的出事了。这一切还是应验了那句俗语："出来混迟早是要还的。"

第二天上午，黄怀透心情坏透了。他六神无主、漫不经心地在陆家嘴金融街、东方明珠塔胡乱绕了一圈，还不忘登上东方明珠塔的旋转厅俯瞰上海全貌，心想偌大的美好世界，已经没有他的容身之处了。

他反复想着一个字：逃。

上午十一点半，他从上海虹桥机场直飞哈尔滨，然后转机伊春。

伊春，是北国冰城。南方虽已暮春，可北国伊春依然冰天雪地。他走出机场，深感寒气逼人。于是，他置办了一套皮草御寒，皮衣皮裤皮帽，活脱脱的一个东北猎人。草草地吃完晚饭，在街上溜达了一圈，已经晚上九点多了，可天空还是没有黑的意思，他以为是手表出了问题，结果发现手表是对的。

第二天早上四点，天就大亮了。黑夜变成了白天，企望黑夜藏匿的他，相信迷信，认为老天显灵了，他已无藏身之所了，伊春非久留之地。他哪里知道，这是地球绕太阳公转所产生的自然现象。

他马上直飞去了沈阳。

到沈阳故宫一游后，他回到酒店，草草吃完午饭，服务员送来剧院戏票。他心想，管他三七二十一，先看看戏再说。

人生无常，世事难料。来到剧院，演出逗得满堂喝彩，呐喊声、喝彩声一片，他的心却凉凉的。

为顺利将黄怀透抓捕归案，将其绳之以法，专案组成立了专门的追捕小组，李学副局长亲任组长，从刑侦、网技抽调骨干力量，专司追捕黄怀透。

然而，追捕小组似乎总是慢了半拍，他前脚刚走，追捕组后脚才跟上。

从他的生活轨迹和逃亡路线分析，郑市、武汉、西安刚好构成一个三角形，不管他如何逃，总逃不出栖身这三座城市的宿命。于是，追捕组决定欲擒故纵，张网以待，在西安、武汉、郑市三地守株待兔。

黄怀透离开沈阳，飞抵北京首都国际机场。当晚，他又乘机飞抵乌鲁木齐地窝堡国际机场，然后转机飞抵伊犁伊宁机场。不久，他离开伊犁，来到南疆重镇喀什。

喀什历史文化底蕴深厚，他行走在喀什老城，为他五个非婚生子买了五面小鼓、五顶瓜皮小帽，以尽父亲最后的责任。

两天后，他飞抵和田。和田是中国三大名玉原产地之一，是羊脂玉的发源地。在和田玉精品世界，他为五个情妇、妻子、三个女儿买了九尊佛，为五个儿子买了五尊观音。俗话说："男戴观音女戴佛。"他还特地为陈多情买了一个鸡心吊坠、一个玉镯，感谢她患难之中给予他的爱情。所有礼物，一并用快递发给他们，希望他们知道他逃亡的难处，人还活着。

接着，他又从地窝堡国际机场直飞成都双流国际机场。在成都，他去了武侯祠、杜甫草堂，看了锦江夜景、宽窄巷子、都江堰、二王庙等。

站在峨眉金顶，他想一死了之。然而，他又怕死，下不了决心。他心想，这一跳自己是一了百了了，可那五个年轻漂亮的情妇就要独守空房，守活寡了。如果她们熬不住，五个年幼无知的儿子就变成了别人家的孩子，随别人姓了。

想着想着，泪水不禁模糊了双眼。

"施主，好死不如赖活，尘缘未了，情未了啊。阿弥陀佛！"小和尚在一旁劝道。

他这才回过神来，缩回双腿，离开金顶。

从峨眉山直接打车到重庆后，他站在朝天门码头，看到那陡峭的台阶上，棒棒军肩挑背驮，喘着粗气，艰难地一步一步地往上爬，豆大的汗珠滴在台阶上。

"老兄，背一篓货多少钱啊？"

"二三十元钱。"

他心想，自己的钱来得太轻松，太容易了。他们虽然辛苦，但是身心是自由的。自己虽然家财万贯，却失去了自由，随时随地就会身陷囹圄。

自由比什么都好啊！

他开始乘船，顺长江而下，过三峡，直奔武汉三镇，藏匿在汉口。

他打电话给湖湘大学法学院的白教授，委托其做自己的辩护律师。白教授从长沙赶往汉口，两人签订委托书，并签下合同。只要庭审时，白教授能辩掉他的黑社会性质组织罪的罪名，就给付人民币四百六十万元，先期支付二百万元。

随后，他从武汉天河国际机场直飞海口美兰国际机场。

秀英大道，海花岛上，他唉声叹气。他曾经答应带五个情妇和五个儿子来海花岛包五栋别墅旅游度假的事情，现在只能是空中楼阁，无法实现了。

他逛完海口，直奔三亚。亚龙湾、凤凰岛、南天一柱、南海观音，他一一走过。在南海观音菩萨塑像下，他反复祈求观音菩萨保佑：警察抓不到我。

他来到天涯海角旁，再往前已经无路了。他不禁潸然泪下，泣不成声，自己真的是走投无路了。

回头回头，必须马上回头。

于是，他从凤凰机场直飞贵阳，从贵阳乘火车到长沙，从长沙打车到武汉，再从武汉打车到郑市。他不敢回郑市的家，因为他的户籍地就在郑市。

他入住了好运来大酒店，似乎来无影去无踪，无人知晓。

可一切早已在张网以待的平原市公安局追捕小组人员的预料之中。他们早就等待着这一天的到来。

李副局长亲率刑侦、网安技术骨干十人，驱车直奔郑市。

在郑市警方协助下，黄怀透于二〇〇二年六月十七日凌晨两点在郑市好运来大酒店6016房间被擒获，并被连夜押回平原市公安局。

这一天，距陈无道被谋杀刚好六十天。其实，黄怀透在乐堡夜市被杀一案，与陈无道没有任何关系。六十个日日夜夜，六十个不眠之夜，人民警察经历了多少汗与泪的辛酸煎熬。

案中案

黄怀透落网后，摆出一副死猪不怕开水烫的架势，困兽犹斗，拒不交代犯罪事实。在看守所，他自伤自残，企图逃避打击。

面对这种老油条，李学副局长采取了冷处理的方法，将其丢在看守所不闻不问。

一向颐指气使、发号施令、一分钟不讲话嘴就臭的他，怎能承受得了如此的冷漠和死一样的寂静。十天之后，黄怀透向看守所提出，要单独见李副局长，并要求不安排第三方在场。

李副局长想，不管他耍什么花招，都逃不出法律的制裁。他身着白色警服，气宇轩昂地走进审讯室。

隔着铁栅栏，黄怀透坐在审讯椅上，神情呆滞，面无表情。他已失去了往日的霸道霸气和不可一世的淫威，犹如一头死猪。

四目相对，李副局长那双凌厉的眼睛，犹如两道闪电射向他的双眼。

他顿时吓得连头都不敢抬了。

"抬起头来！你不是要和我谈谈吗？"

"是，我想单独和您谈谈。"

"不是谈，是要端正态度，老老实实地交代问题。"

"是，我听您的。"

"那就要看你的态度，先问你三件事，证实你是否老实。"

"您问吧。"

"陈无道是不是你雇用杀手谋杀的？"

"是的。"

"廖老板脾脏被打烂，致其重伤，是不是你策划组织的？"

"是。"

"潘大明忠山煤矸石矿山，是不是你指使他侄子潘海放火烧后引起爆炸的？"

"是的。"

"态度还算可以。希望你像刚才这样，竹筒倒豆子，把全部问题彻底干净地交代清楚，争取依法从宽处理……"

"我现在关在笼子里，拿着钱也没有用，送你五千万，请你关心关照，如何？"

五千万？天文数字啊！

"你是给现金，还是银行转账？"

"什么方式都行。"

"现金我家放不下，转账存不了。这样吧，你把五千万交到平原市公安局涉案财物专用账户，如何？"

"这样的话，那您不是什么都得不到了？"

"黄怀透，你小看人民警察了。你认为你的臭钱，就能收买人民警察吗？老实告诉你吧！你那点花花肠子，我早就看透了。你想用钱贿赂我，你出牢房，我进牢房。你打错了算盘，找错了主，趁早收起你这套鬼把式吧！"

这次审讯，证实了他涉嫌四宗犯罪，即故意杀人、故意伤害、爆炸罪、放火罪。

一切都在李副局长的意料和掌控之中。李副局长走出审讯室，用手摸了一下放在内衣里的微型录音笔，脸上露出一丝胜利的微笑。黄怀透这回是偷鸡不成反蚀一把米。

金秋十月，秋高气爽。

李副局长从专案组回到办公室，屁股还未坐热。"咚咚咚"的敲门声响起。

"请进。"一身着消防服装、身材高大的消防官手提一鼓鼓的黑色提包，后面跟着一位秀色可餐的美女。

"你走错门了吧，我没有分管消防工作。"

"没错。我就是来向您汇报的。"

"什么事？请讲。"

"省厅领导给你打电话了吧！"

"没有接到。"

"是省厅领导叫我来向你汇报的。"

"哦，请坐。"

"我把报告拿出来，再汇报啊。"说着，他拉开皮包，拿出一沓百元大钞和一个报告放在办公桌上，"请李副局长您关照我老表黄怀透，二十万元，一点小意思。"

李副局长霍地一下站了起来，断然拒绝道："开什么国际玩笑！你我是一条战线上的战友，怎么能这样？"

不容对方迟疑，他接着十分决绝地说："赶快收起你的钱，带着你的人，立马走人，否则，我马上叫纪委派人过来！"

办公室里的空气顿时凝固了，安静得出奇。

他俩站也不是，坐也不是，甚是尴尬，满脸的失望。李副局长则怒目圆睁，不怒自威。

"那好吧！还请李副局长多多关心我丈夫黄怀透啊。"黄怀透的情妇李美富说道。

随后两人提着现金灰溜溜地走了。

二〇〇三年春节前夕，大地温暖如春。大年二十八，李副局长正在办公室处理公务。

突然，门被推开了。只见一个身着粉红色迷你裙的美女进入办公室。她裙子下摆刚到大腿根部，恰到好处；雪白细长的大腿泛着粉光，白里透红；穿一双红色的高跟鞋，更显前凸后凹；双峰高耸，乳沟凹陷，水蛇细腰，性感迷人。她双眼含情脉脉，欲娇还羞，可人的脸上浮现出两抹红晕。

她迅速把门关上，一头坐在沙发上，张开双腿，春光乍泄，裙底若隐若现……

他顿时大惊。

"李副局长，我的一切都是您的，您看着办吧。"说着说着，她一头赖在双人长沙发上，不停地抽泣，眼泪直流。泪美人更加迷人可爱。

面对这突如其来送货上门的美女，他马上警醒过来，直觉告诉他，眼前的局面十分危险。他冷静下来，安慰她道："什么事？慢慢说，千万别冲动啊！冲动是魔鬼。"

他边说边绕到门后，迅速把门打开，站在门边继续安慰她。

"马上过年了，我答应父母，明年正月初二，怀透作为上门女婿，要给父母拜年的。他现在关在看守所，我无法向父母交代啊！"

"你想怎么办？"

"只要您能把他取保候审，您想做什么都行！"她一双杏眼直勾勾地盯着他。

李副局长终于看清楚了，她就是上次来送钱行贿的黄怀透情妇李美富，年方二十有一，青春靓丽，楚楚动人。

孤男寡女独处一室，难免有桃色之嫌，必须尽快想办法把她赶走。不然，就是跳进黄河也洗不清。他想了想，不能强制，只能智取。

于是，他说："既然这样，我带你去找具体的办案人员如何？"

"好吧！一切听你的。"她挎上坤包，跨出门槛。

他迅速把门关上。两人一前一后地向电梯口走去，刚到四楼电梯口，电梯刚好开门。

"阿丽，请你把这个美女送出去。"女警阿丽心领神会。

钱路不通，色路被拒，黄怀透屡试不爽的钱色开道法宝不灵了。

于是，黄怀透声泪俱下地写了一封长长的诬告陷害举报信，寄给平原市委文书记。

信中大肆诬告陷害专案组人员收受贿赂、进行权色交易，声称警方不仅收钱贪色，还刑讯逼供，对其拳脚相加，大打出手，居然把他的阴茎都打断了……

文书记接到诬告陷害举报信后，象征性地签批：请市委政法委阅处。

刚到市委政法委任副书记的陈怀阴，接到文书记的批示，如获至宝。他心想，这是向文书记展示才能、邀功请赏的绝佳机会。

擅于阴谋诡计、小人出身的陈怀阴，立马故意虚张声势，组织了二十五人的专案班子，并亲任专案组组长。他不分青红皂白，先入为主，信以为真，有罪推定，专查专案组人员。

黄怀透黑社会性质组织案一审已经判决，案件已进入二审阶段。

可是，陈怀阴武断地叫停了审判工作，强调要集中精力配合他查专案组人员，查清事实再说。

他一边调取全部案卷进行审查，鸡蛋里挑骨头，吹毛求疵，强行终止审判；一边对黄怀透羁押的县看守所所长安生进行审查，对其进行人身攻击，逼供、指供、问供无所不用。

然而，一番折腾下来，结果是什么问题都没有，他想要的什么也没有得到。因为公安机关办案是严格依法办事的，无论程序还是实体都无懈可击，没有任何瑕疵。而且，一审已经顺利宣判。

陈怀阴黔驴技穷。他又聘请同济大学高级主任法医师对黄怀透进行性功能检验鉴定，结果是黄怀透的性功能一切正常，阴茎完好无损，无任何创伤和陈旧性骨折。

至此，陈怀阴骑虎难下。声势浩大的二十五人专案班子，大炮打蚊子，越查越假。经全面核查，专案组办案程序合法、证据确实充分，就算鸡蛋里挑骨头也找不到任何瑕疵，他完全是竹篮打水一场空。

但他还是不想放过专案组。

于是，他开始审查看守所日志。结果他发现，黄怀透有三次因违反监规被强制约束戴过手铐和脚镣。

陈怀阴有如发现了新大陆，这不是违纪是什么？

于是，他开始上纲上线，撰写了一份长达三千五百字的洋洋洒洒的调查报告，送到文书记办公室，请文书记在报告上签字。

有了文书记在报告上的签字，他便以此作为尚方宝剑，再次打压专案组人员，特别是安所长，要给他党内严重警告处分。

李副局长据理力争，坚决不同意。他说，要处分就处分我，我是专案组组长。

就这样，双方僵持不下。

李副局长便直接向文书记汇报，陈述办案经过，并强调每一次重大进展都向他汇报了。

"原来这样啊！让你们受委屈了，你们是好样的。"

李副局长委屈的泪水再也控制不住了。面对穷凶极恶的犯罪分子，面对生死，他都未曾流过泪。与犯罪分子斗，身苦；与腐败分子斗，身苦，心更苦。

"谢谢文书记的信任……"

陈怀阴的脑海里，一直做着升常务副书记的美梦。

他诡计多端，想方设法对专案组抓辫子、打棍子，处理专案组人员，以期捞取政治资本。他自己一直就是靠权钱交易、权色交易、结党营私，才当上副书记的。他特别擅长性贿赂，只是尚未东窗事发。

正当他踌躇满志，忘乎所以，志在必得之时，突然，他莫名其妙地被市纪委监委带走了。

原来，省纪委收到了正在监狱服刑的田心县委原书记公书记的举报信。

他得知陈怀阴担任平原市委政法委副书记时，非常惊讶。这样的人，居然占据如此重要位置，不知道他会给党和人民带来多大的损失，多少好人会倒在他的手下。

陈怀阴是田心县委原书记公书记的老部下，是他一步一步把他提拔起来的。

陈怀阴任乡长时，和书记内讧，正事不足，邪事有余，成天往县里跑，找门路拉关系。他信奉"身体在于运动，当官在于活动"。他先是向县委书记送礼，先送购物卡，直至送钱，书记照收不误。可他的职位并没有变动。听见楼板响，未见人下来，一直是原地踏步。

他于是又四处游荡打听书记的爱好和雅性，结果发现书记好色。

"公书记您好！我是怀阴啊！今天周末，想请您出来坐坐，顺便汇报一下工作。"

"晚上有约了，改日吧。"

"我表妹从广州回来了，带了两瓶洋酒，她也想认识您，如何？"

"那好吧！你定地方！"

"就在夜来香吧。"

"好。"

陈怀阴马上订好包厢，告诉是夜来香的情缘包厢。他带上表妹，来到包厢恭候书记大驾光临。

包厢灯光柔和，温馨浪漫，书记如约而至。

他们三人，书记坐主位，他和表妹分坐左右两边。酒足饭饱之后，三人来到书记住的武装部大院散步。

夏日的夜晚，凉风习习，皎洁明亮的月光铺满大地，夜色迷人，令人浮想联翩。

"丁零零"，陈怀阴的手机突然响起，是父亲打来的，家中有事。

"书记，我先走一步，请表妹陪您散步啊。"

"去吧，去吧！"公书记自然应允。

表妹陪着书记走了三圈，有点累了，想休息一下。

于是，她跟着公书记来到他的房间。白色的灯光下，她一袭白色的迷你裙，刚到大腿根部，脸上泛着两片红晕，楚楚动人。

他那色眯眯的小眼睛在镜框下直勾勾地盯着她高耸的双峰。她含情脉脉，欲骚还羞，娇滴滴地欲擒故纵，弄得他心痒痒的⋯⋯

"别用这样的眼神看着我，我好害怕。"她言语里带着引诱。

"怕什么怕？你没有见过男人吗？"

"不瞒您说，我还是一个黄花闺女。"

"什么？你是⋯⋯"

"是呀！您不信吗？"

一切顺理成章。床单和被罩上留下血迹。

公书记心想，陈怀阴讲义气，是哥们，于是，一纸调令将他从偏僻的乡下调到县城任镇党委书记。

新官上任三把火。他是个典型的一"霸"手，当镇长干书记的事，当书记包镇长的活。一年下来，他不仅政绩平平，而且口碑非常不好。

无奈，公书记只得将他调到县林业局任党委书记。

到林业局刚刚满一年，他又想着副县级的位子。可是，凭他的本事和能力，能当好一个乡党委书记就已经烧高香了。

他故技重演，又把小表妹从广州请来，陪公书记吃饭散步，又在床上留下血迹。

半个月后，陈怀阴如愿以偿地升任副县级领导。

可以说，他完全是靠买官卖官、性贿赂发迹的，性贿赂是他的拿手好戏。副县级没有实权，油水不足，他得寸进尺，欲壑难填，想进县委常委班子。

"怀阴呀！凡事得有度，适可而止，实话告诉你吧，进常委班子，是绝对不可能的。"

第二天早上，公书记收到一条视频，是小表妹发来的。

他点开一看，猛地一惊，冷汗直冒。

小表妹说："如果你不答应我表哥，我就把视频发到网上。"

"我的姑奶奶啊！千万别做蠢事，千万别做蠢事啊！我答应！我答应！"

一个月后，陈怀阴再次如愿以偿。

其实，那是他什么表妹？什么黄花大闺女？是陈怀阴花高价从社会上请来的两个卖淫女。处女血是用鸽子血冒充的。而且，整个性爱过程全程录音录像。公书记却蒙在鼓里，哑巴吃黄连有苦难言。所以他入狱后，每每想起此事，就咬牙切齿，恨之入骨。

狱中的公书记的举报信寄到省纪委后，陈怀阴因行贿受贿罪被判处有期徒刑八年。

俗话说得好："害人者从害人开始，以害己结束。"古今中外概莫能外。

第四章　决胜千里

第一次全国扫黑除恶专项斗争，平原市公安局成功摧毁黄怀透黑社会性质组织犯罪案，切掉了横行平原市多年的毒瘤，老百姓无不拍手称快，奔走相告。

平原市公安局因此被评为全国扫黑除恶先进集体；"2002.04.17"专案组荣立集体一等功。江岳等五名专案组成员荣立个人一等功，还有十五名专案组成员分别荣立二等功和三等功。

平原市公安局刑侦支队在主管局长兼支队长李学的率领下，支队一班人马齐心协力，并肩作战。面对严峻复杂的社会治安形势，刑侦支队作为平原市公安局的尖刀班，锐意进取，开拓创新。江岳率领支队的重案大队，投入新的侦查破案工作中。

香港有一个天然的港湾，附近有溪水，甘甜可口。往来海上的船员、附近的老百姓，经常来此取水饮用，久而久之，溪水便出名了，这条小溪被称为"香江"。一传十，十传百，香江入海冲积而成的小港湾，一开始也就被称为"香港"。第一批英国殖民者登上香港岛时，就是从这个港湾上的岸，他们便用"香港"命名整个岛屿。

二〇〇二年春节前的香港，大街小巷张灯结彩，到处洋溢着节日的气氛。满大街的人们，无论肤色为何，无论说着普通话、粤语、客家话，还是说英语或其他语言，都摩肩接踵，欢声笑语。时装店、珠宝店等名牌店里更是人潮涌动。

"今天的营业收入创历史纪录，大家辛苦了！"陈店长诚恳地说道，"我代表1881英皇珠宝店，感谢大家！"

"陈店长，您是不是把英皇钻石项链收起来了？"店员阿英突然插话。

"啊！没有啊，怎么回事？"

"英皇钻石项链不见了！"

"阿英，你可千万别开玩笑！那可是价值连城的镇店之宝啊！"陈店长大惊，"有谁收了吗？"

刹那间，店内静得吓人，连一根针掉到地上都能听到。五名店员立刻慌了神，纷纷跑向英皇钻石项链展柜前，只见展柜模特维纳斯的脖子上空空如也。

天似乎塌下来了，店内的空气即刻凝固了。重达一百一十七点六克拉的南非天然钻石项链，价值达约合港币三千三百万元——竟不翼而飞。

陈店长吓得全身发抖，浑身上下直冒冷汗，豆大的汗珠大颗大颗地往下掉。

"这怎么得了？这怎么得了啊……"陈店长不断地喃喃自语。

密谋香江

"姐姐，马上就要过年了，我们家的年货还没有着落呢。"

"傻妹子，别着急，姐姐我自有打算。"

姐妹俩徘徊在花溪河畔，边走边聊。腊月的寒风，把妹妹的脸吹得红扑扑的。姐妹俩打小在河边长大，洗澡游泳、捞鱼摸虾，无所不能。

姐姐叫蒋秀，年方二十有五，在家排行老大，已是三个孩子的妈妈。她已有四次被追究刑事责任的前科。每次盗窃作案，她都事先怀孕，以此逃避打击。因为法律规定孕妇是不能被拘留、逮捕、收监羁押的，只能变更强制措施。因此，虽然四次被判刑，但是都在孕期哺乳期，不能将她收监执行，她因此一次次地逃避了法律的制裁。

蒋秀贼胆越来越大，贼心越来越黑，居然教唆妹妹做贼盗窃。她利用妹妹年幼无知、小巧玲珑、不易被人发现的特点，带着六岁的妹妹走南闯北，漂洋过海，足迹遍布亚洲、欧洲，甚至非洲。从收银台、超市等处盗取现金、手机、金银珠宝、时装名包，几乎无所不偷。

妹妹蒋蛮，年方十二。别看她小小年纪，她已经有六年盗窃史了。抓了放，放了抓，小小年纪毫无廉耻之心。因为年幼尚未达到刑事责任年龄，所以未受到应有的惩罚。

"还是去香港吧。香港人多物多，鱼目混珠，好下手。"

"我就猜到你要去香港。香港对姐姐来说是轻车熟路。"

"那当然了。可这一次和以往不同，不能再小打小闹，要搞大家伙。不鸣则已，一鸣惊人。"

一阵手机铃声打断了姐妹俩的对话。蒋秀掏出手机一看，是何飞打来的。

"秀秀，我是飞哥啊！"

"飞哥好！有事吗？"蒋秀明知故问。

"你懂的，秀秀，我们是亲家婆对老亲，我知道你的深浅，你知道我的长短。过年难，年难过，年关将至，置办年货的钱现在还不知道在哪儿呢，不能空手过年吧！"

"言之有理。刚才蛮蛮还问我呢，大家真是心有灵犀一点通。"

"那你说今年去哪里呢？还是老地方——香港怎么样？"

"刚刚蛮蛮问我去哪里好，我也是告诉她去香港。那里遍地黄金，是我们大显身手的好地方，更是我们的福地。我们在香港屡屡得手，从未失手。"

两个江洋大盗不谋而合。

"什么时候动身？"

"时候不早了，一月二十出发如何？"

"好的。"

"下午四点半，深圳罗湖口岸见。"

"不见不散。"

二〇〇二年一月二十日，蒋秀带着妹妹蒋蛮前往花溪火车站。

花溪火车站是个三等车站。因为临近年关，卖货的、买货的、闲逛的、出行的挤满了站前广场。吆喝声、喧哗声、叫卖声此起彼伏，热闹非凡。

姐妹俩顾不上这些，直奔候车大厅。买好票后，两人乘上午十点的火车赶往深圳。

列车奔驰在千里铁道线上，两边青山绿水一晃而过。时已寒冬，京广线上，南方的山水依然青绿。列车从丘陵地貌进入喀斯特地貌，不一样的风景，不一样的风土人情。两边的山，重峦叠嶂，有的像石柱，有的似石笋，有的像一堵墙，有的似一尊佛，千姿百态，栩栩如生，令人眼花缭乱，目不暇接。

"蛮蛮，你不埋怨姐姐吧？"

"姐姐，你这是哪里的话？你带我吃香喝辣，挣大钱，感谢还来不及呢！"

"是姐姐有愧于你啊！你小小年纪，本是上学的时候，却跟着姐姐……"

蒋秀欲言又止，似乎良心发现，她心想，这是最后一次了，从此金盆洗手，给妹妹找个地方安心读书去。

列车广播提醒旅客，前方到站是深圳火车站。

广播声打断了姐妹俩的对话。车门一开，姐妹俩便冲下火车，跑出车站，下午三点钟准时到达罗湖口岸。

贼眉鼠眼的蒋蛮眼睛特别尖利，她在人群中，一眼就认出了在通关大厅等候的何飞和何花。

何飞和何花手挽着手焦急地等待着，左顾右盼。

蒋秀一个眼神，何飞心领神会。

"同志，您好！请出示您的通行证。"边检民警提示。

"护照不行吗？"

"行。"

蒋蛮便将护照递给边检民警。

接着，蒋秀姐妹俩和何飞、何花一行四人，鱼贯而入香港。四人欢声笑语，仿佛一家子人出境游。

"你们去什么地方？"的士司机问道。

"去铜锣湾香港大富豪大酒店。"蒋蛮答道。

一路上的风景，对四人来说，已经没有了新鲜感。

"姐姐，如果我没有记错的话，这是我第三十次出入香港了。"

"没错，妹妹记忆力真好。"

说话间，车已到达大富豪大酒店门前。下得车来，四人办好入住手续。一天的舟车劳顿下来，他们很快进入梦乡。

第二天上午，姐妹俩沿着维多利亚港漫步。蓝天白云，碧海上波光粼粼，往来船只穿梭其间，犹如一幅绝美的海景画。不远处便是星光大道、会展中心。西九龙高铁站正在热火朝天地建设中。

姐妹俩步入铜锣湾广场，伺机寻找猎物。一条条街道，一家家商铺，一间间门店，都留下了她们踩点的足迹。可一天下来，他们并未找到合适的猎物。

第三天，四人仍旧分头行动。何飞带何花去香港会展中心。那里正在举行珠宝展销会，机会难得。蒋秀带妹妹去尖沙咀、旺角一带寻找猎物。

蒋秀姐妹俩的第一站，就来到1881英皇珠宝店。

进入店内，姐姐蒋秀专挑名贵奢侈品，如劳力士手表、大颗钻石、金器、玉器等价值连城的贵重珠宝首饰。

突然，一束光线射向蒋蛮的眼睛。她顺着光线望去，展柜那里一串钻石项链光芒四射，闪闪发光，无论站在哪个方向都能感受到光线射来。

她走近展柜仔细一看，一下子被镇住了。

"我的娘！二百五十八万美金，两千八百七十五万人民币，天价啊！"蒋蛮思索着，这就是大货了。她目不转睛地站在展柜前，足足直视了六分钟之久。

随后，她若无其事地来到姐姐跟前："走吧！走吧！没有中意的。"

蒋秀没有理会妹妹的心思。"走什么走？再看看，再看一下啊！"

“姐姐，你看！”妹妹用手一指。

蒋秀顺着手指方向看去，一束光线向她射来。这太神奇了。

姐妹俩心领神会，就是它了，非它莫属。

下午，何飞带着何花也来到1881英皇珠宝店，假意走了一圈，最后盯着英皇钻石项链，眼珠眨都不眨一下。兴奋之余，何飞心中感叹道：我的娘，终于找到你了！

晚上，四人齐聚酒店房间，一致同意：明天的目标是1881英皇珠宝店的英皇钻石项链。

江洋大盗

夜深人静，蒋蛮躺在床上辗转反侧，久久不能入睡。白天的那一幕始终在她脑海里晃来晃去，挥之不去。直到听见姐姐熟睡的鼾声，她才迷迷糊糊地进入了梦乡。

“姐姐，我拿到钻石项链了，我们发大财了……”

“傻妹子，日上三竿，太阳晒你屁股了，还在做美梦说梦话？还不赶快起床。”

蒋蛮从睡梦中惊醒：啊！太阳真的晒屁股了。

二○○二年一月二十三日下午一点。何飞身着深色阿玛尼西装，内套都彭白色衬衫，颈系阿玛尼原装深色领带，肩挎普拉达黑色肩包，脚蹬意大利老人头黑色皮鞋，手戴蒂舵金表，一米七五的帅气身材，头发油光发亮，一双鹰钩眼，面带微笑，根本看不出他已是不惑之年。何花的一身打扮也是了得，一袭爱马仕的奢侈品，让人一看就以为他俩是热恋中的富家公子和小姐。

何飞右手挽着何花，款款步入英皇珠宝店大堂。

"请问女士，想看点什么？"阿英温文尔雅、彬彬有礼。

"先看看吧！看有什么合适的。"何花答道。

"还是看劳力士金表吧！"何飞说。

阿英一听，心想生意来了，劳力士金表少则四十五万，多则上百万。

阿英心里美滋滋的，于是迅速戴上白手套，端出托盘，拿出放大镜，将放大镜交给何飞，再从柜子里小心翼翼地拿出一块价值六十五万的劳力士金表，连同托盘放在柜台上。

何飞戴上眼镜，拿起放大镜，神态自若，口中念念有词，俨然是一位高级鉴表师。

下午一点十五分，蒋秀和蒋蛮从侧门进入。

蒋秀一身古驰时装，手提爱马仕蓝色坤包。蒋蛮身着 LV 白色夹克，下身穿黑色紧身裤，脚蹬耐克白色板鞋，一袭黑白搭配，与大堂的墙壁、展柜、柔和的灯光融为一体。

"您好！想买点什么？"店员阿珠问道。

"想买钻戒，要镶白金的、天然的、大颗的、南非的。"蒋秀答道。

蒋蛮站在姐姐身旁，刚好高出柜台一个头。店内四名店员，阿英和另一位店员招呼何飞和何花看劳力士手表，另一位店员服务另外四位客人，阿珠服务蒋秀。

当时店内共有十二名客人，四名店员。大家聚精会神，纷纷寻找各自的爱物。

此时，蒋蛮用手轻轻扯了一下姐姐的裤腿。

蒋秀用脚轻轻地踢了一下妹妹，说道："小屁孩，去玩你的。"

这是示意可以动手了。

蒋蛮会意，漫不经心地离开姐姐，眼睛却死死盯着收银台的钥匙柜，伺机而动。

　　见大家都在低头蹙眉、聚精会神寻找各自的爱物，说时迟那时快，蒋蛮迅速转身弯腰拉开柜门插销，开门潜入柜台，直奔收银台。收银台高一米二，宽零点六米，上有一个抽屉。

　　蒋蛮刚刚伸手准备拉抽屉。

　　突然，阿英朝收银台走来。

　　蒋蛮心跳加速。然而，她很快镇定下来，飞也似的钻进收银台下方，一个一字马，双脚打开撑住柜壁，双手向后下垂，面部紧贴柜壁，犹如壁虎吸墙，屏住呼吸，纹丝不动。

　　这时，阿英的手机彩铃突然唱起歌来。

　　接着是阿英男朋友的声音："亲爱的，今晚我陪您去维多利亚港看幻彩香江啊！"

　　阿英一边接电话，一边拉开抽屉，漫不经心地拿出一个放大镜，站在收银台与男朋友煲电话粥，足足有五分钟之久。

　　"快点，快点吧！别老打电话啊！"何飞见状，心急如焚。

　　这已经是他第二次催促阿英了。

　　阿英慢慢关上抽屉，转身向何飞走去。

　　蒋蛮见状，蹑手蹑脚，反转身来伸手拉开抽屉，拿起钥匙溜出柜台，来到姐姐身后。

　　她用手拉了两下姐姐的裤腿。

　　姐姐轻踢两下，示意可以偷项链了。

　　蒋蛮迅速来到展柜，打开柜锁，拉开柜门，一把从模特维纳斯脖子上取下项链，放入夹克口袋内，简直是一气呵成。

　　随即，她关门上锁，抽出钥匙，再次潜入柜台，将钥匙放入原处——收银台的抽屉，物归原主。

　　然后，她再次溜出柜台，来到姐姐身旁，撒娇似的抱住姐姐的大腿，并将手伸进姐姐的裤袋内，将项链藏进姐姐身上裤袋内，又扯了姐姐裤腿三下，以示大功告成。

姐姐轻踢三脚，示意可以开溜了。

"姐姐，我尿急，想上厕所。"

"店内有卫生间吗？"蒋秀问。

"店里没有，对面直走右拐五十米有。"阿英答道。

"那你一个人去吧，姐姐正在看钻戒！"

"不嘛！我一个人去好害怕！"蒋蛮装出一副可怜兮兮的样子。

阿英见状，好心地说："人有三急，去吧，去吧！"

蒋秀就势退出，面带微笑说："那就不好意思了！辛苦您这么久，一会儿就来！"

下午两点整，蒋秀牵着蒋蛮的手从正门溜出，直奔洗手间。进得洗手间来，四目相对，会心一笑，大功告成，立刻逃跑。

何飞和何花看了劳力士金表，又看劳力士镶钻金表，横挑鼻子竖挑眼，就是不遂意。看了一只又一只，何花脸上始终没有笑容。

阿英拿出十二分的耐心，伺候着这对唱双簧的假情侣。

"喜欢这只镶钻劳力士吗？"

"喜欢是喜欢，但是表上缺一颗蓝宝石。"

"有镶蓝宝石的吗？"

"没有！"

"那我们再看看吧！"

下午两点十五分，何飞挽着何花的手假装悻悻地离开了1881英皇珠宝店。

出得门来，两人直奔大富豪大酒店。

取出行李，跨上的士，何飞收到蒋秀的短信："深圳罗湖香格里拉大酒店见。"

协同作战

贼没来，狗没叫，项链不翼而飞了。

难道项链长了脚不成？慌乱中，陈店长无计可施。

"赶快打电话报警吧！"阿英提醒道。

陈店长这才如梦初醒，迅速掏出手机，拨打西九龙警署电话。

五分钟后，西九龙警署重案A组黄组长一行十人赶到现场。六分钟后，重案B组王组长一行八人赶到现场。

1881英皇珠宝店位于旺角尖沙咀，是坐北向南的六层楼房的一楼铺面。正门是双向电动玻璃门，东侧开单扇电动玻璃门，柜台呈"7"字形。收银台在东侧门的后面，英皇钻石项链展柜位于门面的东南角，独立的玻璃柜上锁。端坐玻璃柜正中的半身维纳斯美女模特塑像，眉目清秀，面带微笑，栩栩如生；修长的脖子上，此刻已空空如也，仅仅留下一道心形的印痕。项链由一百一十七颗南非天然钻石组成，重达一百一十七点六克拉，价值二百五十八万美金，可谓是价值连城。

现场没有提取到任何有价值的痕迹物证和生物检材，警方拷贝了店内正门和侧门两个摄像头三天的全部视频资料。

现场勘查刚刚结束，英国保利保险公司的业务员也驱车赶到现场。1881英皇珠宝店对镇店之宝——英皇钻石项链按照实价全额投保，所以保险公司需要上门核实情况进行理赔。

二〇〇二年一月二十四日凌晨三点，西九龙警署办公大楼依然灯火通明。刑事技术室、重案 A 组、重案 B 组的警官们正在紧张有序地开展工作。案件分析研究室，分管刑案的刘警司端坐中央，主持案件分析研究会。

警方初步分析认为，内盗的可能性大，但也不排除内外合盗。一是发案时间是白天，店内四名店员均未离开现场，又未发现可疑的人和事；二是开锁开门盗窃项链，不是熟人，谁能找得到钥匙，谁又有这么大的胆子；三是大白天从容不迫，轻车熟路，驾轻就熟，外人是办不到的。

于是警方决定，先从熟悉钥匙的人开始摸底排查，同时回看前三天的视频资料，希望能从中发现可疑的人和事，力争年前破案。

一时间，香港的各大媒体紧盯不放，大肆炒作，说香港来了江洋大盗，好像燕子李三，来无影去无踪，闹得人心惶惶。这无形中增加了警察的破案压力。

警方见半个月辛苦工作，案件竟毫无进展，就又回过头来查外盗，仔细翻看前三天的视频资料。

结果发现，案发当天，有个十一二岁的女孩好像进出了柜台。由于摄像头是朝外的，收银台和玻璃展柜是死角，所以还不能确定。

而视频资料显示，二十二日上午，这个女孩也在店内出现过，而且，她还反复盯着钻石项链展柜看。

通过视频追踪，发现了她的活动轨迹，出入境记录显示，该女孩系花溪县人，名叫蒋蛮，年方十二，形迹可疑，有重大作案嫌疑。

二〇〇二年二月十五日，距春节还有四天。香港西九龙总区警方刘警司一行九人从香港国际机场飞抵黄河省，公安部刑侦局领导也从北京赶来，相会于黄河故道。

黄河省公安厅党委会议室内，内地、香港两地警方稍作寒暄便切入案件。

根据香港警方提供的证据材料，内地人作案的可能性极大。刘警司提议，由内地警方立案侦查，香港西九龙总区警署配合，公安部刑侦局和省厅刑侦总队负责指导协调。

黄河省公安厅分管刑侦的李副厅长当场拍板，同意刘警司的提议。由平原市公安局立案侦查，省厅刑侦总队指导协调，限期破案挽损，追回被盗赃物——英皇钻石项链。

两地警方亲如兄弟，大家齐心协力，协同作战，以期一举破案。

深圳罗湖香格里拉酒店 8618 套房，先期入住的蒋秀姐妹一直沉浸在高兴与害怕相互交织的矛盾心态中。高兴的是价值连城的项链已经归她们所有，害怕的是牢狱之灾。

蒋秀的左手始终没有离开裤子口袋。它太贵重了，一怕丢，二怕打烂。因此，她左手一直紧紧地握住项链。

直到进了酒店房间，她关好房门，上好防盗锁，插上防盗扣，关闭猫眼，拉上窗帘，这才小心翼翼地拿出项链，放在洁白的床单上。闪闪发光的钻石与白色的墙壁、柔和的灯光融为一体，光芒四射。姐妹俩目不转睛，直勾勾地盯着，眼放蓝光。

"叮咚，叮咚！"

门铃声突然响起，蒋秀下意识以为是警察来了，大声吼道："谁？"

"是我，你飞哥和花姐！"

"妈呀！吓死我了，我还以为是警察神兵天降了。"

俗话说得好："做贼心虚。"

蒋蛮听见是何飞、何花两人，连忙跑去把门打开，他俩迅速闪进房间。

蒋蛮把头伸出门外，见没有人尾随，就轻轻地带上门，把门关严，再打好反锁和防盗扣，这才来到床边。

"拿出来瞧瞧！"何飞说道。

"什么啊？"蒋秀明知故问。

"在飞哥面前，你就别卖关子了。"

"看就看吧，别被吓倒了。"蒋秀掀开床单，一时间，房间内光芒四射。

四双贼眼，八颗眼珠，直勾勾地盯着项链，眼泛蓝光。

"发了！发大财了！"何飞迅即抱起蒋蛮就地转了两圈，狂笑大叫，"发了，发了，发大财了。"

作为盗窃团伙中的老大，何飞严肃地对大家说道："我安排一下吧！当务之急是如何脱手把项链卖掉变现，如果不能变现的话，它充其量也就是一串石子，对于我们来说既不能当饭吃，也不能当钱用。现在唯一的办法是，尽快卖掉，变成现钞，这才既安全又实惠。"

他思索了一下，接着说："但是，变现的难度大，一时半会儿很难找到这么大的买主。我想马上就要过年了，我先拿五十万出来作为押金，由我来保管项链。这五十万，秀秀姐妹俩分三十五万，何花分十五万，拿回去过年。我出的五十万，最后从总款中扣除。我负责项链出售相关事宜。你们三个人同意吗？"

三人异口同声："同意。"

"既然你们都同意了，我想还是先君子后小人，先讲断，后不乱，如何？"

蒋秀、何花表示同意。蒋蛮则在房间里跑来跑去，这里弄一下，那里摸一下，似乎有看不完、摸不够的新奇。

"我想，就按照项链的标价两千八百七十五万人民币来分，每人分六百万。蛮蛮的功劳最大，多分一百七十五万。还有三百万，减去我刚分给大家的五十万，剩下二百五十万，作为联系卖项链的相关费用。怎么样啊？"

"好的。"蒋秀和何花答道。

那么，谁来找买主卖掉项链呢？

"飞哥，非您莫属。"

秀秀、花花异口同声地答道。

"既然你们相信我，那我就当仁不让了。"

案件调度会尚未结束，根据香港警方提供的证据材料，平原市公安局分管刑侦的李副局长即电告人口与出入境管理支队何支队长：立刻查询二〇〇二年一月十五日至一月二十五日，出入香港、澳门的花溪籍人员的出入境记录，人员、人数，往返次数，特别是未成年的少女，如蒋蛮一类的人，分门别类，一一列出。

二〇〇二年二月十五日深夜，平原市公安局办公大楼依然灯火通明，又是一个不眠之夜。

刚刚参加完调度会的李副局长，马不停蹄地从省城返回市局，立即组织召开专案工作会议，落实部、省领导指示和省厅会议精神，研究下一步侦查工作方案和措施。

会议决定：一是成立由分管刑侦工作的李副局长任组长的专案工作领导小组。从市局刑侦、技侦、图侦、入境、法制、情报中心和花溪县公安局抽调精干力量三十一人组成专案组，实行专案侦查，迅速开展工作。二是分工负责，各司其职，各负其责。刑侦负责立案和技术处理工作；技侦负责侦查活动轨迹，掌握嫌疑人活动去向；图侦仔细翻看视频资料，发现蛛丝马迹，并固定证据；出入境按李副局长先期安排抓紧落实，并进行人像比对，认定嫌疑人；法制负责案件审核监督；花溪县公安局负责查清已经呈现出的两名重点嫌疑人的基本情况、家庭经济状况、家庭成员，有否前科，撒网扩线，发现线索，扩大战果。三是情报中心及时汇报传达上级指示精神，协调香港警方的线索材料，上传下达，抓好协调。最后，争取春节前有重大突破。只有弄清团伙成员组织结构、人员基础信息，先查明全案，才能为顺利破案打下坚实基础。

自此，一张无形的大网撒向花溪大地。

出入境支队核查发现：蒋秀、蒋蛮姐妹俩案发前后频繁出入香港，并有多次出入境记录。两个乡村女子，既不经商，又不务工，在香港无亲无故，无任何业务往来，却多次往返香港、澳门，形迹实在可疑。

图侦追踪比对发现：姐妹俩案发时出现在1881英皇珠宝店，并待了四十五分钟后，离开现场。而且，案发前一天也到过现场，数次紧盯钻石项链玻璃展柜。

深入侦查发现：案发当时，还有两名花溪籍一男一女也在店内购物，迟迟未成交。调取罗湖口岸的出入境资料和视频资料显示，该男女一月二十日入境香港时与蒋秀姐妹四人同行，都是花溪县人氏，而且四人都有盗窃前科，多次被抓。

综合分析判断：以何飞为头子，由何花、蒋秀姐妹组成的四人盗窃团伙已浮出水面，有盗窃英皇钻石项链的重大嫌疑。

过完年，转瞬就是清明、五一、端午。时间飞快，一晃而过，但警方仍没有查到钻石的去向。

如果贸然抓捕，一时半会儿又找不到赃物钻石的去向，嫌疑人拒不供述，零口供，怎么办呢？这样不仅破不了案，反而会打草惊蛇，变成悬案。

一串串问题，一直萦绕在李副局长脑海里。二十几年的侦查工作经验表明，盗窃案件如果找不到赃物，就不算破案；就是破了案，也追究不上刑事责任。

立秋时节，何飞在深圳市罗湖水贝出手了一颗三点五克拉的钻石，侦查发现他有大量钻石。

机不可失，时不再来。李副局长一声令下：收网。

何飞在深圳落网，何花在桂林被抓，蒋秀姐妹俩在上海落网。被盗钻石项链悉数缴获。

一波三折

春种夏耕，秋收冬藏。中秋时节，正是收获的季节，可李副局长却怎么也高兴不起来，他显得忧心忡忡。

四名案犯全部抓了，赃物也追缴了，案件自然而然也就破了。然而，作为专案组组长的他深感责任重大。事情没有这么简单，案件涉及内地、香港两地，又是第一次遇到这种案件，稍有不慎，就会落下口实，被别有用心的人借机炒作。他怎能不忧心忡忡？

平原市公安局呈请批准逮捕书报到平原市检察院后，检察院不批准逮捕，案件退回市公安局，理由是案件没有管辖权。

其实，检察院退回案件也不无道理。因为案发地在香港，受害人也在香港，根据《中华人民共和国刑法》规定，以案发地和受害人所在地管辖为主，应该由香港警方管辖。

事实也确实如此，无论是市公安局，还是市检察院，都从来没有遇到过这样的案子。这真是新媳妇上轿——头一回了。

后经多方协调，市检察院作出先行批捕决定。

但是，必须满足两个条件：

一、市公安局必须立即派员前往香港转换证据，复勘现场，调取视频资料，录取口供；

二、对缴获的钻石项链进行鉴定。此项链就是被盗的项链，二者必须同一认定。

李副局长顿时傻眼了。

我的天哪！市公安局派警察到香港去执法办案，李副局长从来就没敢想过。

可是，再难也得办啊！抓贼是大家的共同职责，将窃贼绳之以法，是警察的职责所在，更是刑警的天职。

钻石鉴定是同位素鉴定，涉及的鉴定机构和知识面非常专业，非常复杂，而且国内尚无此类权威鉴定机构。

天无绝人之路。何飞在深圳市水贝销赃的那颗三点五克克拉钻石，原来只付了一半的钱，买主害怕钻石有假，就将钻石寄往美国纽约唐纳德斯基国际珠宝鉴定中心鉴定真伪。唐纳德斯基先生收到钻石一比对，正是1881英皇珠宝店被盗的钻石，于是通报给了香港警方。

由于该项链价值连城，所以1881英皇珠宝店在向英国保利保险公司投保时，保利保险公司已将项链送达唐纳德斯基鉴定中心进行鉴定,并存档备查。

经香港警方协调,请唐纳德斯基先生从美国前往平原市公安局做钻石鉴定。

二○○二年十月十五日,唐纳德斯基先生携麦克马丽女士,在美国黑水保安公司四名保安的护送下,从纽约肯尼迪国际机场乘机飞抵首都北京国际机场,然后从首都机场转机,直飞平原市平原机场。

李副局长亲自到机场接机。唐纳德斯基先生深受感动。简单的寒暄后,双方便直奔主题。唐纳德斯基先生不顾旅途劳顿,马不停蹄地开展工作。

平原市公安局刑侦大楼灯火通明,经过一昼夜的工作,唐纳德斯基先生认定:"平原市公安局缴获的钻石项链,即香港1881英皇珠宝店内的钻石项链,二者同一认定。"

一波刚平,一波又起。

二○○二年十一月二十三日下午,部、省领导一行十七人在黄河省公安厅杨副厅长的率领下,乘机飞抵香港国际机场。西九龙警署高级警司刘警司一行到机场接机。

中巴车直接把杨副厅长一行送入香港铜锣大富豪大酒店入住。

李副局长第一次到香港,面对灯红酒绿的花花世界,他毫无兴趣。他在思考,明天如何收集固定证据?毕竟是一国两制,法律体系不同,执法程序、执法方式完全不一样。明天能否在香港顺利执法办案,能否完成任务,他脑海里打了一个大大的问号。

按照日程安排,第二天上午九点三十分,在香港西九龙警署会议室召开协调会议。

会议室呈长方形，主持台空着。两地警方按排位分坐两边，相向而坐，面对面地交流。

从上午九点半到十一点半，会议一直没有涉及取证复勘现场的问题。

李副局长急了，带去的汇报材料放在各自的座位上，翻看阅读的很少。

时间在"嘀嗒嘀嗒"一分一秒地流逝，李副局长心急如焚。

因为入港签注只有五天时间，来回两天，剩下三天。现在半天已过，还有十一名证人需要录口供，还有需要复勘现场等大量工作等着他。

李副局长顾不得那么多礼节了，直接插话，请求发言。

刘警司说："请讲！"

"我的问题很简单，三件事：一是依法转换证据，二是找证人重新录取口供……"

李副局长话还没说完，刘警司直接插话："No，No，不可以，不可以的啦。内地警察绝对不能在香港执法，律政司反对的啦。"

他差一点没说，这是会破坏一国两制的。

"那请证人到深圳录取口供如何？"

"也不行，内地警方不能在香港执法！"

"那复勘现场呢？"

"那就更不行啦！"

李副局长心想，这也不行，那也不行，还开什么协调会？真是岂有此理？

刘警司和李副局长的交锋越来越激烈了。

杨副厅长马上打圆场："李局，不急不急，不急嘛！有话慢慢说。"

此刻，会场静得出奇，连心跳的声音都听得到。

"如果这样，我们连人带赃物全部移交给你们处理如何？"

"这更不行啦。没有机制！也没有先例啦。"

"这也不行，那也不行，你叫我怎么办？"李副局长气得直想拍桌子。

晚上六点半，西九龙警方宴请内地警方一行。

西九龙警署饭堂在办公楼左侧一楼大堂，只见大堂张灯结彩，喜气洋洋。大堂的正前方中间摆有一张长条形的桌子，部、省领导和港方领导分别在上方就座。下面四桌，共五桌。

李副局长和江岳大队长坐在第五桌。桌上的其他人，他俩一个都不认识。反正互不认识，也就免去了礼节，菜一上桌，两人就三下五除二地先把肚子填饱了。

李副局长想，今天会议桌上没有解决的问题，能否在酒桌上解决呢？否则，白来香港一趟了。会议桌上解决不了的问题，在酒桌上却能解决，这种工作方法，他是有成功先例的。

机不可失，时不再来。他瞄准部、省领导下去敬酒的时机，端起满满一杯红酒，走向前去，来到刘警司跟前，举杯敬酒。

此时此刻，他已经半醉。他面带微笑，满面春风，神采奕奕，高高的鼻梁上架着一副金丝眼镜，眼球有点外凸，早已谢顶的额头上闪着几颗"珍珠"。从面相看，他似乎比李副局长还年长。

"您是哪位啊？"刘警司问道。上午交锋言犹在耳，现在却已经抛到九霄云外了。

"我是平原市公安局的，案件主办地的分管领导。"

"哦！是李副局长！失敬！失敬！"

两人举杯一碰："干！"

第一杯酒下肚，李副局长就思量着第二杯怎么喝。

只见他眉头一皱，计上心来。

他开始使用激将法，故意激怒刘警司："您没读过书吧！"

"怎么没读过书？我是加拿大皇家警察学院毕业的。"

"子曰：'来而不往非礼也。'礼尚往来，您懂不懂？"

"哦！哦！哦！您敬我一杯，我要转敬您一杯啦。"

"这就对了！"

"来，兄弟我敬您一杯。"

第二杯喝完，便要酒过三巡。

李副局长说："兄弟啊！上午我说的三件事怎么办啊？"

"喝酒不谈工作，喝酒，喝酒。"

"老弟，那您看这酒怎么喝啊？"

"什么？您叫我老弟！"

"您不是老弟，难道我是老弟吗？"

"您当然是老弟啦！我是老兄，您是老弟啦……"

此时此刻，刘警司已经醉眼蒙眬。

二人仍旧各执一词，争执不休，互不相让，一时难分伯仲。

李副局长说："您看这样好不好？咱兄弟俩看警官证定输赢，您看我的，我看您的，谁是老弟？谁喝一杯？如何？"

"好！"刘警司回答得很干脆。

于是，两人就各自掏出警官证砸向对方跟前。结果刘警司小李副局长一岁。

"您是老兄，愿赌服输，我喝一杯。"刘警司已经不胜酒

156

力了。

突然，他又端起酒杯说："为天下的刑警，为我们的友谊再干一杯！"

就这样，刘警司连喝四杯，哪有不醉之理。刘警司醉了，李副局长也醉了。

李副局长打车回到酒店后，倒在床上就呼呼大睡。

凌晨四点半，他醒来找水喝。打开手机，他发现有十个未接来电，全都是香港区号。他想：能是谁呢？自己在香港无亲无故，无朋无友，哪来的电话？

他百思不得其解，正在猜想间，突然，手机响起。

"李副局长吗？我是刘警司。"

"刘警司好啊！我刚醒来，正找水喝呢。"

"昨晚，我给您打了一夜的电话，您手机关机。现在终于打通了！您是信得过的好朋友、好战友、好兄弟！您的刑警情怀太深了。向您学习！向您致敬！您说的三件事情，我都同意，已经安排好了。明天上午，由重案 A 组和 B 组的两位组长协助您工作。我赶今天早上六点的飞机，去加拿大参加母校校庆，不能陪您了。我服了您了！为了您那三件事，我昨晚一夜未眠……"

"非常感谢您！刘警司。"

"您是内地警察在香港执法第一人！"刘警司由衷赞誉道。

问题由此迎刃而解，大功告成。

竹篮打水

何飞在家排行老四，前面有三个姐姐，他是满崽（最小

157

的儿子）。何家父亲老来得子，对他十分溺爱。由此，他从小就养成了争强好胜、好逸恶劳的劣习，上学吊儿郎当，三天打鱼，两天晒网；初中尚未毕业，就在社会上流荡。当地的社会风气不正，一些盗抢骗、贩毒贩假、制毒制假的人，不是勤劳致富，而是违法犯罪非法致富。他们出手阔绰，花钱大方，家有余钱剩米，房子车子一应俱全。由于违法犯罪的成本太低，他们把违法犯罪当成了一种职业。

何飞师从周朋后，便走上了盗窃犯罪的不归路。

他从偷盗超市的日常用品，到盗窃现金，顺手牵羊偷手机，再到狐狸换太子、偷梁换柱、障眼法，手法越来越隐蔽。他还利用未成年人、孕妇这一特殊群体，专盗价值大、易携带的金银珠宝、象牙制品、名牌手表、高档时装、名包名鞋等奢侈品。盗窃财物的价值，从千元万元、十万元百万元，乃至千万元。盗窃的地域，从珠三角、长三角经济发达地区，到港澳台，再到中国周边东南亚的泰国、马来西亚、印度尼西亚、新加坡，专偷珠宝首饰。哪里有珠宝展，哪里就有他们团伙成员的影子。

随着时间的推移，中国周边国家已满足不了他们的胃口。他们便漂洋过海，从阿联酋、沙特阿拉伯专盗金器，到埃及、南非、肯尼亚盗窃象牙制品，到瑞士、瑞典、法国、意大利专偷名牌手表、名包、时装，甚至于意大利的皮衣、皮鞋……团伙的足迹遍及东南亚、西亚、中东、非洲、欧洲。

被抓到后，他们利用语言障碍，专讲花溪土语："嗷……嗷……嚎……嚎……"就是水平再高的翻译，也翻译不了花溪土语。

他们只懂两个英文单词"Yes，No"，其他一概不知。故意装傻，一问三不知。当地警察拿他们也没有办法。关不起，捕不了，判不了，诉不出。关押几天之后，只得驱逐出境，一放了之。所以，尽管盗遍大半个地球，他们在国外从未受过牢狱之灾。

然而，他们没想到，这一次竟居然"阴沟里翻船"。内地、香港两地警方克服重重艰难险阻，终于将这个以何飞为头子的盗遍大半个地球的流窜盗窃团伙一网打尽，绳之以法，送上审判台。

最终，何飞因盗窃罪被判处无期徒刑；蒋秀因盗窃罪、教唆罪、传授犯罪方法罪被判处有期徒刑十五年；何花因盗窃罪被判处有期徒刑八年；蒋蛮系未成年人，尚未达到刑事责任年龄，不负刑事责任，送特殊学校接受教育。

何飞忏悔道："我有妻有儿有女，有别墅，有车子，有存款，偷遍大半个地球，本想金盆洗手，回头上岸，没想到就此翻船。所得非法财产，全部被法院没收。一切归零。真是害人害己，害了妻子，又贻误子孙，报应啊！"

平原市公安局刑侦支队由于此案的成功侦办，被黄河省公安厅评为全省优秀集体，被公安部评为先进集体。

下部

第五章　部督文物专案

二〇〇二年初冬的一天，京城的天空，朔风呼啸，雪花漫天飞舞。一封来自大洋彼岸的绝密信件，摊开在时任公安部分管刑侦工作的部领导案头。

这是一封举报信。信中这样写道：

> 我生活在美国，是一位文物爱好者，喜欢品鉴收藏文物，特别是重点保护的一级、二级、三级文物，并有一定的分辨鉴赏文物的能力。在美国曾获一级文物鉴别鉴赏资质证书。我经常到美国纽约的大都会博物馆参观游览，发现大都会博物馆的馆藏文物有 30% 来自我们伟大的祖国。这些馆藏文物，涵盖了从三皇五帝到明清的历朝历代。作为一名有良知的海外游子，我提笔写这封举报信，是希望你们尽快行动，将那些盗掘、走私、贩卖文物的文物大盗绳之以法。请为我保密。我经常往返于太平洋两岸，从事文物买卖和鉴赏活动，这是我人生的一大爱好，乐此不疲。其间，我认识了很多国内的文物贩子，比如广州的展老板……

接着，举报者用讲故事的口吻，讲述了自己的亲身经历。

那是二〇〇一年春节前夕，我回国探亲，在白云机场下飞机后，展老板驾车来接我。

一路上，展老板兴高采烈，一边驾车，一边侃侃而谈："这次收到大货了！可以说是价值连城。就是不知道是真是假，拜请老兄您前去鉴别，赶在年前讨个好价钱，好过一个热热闹闹的大年。"

我们很快就来到了展老板位于珠江边上的豪华别墅。那里绿树成荫，古色古香。坐在他家宽敞的客厅，眺望滚滚珠江，只见滔滔碧水，奔腾不息。

展老板戴上雪白的纱手套，小心翼翼地用双手捧出两尊唐三彩马，放在宽大的茶几上。只见两尊栩栩如生的唐三彩马，流光溢彩。唐三彩马高约九十五厘米，长约七十五厘米。

我一眼就认出，这是正宗的汉唐历史文物，价值连城，属于珍贵的国家一级文物。

后来听他说，他以三亿八千八百八十万元卖给了澳门文物贩子。

二〇〇二年四月，展老板又邀我回国看"大货"，又是两尊唐三彩马。还说卖家有更大、更好、更精美、更珍贵的顶级文物，等着我去鉴赏。

于是，我俩从广州乘车北上。一路上，从南国大地到华北平原，祖国的大好河山美不胜收。而我心里却变得越来越沉重。不知道还有多少珍贵文物从此会流失海外，离开它们土生土长的故土。

我们住进平原市金水湾五星级大酒店。888 包房金碧辉煌，漂亮的女服务员笑声盈盈，春风满面。享誉海内外的平原水席，八冷十六热菜，如行云流水，依次而来，令人大饱眼福，尽享口福。

酒足饭饱后，我们一行四人乘车神秘兮兮地来到一处民宅。那是一栋二层楼的青砖青瓦房子，漆黑大门由铁将军把守，外观显得有些破烂，毫不显眼。

陪我们来的陈老板掏出钥匙，打开门锁。门"吱呀"一声，两扇粗重的宅门大开，原来是电动门。

进入宅院，拉亮电灯。室内顿时一片亮堂堂。码放整齐的长条状货架上，摆满了各式各样的文物。我心里不禁为之大惊。

最特别的是一尊棕色的唐三彩马，高约一百二十厘米，长约九十五厘米，栩栩如生，令我肃然起敬。还有两尊唐三彩骆驼，仿佛沙漠之舟，活灵活现。这些都是汉唐的珍贵历史文物，属于国家一级文物。

陈老板手指着文物，滔滔不绝地吹嘘着。

第二天上午，陈老板带我们去参观平原市博物馆。偌大的博物馆里，没有一件像样的文物，更别说镇馆之宝了。一个堂堂的市级博物馆竟不如民宅收藏的文物多。

下午，游览北邙山的古墓葬群。陈老板精神焕发，指指点点，口若悬河。最后，他说："平原市的地下，是一座无穷无尽的文物宝库。如果你感兴趣，可以建立长期合作关系，把生意做到美国，大家发财，实现双赢。"

……

这封长长的举报信，附上了陈老板和其弟弟的手机号码，以及平原市公安局文物缉私大队屈大队长的手机号码。

二〇〇二年十二月十日，公安部刑侦局在接到部领导批示后，迅速行动，将该案命名为"2002.12.10"公安部督办文物专案，简称部督"12·10"文物专案。

平原水席

平原水席，被誉为"天下第一席"，带有深厚的宫廷御宴饮食文化的烙印。

始于唐代、兴于宋代的平原水席，当时仅作宫廷御宴之用。宋代以后，逐渐传入民间，受到平民百姓的追捧和青睐。它是迄今为止保留下来的最古老、最原生态、最完整的一套宴席，有"饮食百宴首，烹饪活化石"之美誉。

全套水席分为前八品冷盘、四镇桌、八大件、四扫尾，共计二十四道菜品。

水席的由来，通常有两层意思：一是菜中带汤，汤汤水水不断；二是一道菜吃完撤下，才上另一道菜，恰如行云流水。

这是平原市一带独有的饮食文化。平原人已经把它当作生活的一部分，融入了百姓的日常生活中。无论是婚丧嫁娶、朋友聚会，还是招待远方来的客人，都会选择吃水席。

吃水席的地点，倒没有什么讲究，既有高档饭店、中档酒店，也有街头巷尾的小吃摊贩，即使在偏僻农村，也有厨师能做出地地道道的正宗水席。

于是，人们在汤汤水水间坐定，纵论古今中外国家大事，也谈家长里短、婆媳妯娌。谈笑间，定下了许多人生大事，解决了许多一时难以解决的问题。真是谈笑风生品美食，谈天说地论人生，乃世间一大快事也。

平原水席蕴含着博大精深的中华饮食文化。《吕氏春秋·本味篇》中提到，伊尹的烹饪理论就有"凡味之本，水最为始"的绝妙论断。可见，平原水席的汤汤水水，正是抓住了中华饮食文化的"魂"。

平原水席有五道经典的名菜，它们是水席的台柱。不吃这五道名菜，就谈不上吃了平原水席。

五道名菜之首是牡丹燕菜。它是素菜荤做，以假乱真，真假难辨。水席中有名的"牡丹燕菜""假海参"等使用的食材，都是民间普通的萝卜、粉条。但是，一经厨师妙手烹制，便会脱胎换骨，如奇花绽放，让人拍案叫绝。如果不提原料，你很难品尝得出来，燕菜其实是由萝卜丝做成的，只不过菜名高大上罢了。

第二道经典名菜是焦炸丸子。它是将粉条发水后，切碎，加入调料及面粉、淀粉拌匀，做成丸子。经温油先小火炸干丸子中的水分，再用热油将丸子炸焦，趁热倒入酸辣汤中，口感焦、酥、酸、辣，别有一番风味。当滚烫的汤汁浇在丸子上时，那"撕拉撕拉"的响声，简直妙不可言。

第三道经典名菜是连汤肉片。它是平原水席中不可或缺的特色名菜。它以精瘦肉为主料，木耳、金针菇、大绿豆等为辅料，精心制作而成，肉片滑嫩，微酸利口，绝对是上等的佳肴美馔。

第四道经典名菜是假海参。它是平原水席中非常出名的一道以素代荤的美味菜肴，清香可口。它是用红薯粉条和红薯淀粉加上肉汤调和在一起，做出海参的形状，以假乱真，用来烩汤，口感一流，无与伦比。

第五道经典名菜是蜜汁八宝饭。它是平原水席四镇桌中的最后一道菜，也是水席中少有的"甜菜"，香甜软糯，老少皆宜，令人垂涎欲滴。

……

平原市最有名的水席店，当属"平原水席园"旗舰店。该店位于平原市皇城大道与六都路交叉口西北角，是不少中外游客的首选之地。其营业面积五千余平方米，每天中午十二点和晚上七点都有歌舞伴唱、钢琴弹奏，盛况空前。一到傍晚时分，门前便车水马龙，人流涌动。

陈精是"平原水席园"的创始人。

他于一九三四年出生于黄河省新乡县魏庄乡梁寨的一个烹饪世家，十九岁随伯父来到平原市拜师学艺，迁居平原市区白马寺附近的董庄，在此定居安家。

一九六三年，陈精进入平原市大不同饭店学习烹饪技术，专攻水席菜肴的制作工艺。他聪明能干，勤奋好学，任劳任怨，很快就成了平原市小有名气的水席大师，有平原市第一水席大师之美誉。男大当婚，女大当嫁。经人介绍，他和宋菜女士结为夫妻。

一九六〇年，他们的爱情结晶呱呱坠地，取名叫陈通吃。小家伙的到来，给这个小家庭带来了无限的欢快和乐趣。可是，小家伙打小就见什么要什么，不达目的就又哭又闹。长大后，果真诡计多端，阴险狡诈。真是应了那句古话："三岁丫仔看到老，一生一世跑不了。"

两年后，老二踩着哥哥的脚跟接踵而至，取名叫陈无间。老二长得虎背熊腰，高大威猛，又城府很深，两面三刀，擅长权谋。

老三叫陈无道。他性格暴戾，喊打喊杀，为人极为张狂嚣张，凡事不计后果，为所欲为，一副"老子天下第一"的做派。

老四叫陈二道，打小儒雅随和，文质彬彬，却口蜜腹剑，笑里藏刀。

陈氏四兄弟的到来，既给家里增添了快乐，也加重了家里的经济负担。在那个物质较为匮乏的岁月，幸亏陈精是厨师，可以利用职业的便利，想方设法带回食物，弥补家里粮食的不足。夫妻俩勤俭持家，兄弟四人渐渐长大。遗憾的是，兄弟四人均小学肄业便步入了社会，混迹于市井，尽干些偷鸡摸狗的歪门邪道之事。

一九八三年，享有平原市第一水席大师美誉的陈精，调到平原市宾馆担任餐饮部主任，专门负责接待中央、省、市重要领导。同年，妻子宋菜在平原市方林路开办了平原市一家个体店——水席饭店。这便是"平原水席园"的前身。

陈精充分利用平原宾馆餐饮部主任这一平台，广结善缘，广交朋友。他能言善辩，长于察言观色，很讨领导的欢心，和许多省、市、县领导混得很熟，甚至可以称兄道弟。

他曾希望儿子们子承父业，继承祖传的水席烹饪厨艺，以艺谋生，过平平安安的普通人生活，把祖传厨艺发扬光大。

然而，事与愿违。

老大陈通吃跟着父亲在平原宾馆做了三年厨师，结果半途而废。其他三兄弟也向父亲讨教过烹饪水席厨艺，但都浅尝辄止，不了了之。因为他们实在是吃不了做厨师那份起早贪黑的苦，受不了那份脏乱差的累。

谁也没有想到，四兄弟竟另起炉灶，走上了一条盗掘倒卖走私文物的不归路……

先说老二陈无间，他在少年时期就显露出对武术的兴趣，舞棍弄拳，耍刀耍棍。十三岁进入戏曲学校练武，是四兄弟中体格最健壮、身材最高大威猛的一个。二十世纪八十年代，陈无间向形意拳第三代传人、有"霹雳手"之称的良斌拜师学艺。黄河省武警总队和警校数次聘请良斌到校任教，都被良斌婉言拒绝。此时，已是良斌徒弟的陈无间见有机可乘，见缝插针，顺势成为平原市警校的武术教师。

本来陈无间是编外人员，也就是临时工，后经其父打通关节，疏通关系，强行把他塞进了津县公安局挂职副局长。从此，他摇身一变，名正言顺，成了正式民警，并走上了领导岗位。

再说老四陈二道，他先是在平原市曾经的地标性建筑旋宫大厦前台做服务员，后到保卫科工作。模样儒雅随和、文质彬彬的他，突然被平原市委副书记潘胡的千金看上，一来二去，二人结为秦晋之好，他也成了潘胡的乘龙快婿。

于是，陈二道便从旋宫大厦顺利调入平原市公安局，成为正式民警，弃商从警。

与此同时，老大和老三则踏上一条不归路：盗掘坟墓，倒卖走私文物，并逐渐发展成了黑社会性质组织犯罪集团，称霸平原。

绝密行动

部督"12·10"文物专案协调会议结束后，程副厅长一行马不停蹄地从公安部返回省公安厅，并通知平原市公安局局长章太率分管刑事侦查工作的副局长兼刑侦支队支队长李学、刑侦支队重案大队长江岳，迅速赶赴省厅参加重要专案会议。

二〇〇二年十二月十日深夜，黄河省公安厅党委会议室仍然灯火通明，专案侦查工作会议正在紧张地进行中。办公楼里出出进进，到处是刑警们忙碌的身影。

程副厅长主持会议，省厅刑侦总队长、技侦总队长、海关缉私局局长、平原市公安局局长等相关领导三十余人悉数到场。

省厅刑侦总队长首先简明扼要地传达了公安部分管刑侦工作副部长对部督"12·10"文物专案的批示指示精神和公安部五局协调会议精神。

程副厅长双眼扫视会场，语重心长地说："同志们，案件发生在我们黄河省，说明我们履职不当，深感惭愧啊！我们务必火速行动，集中警力，攻坚克难，尽快地将犯罪分子绳之以法，追缴流失的国家珍贵文物，切实维护全省社会治安大局稳定。下面，我想就部督'12·10'文物专案侦查工作讲三点意见，供大家参考。请同志们认真抓好落实，力争尽快破案，绝对不能让不肖子孙发混账财。"

接着，程副厅长详细讲述了三点意见：

一是迅速成立专案工作领导小组，即部督"12·10"文物专案侦查工作领导小组。程副厅长任专案工作领导小组组长，章太局长任专案工作领导小组副组长。案件由省公安厅承办，平原市公安局主办。从省厅刑侦总队、网技总队、经侦总队、海关缉私局抽调十二名骨干力量，到平原市公安局参加案件的领导和侦查工作。平原市公安局从刑侦支队、技侦支队、经侦支队、办公室等相关部门警种抽调五十名政治素质过硬、业务精湛的精干警力成立专案侦查工作小组，实行专案侦查。专案专办，不破不休，根据案件的进展情况，因案制宜，适时调整专案侦查工作力量。

二是制定周密细致、切实可行、易于操作的部督"12·10"文物专案侦查工作方案，做到心中有数，有的放矢。本着先易后难，先近后远，先扫外围，再中心开花的侦查工作原则，全面落实部领导的批示精神，务求全胜。

三是充分发挥主观能动性，主动出击，敢作敢为，善作善为，创造性地开展工作。严格依法办案，程序和实体并重，严禁大抓大放，严禁不作为、慢作为、乱作为，切实打出黄河刑警、平原刑警的神威，让盗掘走私贩卖文物的违法犯罪分子闻风丧胆，惶惶不可终日，坚决将这伙犯罪分子一网打尽，绝不姑息迁就，养痈遗患。

凌晨时分，章太局长和与会人员连夜返回平原市公安局。回到市局，东方出现了鱼肚白，远山已露出灰蒙蒙的轮廓。又是一个通宵达旦，又是一个不眠之夜。

章太局长根据省公安厅专案工作会议精神，迅速研究如何落实到位。局里成立专案侦查小组，章局长亲自担任专案组组长，亲力亲为，率先垂范，极大地激励了同志们的斗志。一张无形的大网在平原市的上空撒开了。

二十世纪八十年代初期，在改革开放的商品经济大潮下，工农商学兵，东西南北中，全民经商。于是，不可避免地出现了金钱至上的浪潮。

平原市到处都是古墓葬群，当时就流传着这样一首民谣："要想富，挖古墓，一夜挖成万元户。"

平原市郊及其周边的孟州市、新县、洛水县的盗墓贼，对绵延百里的邙山古墓葬群发起了集群攻击，疯狂盗掘。最终导致平原市的古墓十墓九空，大量国家珍贵文物流失海外。大小盗墓贼、收购倒卖走私文物贩子的猖狂，简直触目惊心。平原市大大小小的盗掘古墓团伙多达数百个，长年从事盗掘的专业盗墓贼达数百人之众。形势异常严峻，情况错综复杂。其中，尤以陈氏兄弟、黄氏团伙、何氏团伙、马氏团伙、王氏团伙为甚。

专案组侦查发现，陈氏四兄弟的老大陈通吃，自二十世纪八十年代开始从事个体经营，开办平原市第一家水席店，赚取第一桶金，成为万元户后，就嫌从事饮食服务行业辛苦，又累又脏，起早贪黑，工作时间长，挣的是地地道道的辛苦钱，来之不易。他眼见社会上盗墓倒卖走私文物来钱容易，既轻松又快捷，就开始了盗掘古墓倒卖文物，走上了一条盗掘倒卖走私文物、从事黑社会性质有组织犯罪的不归路。

陈通吃利用自己是当地人，人熟、路熟、门路熟的先天优势，走村串户，以走亲访友为幌子，实则打探谁家有文物，了解文物行情、古墓的方位和地质结构，以便实施盗掘，从中牟取暴利。他大肆非法收购倒卖文物，低价买进，高价卖出。在这一买一卖中，他便牟取了大量非法暴利。陈氏民宅里囤积了大量文物，可以说是堆积如山。其中许多是国家明令禁止收购倒卖的一级、二级、三级文物。

陈氏兄弟胆大包天，置国家法律于不顾，为所欲为。他们以打砸抢的原始硬暴力，纠集一伙社会"两劳"释放人员和社会闲散人员，为非作歹，强迫交易，并霸占平原文物市场，逐渐演变成平原市暴力强买强卖、欺行霸市的黑恶势力有组织犯罪的"龙头老大"。

自从黄怀透黑社会性质组织犯罪被打掉以后，以陈通吃为首的陈氏四兄弟黑社会性质组织犯罪便称霸平原市，无人敢与之抗衡。这更加助长了陈氏四兄弟的嚣张气焰。

专案组经过反复沙盘推演，决定从陈氏四兄弟盗掘古墓、收购倒卖走私文物犯罪打开缺口，撕开口子，将部督"12·10"文物案与陈氏四兄弟黑社会性质组织案并案侦查，以其盗掘收购倒卖文物犯罪为抓手，彻底摧毁陈氏四兄弟黑社会性质组织，以期最终破获部督"12·10"文物大案。

专案组成员在李学副局长兼刑侦支队长的带领下，信心满满，热情高涨，誓言全力惩恶扬善。

内线侦查发现：二○○三年春节前，陈通吃准备走私贩卖国家一级文物。这次非法收买的国家一级文物唐三彩马，高达一百厘米，长一百六十厘米，价值连城，非常珍贵。这笔交易已经达成，定金已经给付，尚欠尾款，只待广州文物贩子展老板前来原平市交钱提货。

那位爱国华侨的匿名举报信中，也提到在陈氏民宅目睹了这一价值连城的珍贵文物——唐三彩马。可是不知道什么原因，囤积在陈氏民宅中的大量非法珍贵文物，正在被秘密转移、藏匿，部分涉案人员也有出逃的迹象。

种种迹象表明，事态已十分严重。

专案组当机立断，决定提前收网，立即进行秘密搜捕和追缴文物的集中统一行动，既要抓犯罪嫌疑人，又要追缴文物，同步进行，双管齐下。

二○○三年一月十三日下午四时许，平原市公安局各公安分局局长、县公安局局长，平原市武警支队长接到紧急通知：

各县、区公安局各自准备六十五名精干警力，四人乘坐一辆警车，带好武器装备，穿警服戴警帽，于当晚七时整，准时赶到平原市武警支队营区集合待命，不得有误。否则，后果自负。同时，全市公安机关实行一级勤务，取消所有请休假。

平原市武警支队营区，地处北邙山东麓，远离市区。从市区前往营区尚有十五千米的路程。那里人员往来稀少，山高路远林密，相对隐蔽，易于保密，便于行动。

当晚七时许，六百五十名全副武装的民警雄赳赳气昂昂地开进营区，在营区操场上列队集合。

章太局长站在主持台上，手持扩音喇叭，用深邃的双眼凝视队伍，掷地有声地说道："同志们，今晚执行一次集中搜捕犯罪嫌疑人和追缴文物的绝密行动。各区、县公安分局和市公安局，要按照既定工作方案扎实执行。各战斗小组既要机动灵活，也要紧密配合，互相照应，务求全胜。同时，要严格执行保密制度，凡失密泄密者，一律从严惩处，决不姑息迁就，军中无戏言。"

紧接着，李学副局长兼刑侦支队长安排搜捕犯罪嫌疑人和追缴文物的具体工作。

当晚行动，共分十个战斗大组，六十个抓捕追缴小组。

凌晨两点，战斗打响。直到深夜出发前，各战斗小组才知悉自己的具体抓捕和追缴任务。抓什么犯罪嫌疑人？犯罪嫌疑人的姓名、年龄、性别、家住何处？搜查追缴什么文物？文物匿藏在什么地方？一张十六开的打印纸上，清清楚楚，一目了然。

十个大组长从江岳大队长手中领取了印在十六开打印纸

上的任务清单。行动开始前，十个大组长才分发给六十个战斗小组长手中，由各小组长组织具体实施，以抓到犯罪嫌疑人和追缴到文物者为胜。

当晚，抓捕对象共有一百一十五名，其中主要犯罪嫌疑人、骨干成员共有十名。为防止泄密，他们的姓名均以一到十的数字代号出现，各组向指挥部汇报战果，或者各战斗小组间互相联系时，只呼代号，不讲姓名，易于行动，便于保密。

抓捕行动一开始，首先到案的是八号对象，紧接着，五号对象到案，十号对象到案，四号对象到案，九号对象等陆续归案，文物也悉数追缴。

好消息一个接一个，捷报频传，振奋人心。

整个搜捕行动持续到第二天清晨，才告一段落。此次集群战役，共抓获各类涉嫌盗掘、走私、倒卖文物的犯罪嫌疑人九十一名，缴获各类文物三百三十六件，其中一级、二级、三级文物一百零六件，可谓首战告捷，雷霆万钧，势如破竹，战果辉煌。

然而，美中不足的是十名骨干成员中，重点抓捕对象排名一号、二号、三号的陈通吃、陈通吃之妻、陈无道均漏网，消失得无影无踪。

节外生枝

一号对象陈通吃，由部督"12·10"专案组案件侦查组组长江岳亲自带队抓捕。

然而，令江岳和侦查员们万万没想到的是，当来到陈通吃家时，黑灯瞎火，铁将军把门，中午尚在家休息的他，突然间就神秘兮兮地消失了。打开陈宅私藏文物的库房，空空如也，一件文物都不见了。只有空空荡荡的货架摆在那儿。

二号对象陈通吃的妻子是账房先生，也神秘失踪了。三号对象陈无道也不知所终，其家里的文物去向不明。一号对象、二号对象、三号对象，既是部督"12·10"文物专案的首犯，又是陈氏四兄弟黑社会性质组织犯罪的主犯。首犯、主犯均成漏网之鱼，这给案件侦查带来了极大的困难，也为深入侦查案件带来了不可估量的损失。

让江岳和侦查员百思不得其解的是，如此周密的绝密行动，全市上下仅有市委书记和市委副书记两位领导知悉具体的行动时间，其他人员一无所知，一丁点消息都不知道。

陈氏兄弟怎么就未卜先知了呢？究竟是怎么瞬间漏网的呢？

俗话说："事出反常必有妖。"举报信中清清楚楚地写着陈氏兄弟陈通吃、平原市公安局缉私大队大队长屈枝，陪同展老板和海外游子洽谈文物走私，并且通信工具、手机号码完全一致。可见双方关系非同一般。陈氏私宅中囤积的大量非法珍贵文物，一夜之间似乎全都长了脚，消失得无影无踪。这一系列疑惑，一直在章太局长和江岳的脑海里萦绕，挥之不去，犹如一团乱麻，剪不断，理还乱。

章太是恢复高考后首届中国人民公安大学刑警专业高才生，他当过知青，下过乡，有着丰富的基层工作经验、过硬的刑侦本领，身上有几把硬邦邦的刷子，人称刑警雄鹰、火眼金睛。

他身高一米八五，身材魁梧，炯炯有神的大眼睛，仿佛一眼就能识破贼影。他破案神速，从最基层刑警干起，一步一个脚印，历任县公安局刑警大队副大队长、大队长，分管刑警的副局长、县公安局局长，平原市公安局分管刑侦的副局长、平原市公安局局长。他用十八年时间就干到了地市级公安局局长的位置。俗话说得好："金杯银杯不如老百姓的口碑。"他有魄力，有格局，有知识，有胆魄，人民群众对他非常钦佩。他秉公执法，坚持正义，清正廉洁，大公无私，在平原市有口皆碑。

章太局长可谓年轻有为，胆识过人，事业如日中天，前途一片光明。刑警出身的他，自然而然地对刑警非常关心关爱，高看一眼，厚爱一层。无论是人、财、物，还是提拔重用干部，一切都向刑警倾斜，可以说是对平原市公安局刑侦支队钟爱有加。

平原市公安局刑侦支队在李学副局长兼支队长的带领下，不负众望，全队上下齐心协力，团结一致，连续三年被部、省评为先进集体和优秀单位。

可是，他们万万没有想到，平原市的公安队伍里已经混进来了两面人。

屈枝，别名屈金哗，又名屈两面，化名屈野，出身于军人世家，打小在部队营区长大。可是，部队的严谨、整齐规范、严肃活泼、团结紧张的精神，他不仅没有学到，反而学到了社会上那一套，满身所谓江湖哥们义气。他整天都和社会人混在一起，打打杀杀。

自从混进公安队伍后，他把所谓江湖上那种哥们义气、戾气、匪气一同带入公安队伍，拉帮结派，以权谋私，徇私枉法，胡作非为。他阴险奸诈，两面三刀，贪财好色，阳奉阴违，惯于要手段，使阴招，下黑手，诡计多端，人称"屈两面、墙头草"，是名副其实的两面人，阴阳人。

他擅长于欺上瞒下，投机钻营，一时半会儿骗得了同志们、组织和领导的信任。他居然如愿以偿地步步升迁，从民警做到了缉私大队副大队长，再到大队长。他一路高歌猛进，势不可挡，甚至猎取了所谓平原神探之美誉。荣誉面前，聚光灯下，他被光环笼罩，沾沾自喜，自以为是，忘乎所以，唯我独尊，老子天下第一。其实，他是金玉其外，败絮其中，是隐藏在公安队伍中的一枚定时炸弹，是公安机关的败类、严重腐败分子。

二十世纪八十年代初，平原市盗掘倒卖文物猖獗，到处流行"要想富，挖古墓，一夜挖成万元户"。刚刚加入警队的他，心浮气躁，立功心切，一时半会儿又找不到破案线索，犹如一只无头苍蝇，四处乱碰乱闯。

仲夏时节的一天中午，屈枝口干舌燥、饥肠辘辘地来到平原市方林路平原水席第一店。抬头望见酒店招牌，他心里不觉一惊，"平原水席第一店"，口气不小啊！真正是店小牌子大。

他迈着方步，大摇大摆地走进店来。他摘下警帽，脱下警服，挂在椅背上。接着，他取出挂在腰际的五一式佩枪，"咚"的一声砸在桌子上，惊得满堂食客面面相觑，目瞪口呆。棕色的牛皮佩枪保险带从桌沿垂下，来回摆动，五颗黄铜子弹胀鼓鼓地整齐排列在枪套腰际，甚是吓人。

他右手拉出椅子，"咚"的一声，霸气地一屁股坐在椅子上，双眼不可一世地扫视酒店。只见二百五十平方米的酒店大厅，摆放着十五六张方桌，食客满堂，谈笑风生，人声鼎沸。

"服务员，看菜。"

"来嘞！请问先生吃点什么？"

"一份牡丹燕菜、一份焦炸丸子、一份蜜汁八宝饭、两瓶青岛啤酒。"

"好的，先生请喝茶。"

屈枝端着茶杯，小饮一口，"嘟"的一声吐在地上，怒火中烧，大声骂道："什么鬼茶，馊馊的……"

大骂间，美女服务员把焦炸丸子端上桌来，倒入酸辣汤汁，丸子发出"嗞啦嗞啦"的响声。他端起满满的一杯啤酒，"咕咚咕咚"一饮而尽。

"结账！"

"总共一百五十六元。"服务员说。

"这么贵呀！"

当时工资仅有三十五元一个月的他，一顿饭就吃掉了三个月的工资。

"不贵呀！平原水席第一店，吃不起就别进来呀！还是警察叔叔呢？"服务员"嘀嘀咕咕"地抱怨道。

"什么？你说什么？"

"没……没……没说什么呀。"

此时，陈通吃快步走了过来，对着服务员大声吼道："你说什么说？回去！"

只见陈通吃来到屈枝跟前，点头哈腰，小心翼翼地说："服务员年轻不懂礼貌，您大人不记小人过，还请多多包涵。今天我请客！"

"是呀！和气生财嘛！这还不错，敢问您尊姓大名？"

"小的姓陈，名通吃，开这一片小店。"

"你这个名字取得好！有文化，霸气。"屈枝脸上露出一丝奸笑。

接着，屈枝歪戴警帽，披上警服，挎上佩枪，一边咂嘴，一边剔牙，迈着方步，目中无人、悠然自得地跨出了酒店大门。

陈通吃小心谨慎地跟在后面赔不是，临别还不忘挥手邀请："您常来啊！"

目送屈枝远去，直到消失在人流中，他这才转过身来"呸"的一声，大骂道："什么狗东西，简直就是强盗土匪、披着白皮子的狼。"

打那以后，屈枝有事没事便经常光顾陈氏饭店，吃霸王餐。一来二去，他就和陈氏兄弟混熟了，臭味相投，他们称兄道弟，各取所需。

平原水席第一店，地处闹市，客流量大，人员往来复杂，信息集中。各种信息集聚水席大堂，不愧为发现收集线索的好去处。

屈枝正愁没有破案线索，心想，还不如把陈家老大和老三发展为"线人"，利用他们获取盗掘走私倒卖文物违法犯罪线索，这样不就一举两得。何乐而不为呢？

于是，双方一拍即合，各取所需，心照不宣。随着交往的不断深入，各自的狐狸尾巴渐渐地露了出来，深层次的问题也渐渐地凸显了出来。

原来，陈氏兄弟俩也不是什么好鸟，也是盗掘走私倒卖文物的犯罪分子，而且还涉黑涉恶，罪孽深重。

屈枝深知继续交往的后果，不敢往下想。他曾经犹豫过、徘徊过、焦虑过、不安过、害怕过，也想就此打住，内心思想斗争十分激烈。

然而，他年轻气盛，破案立功心切，也就管不了那么多了，顾不了什么规章制度了。他被破案立功后的提拔重用冲昏了头脑，继续越雷池，踩红线，与陈氏兄弟同流合污，沆瀣一气。

陈氏兄弟提供的线索，大多是针对势不两立的对立面、对手和仇人的线索。黄怀透黑社会性质组织犯罪团伙的覆灭，就有陈无道的功劳，有屈枝的情报信息。

陈通吃和陈无道纯粹是借屈枝之手，打击对手，排斥异己，企图独霸平原文物黑市，称霸一方。

阳春三月的一天下午，根据线索，屈枝正在跟踪的一宗倒卖走私文物案件，已水到渠成，马上就要收网抓人。他带着队友奔赴文物交易地点，宛如神兵天降，一举将人赃俱获，大获全胜。

可是，这次的文物贩子是陈通吃的马仔，面对突如其来的警察，自认有警察保护伞的马仔根本没有把屈枝放在眼里。

"什么人？胆敢对陈老大的人动手！"马仔神气活现地说。

"陈老大是谁？"屈枝质问道。

"讲出他的名字，吓死你！"

"什么狗东西？我们是警察！"

陈老大就是陈通吃，自从打掉黄怀透涉黑犯罪团伙以后，陈氏四兄弟威震平原城。

队友小陆拉了拉屈枝的衣袖，说："这是你的线人马仔啊！"

"什么？皇子犯法与庶民同罪！"屈枝一副公事公办、铁面无私的面孔。

陈通吃闻讯，使出浑身解数，送给屈枝三十万元巨额贿款。

屈枝的态度这才来了一个一百八十度的大转弯。

"小陆，你看着办吧！线人当然要关照，应该关照的关照，你说得对。"

就这样，屈枝徇私枉法，胆大包天，堂而皇之地把陈氏兄弟的马仔，连同陈氏兄弟俩全部放了，不再追究，缴获的文物如数退还，甚至连案件都撤销了。

陈氏兄弟从此在平原市逍遥法外长达三十年之久。屈枝也因此上了陈氏兄弟的贼船，成为一根藤上的蚂蚱，狼狈为奸。

陈氏兄弟抓住了屈枝的把柄，捏住了他的尾巴，他不敢不言听计从。因为屈枝自己的屁股上有屎，自然说不起硬话，直不起腰了。

陈通吃自此有了屈枝这棵大树撑着、保护伞护着，更加有恃无恐，忘乎所以，逐渐坐大成势，成为平原市黑社会性质组织犯罪之首。陈通吃、陈无道经常利用手下马仔何建康，从盗墓贼手中收购文物，强买强卖，低价收进，高价卖出，为所欲为。

一九八九年初夏的一天。何建康倒卖走私文物被屈枝逮个正着，人赃俱获，还扣押了作案工具、运输车辆，以及盗掘倒卖走私的诸多文物。

老三陈无道立即出面捞人，钱色开路，请求屈枝网开一面。

屈枝故技重演，表面上似乎依法办案、秉公执法，私下里则迅速安排放人放车，归还赃物。

作为交易，陈通吃向屈枝送上十万元现金，并提供了一条"上海人"文物贩子走私贩卖文物的情报线索。

绰号"上海人"的文物贩子来到平原倒卖文物，他前脚刚好从一文物贩子手里买了五件唐三彩马，成交价四十万元，钱物两清之际，屈枝后脚赶到，有如神兵天降，一举将"上海人"人赃俱获，吓得他瑟瑟发抖，面如土色。

见此情景，陈无道出场了。他神秘兮兮地找到屈枝说情，疏通关系。

事后"上海人"退回赃款四十万元后，立即无罪释放。

"上海人"无比激动，感恩戴德。从此，"上海人"深知陈氏兄弟在平原市的手腕和能量，只从陈家收购走私文物，其他文物贩子的文物一概不沾边。

类似的两面人污浊事，屈枝在平原市干过无数次。他假公济私，以权谋私，徇私枉法，放纵犯罪，一边抓人，一边收钱，中饱私囊，办关系案、金钱案、人情案，屡见不鲜。待到东窗事发时，他原形毕露，竟然贪污受贿达四千万，令人触目惊心。

屈枝还竟敢冒天下之大不韪，胆大包天，带着陈无道一同前往广州，美其名曰"异地办案"。

其实，他是假借抓文物贩子之名，行以权谋私之实。他充分利用陈无道倒卖走私文物熟门熟路、信息多的便利条件，暗地指供与他有交易往来的广州文物贩子，唱白脸；屈枝则冠冕堂皇地出面，名正言顺地抓人，唱黑脸。然后，陈无道又出面唱白脸，拐弯抹角地向屈枝说情，暗地里一唱一和，要求文物贩子向他投案自首，并退还赃款，在广州就地处理，收钱放人。

凡是当面退钱者，立即收钱放人。什么法律，什么程序，全部置之不理。而对于既不退赃，又不退款者，一律采取收审措施，当场拘捕，理直气壮地押回平原市公安局，公事公办，依法从重处理。

就这样，他们向粤、港、澳的文物贩子释放了一个重要信息：凡是到平原收购倒卖走私文物的，必须与陈氏兄弟合作。否则，与其他文物贩子合作，必然会被抓获，依法从严从重处理。而与陈氏兄弟合作收购倒卖文物的，则平安无事，一路绿灯，畅行无阻。

屈枝在与陈氏兄弟的交往中，越陷越深，已经不能自拔，走上了一条不归路。他披着警察的合法外衣，干着非法的犯罪勾当。

二○○三年一月十三日中午，部督"12·10"文物专案组案件侦查小组长、主办侦查员江岳，正在刑侦支队文印室打印部督"12·10"文物专案第一次集群战役工作方案时，恰好碰上陈家老四陈二道去文印室打印资料。

陈二道贼眼溜溜的，一眼窥见了方案上面的名单，印有他家大哥陈家老大陈通吃和老三陈无道姓名，心里暗暗大惊。

"江大队长忙啊！"

"嗯。"江岳只顾低头印材料，没有在意。

陈二道见此情景，很快镇定下来。他在文印室若无其事地站了一会儿，就走出文印室，边走边说："江大队长你忙吧！我下午再来。"

此时，他的心里就像十五个吊桶打水，七上八下。

他借故突发腹痛，驾车来到平原市第一人民医院门诊大楼，捂着腹部，假以呻吟声，在门诊室绕了一圈后，见四周没有熟人，就迅速溜进医院门前的公用电话亭，关闭亭门。

他给陈家老二陈无间打完电话后，又立即打屈枝的电话，泄露了当晚行动的绝密情报。

然后，他装着若无其事的样子回到刑侦支队办公室，静观其变，并假声假意地呻吟几句，继续装病，引来同事们关心同情的目光。

部督"12·10"文物专案组第一次对收购倒卖走私文物的违法犯罪分子开展集群战役，秘密搜捕犯罪嫌疑人并追缴文物时，屈枝已经是平原市公安局刑侦支队四大队大队长了，并已于半年前借调到黄河省纪委协助办案。

"内鬼"显形

平原市公安局部督"12·10"文物专案侦查工作组乘胜追击，形成了一种严打盗掘坟墓、收购倒卖走私文物违法犯罪活动的高压态势，势不可挡。各类盗掘坟墓、收购倒卖走私文物的违法犯罪分子闻风丧胆，纷纷外逃，躲避风头，惶惶不可终日。

二〇〇三年仲夏时节，部督"12·10"文物专案组共抓获各类涉嫌盗掘坟墓、收购倒卖走私文物的违法犯罪分子一百五十七人，其中逮捕一百零八人，收缴各类文物一千一百一十五件。其中，国家一级、二级、三级文物一百一十二件，可谓战绩卓越，极大地鼓舞了专案组侦查员的信心。

虽然陈氏兄弟俩成漏网之鱼，"内鬼"败类尚未揪出，但这并不能影响全案的继续侦查进程。审讯深挖扩大战果成绩不俗，捷报频传。专案组按照既定工作方案，脚踏实地，稳步推进。无论是追捕逃犯、审讯深挖犯罪嫌疑人，还是调查取证，追缴文物，各项工作都有条不紊，有声有色，各小组的工作亮点纷呈。

技术侦查发现：第一次集群战役抓捕的关键时刻，平原市公安局刑侦支队四大队大队长屈枝，用自己的手机和陈家老三陈无道通话时间长达七十七秒之久。通话内容是，明白无误地告诉陈家兄弟老大、老三赶快跑，跑得越快越好，跑得越远越好，有多远跑多远，等风声过后再说，好汉不吃眼前亏。

二〇〇三年一月十四日凌晨两点，闻风丧胆的陈无道急急如丧家犬，惶惶如漏网之鱼，直感到风声鹤唳，草木皆兵，便迅速带着贴身马仔何建康驾驶一辆七座面包车仓皇逃窜。

当时，面包车上一共五人。大家低头不语，只听见车辆发动机的轰隆声和车轮滚动的摩擦声。

突然，陈无道的手提电话铃声响起。

"喂……喂……喂！是三哥吗？"这是屈枝的声音。

"是，我就是，有什么事？"

"您和大哥赶快跑，有多远跑多远，跑得越远越好……"

陈无道这才回过神，真的出事了。

同车的马仔异口同声地问："三哥，既然这样，那怎么办？"

"赶快跑！跑出平原城，离开这个是非之地。"

面包车于是飞速向西逃去。

匿名举报信上也清楚明白地写着，平原市公安局缉私大队的屈枝和陈通吃同流合污，沆瀣一气。

大量证据表明，屈枝就是隐藏在平原市公安局刑侦支队的"内鬼"。就是他通风报信，泄露机密，简直是一粒老鼠屎坏了一锅汤的败类、害群之马。

如果不将其清除出公安队伍，将会给党和人民的事业造成不可估量的损失。当断不断，反受其乱，必须采取断然措施，清除毒瘤，纯洁平原市公安局刑侦支队的队伍，让党和人民放心。部督"12·10"文物专案侦查组集体研究决定，对屈枝采取组织措施。经报市公安局党委、市公安局党委书记、局长同意，由市公安局纪委负责，通知他尽快回平原市公安局配合调查。

专案组会同市公安局党委委员、纪检组组长，专程前往平原市纪委汇报，以求得市纪委的理解和支持。然而，市纪委主要领导模棱两可，含糊其词，回答是：研究研究，不急不急，急事慢慢来，就是不明确表态，显然是打太极拳。

屈枝是平原市公安局刑侦支队的中层干部，市公安局纪检组通知他回市公安局接受调查，再正常不过，无可厚非。然而，平原市公安局纪检组和部督"12·10"文物专案组领导想得太简单了。这里面水太深了，静水流深，暗流汹涌。情况盘根错节，异常严峻。

于是，部督"12·10"文物专案组派人专程到黄河省纪委汇报，寻求理解和支持，配合公安机关依法办案。

平原市公安局纪检组和部督"12·10"专案组领导赶到省里，向省纪委主要领导汇报，请求理解支持公安机关依法办案。省纪委主要领导原则同意屈枝暂时回平原市公安局接受调查，配合专案组依法办案。

平原市公安局纪检组组长打通了屈枝的电话，通知他回平原市公安局配合办案，事毕再回省纪委继续抽调工作。

屈枝接到纪检组组长的电话后，顿时暴跳如雷。

他在电话里大吼大叫道："为什么叫我回去配合办案，协助调查？这不是欲加之罪，何患无辞吗？我半年前就已经被派到了省纪委协助办案。怎么知道什么部督文物大案？又怎么知道有什么集群战役？谁告诉我了？谁通知我了？我又没有参加任何具体行动，这不是无稽之谈吗？纯属子虚乌有，诬告陷害，打击报复……”

他越说声音越大，越说越离谱，越说越激动，根本没有给市公安局纪检组组长说话的机会。

原来，屈枝做贼心虚，心中有数，他是在故弄玄虚，虚张声势。

他拒不执行组织决定，反而和市局纪检组组长和同志们玩起了躲猫猫，拒不见面。他以正在办理石厅长的大案离不开为由，进行搪塞推托。

其实，他的内心是虚的，非常害怕。他害怕东窗事发。他知道自己只要一回去，就再也回不来了，也出不来了。做贼心虚，毕竟他和陈氏兄弟的所作所为，是秃子头上的虱子——明摆着的。那些阴暗的见不得光的非法勾当，他心知肚明，是哑巴吃饺子——心中有数。

恰在此时，专案组传来捷报。陈氏兄弟老三陈无道在云南边境被抓获归案，不时即将被押回平原市公安局接受讯问，绳之以法。

陈无道这一抓，得知消息的屈枝吓得不轻。

他再不敢说话了。手机关机，任凭市公安局纪检组组长打再多电话，都无法接通。

他非常害怕陈无道供出他俩的非法勾当。作奸犯科，只有脱警服、吃牢饭的份儿了。他急得像热锅上的蚂蚁团团转。

但他毕竟也算是经历过大风大浪的混混，就像洞庭湖的老麻雀，经过无数炮了。他镇定下来，心想与其坐以待毙，不如主动出击，绝地反击，置之死地而后生。

于是，他炮制出一份洋洋洒洒三千字的鸣冤叫屈的虚假报告，交给了黄河省纪委第五监察室主任王嗨，企图让王嗨出面阻止平原市公安局纪委传他回去配合办案，接受调查。

"盗墓贼之歌"

王嗨与屈枝是老交情了。二十世纪九十年代初，两人在办案过程中就已经相互认识，感情深厚。

当时，他俩同时被抽调去云南省办案时，结下了浓厚的江湖友情，蝇营狗苟，臭味相投。两个低级趣味的贼子小人一拍即合，长期狼狈为奸，沆瀣一气。

王嗨见到平原市公安局关于通知屈枝回单位配合调查的请示报告后，一脸的不悦，大发雷霆："真是吃了熊心豹子胆，竟敢打击报复纪委干部，胆敢在太岁头上动土，真是岂有此理！不想活了……"

站在一旁的屈枝，弯腰驼背，泪眼汪汪，泣不成声，似乎有天大的冤屈。

"哭什么哭？哭丧啊！你的报告内容都是事实吗？"

"是事实，全是事实；若有半点虚假，天打五雷轰。"他不停地拍着自己的胸脯，信誓旦旦地说，"尊敬的王大主任，我敢以我党性担保，全部都是事实，是客观的事实，不信你去查。"

他一边发誓，一边私下里盯着王嗨的脸色，时不时瞄一眼他，瞅瞅他的表情，揣摩他的心思。

原来，屈枝害怕事情败露，便抱着置之死地而后生的决绝心态，炮制了一个彻头彻尾的瞒天谎言，谎称："平原市公安局根本就没有侦办什么部督'12·10'文物专案，是我在平原市公安局打掉的黄怀透黑社会性质组织案件的亲戚，在平原市公安局刑侦支队向党委诬告陷害我，是一起彻头彻尾的假案，目的就是企图打击报复我。"

他接着写道："我在平原市公安局刑侦支队任缉私大队长时，早已将平原市的盗掘坟墓、收购倒卖走私文物的违法犯罪分子一扫而光了，哪有什么部督'12·10'文物大案。我任缉私大队长将近十年，有平原市公安局神探之美誉。平原市的收购倒卖文物走私，没有谁比我更清楚。这一切都是针对我来的。"

屈枝大肆喊冤叫屈，鬼话连篇，满纸谎言，毫无愧色。

于是，王嗨大笔一挥，写道："屈枝是一位党和人民信得过的好警察，他是被人诬告陷害，打击报复，蒙冤受屈，纪委应该保护他。"他最后写上，呈省纪委主要领导阅示。

黄河省纪委主要领导十分信任王嗨，连看都没看，就大笔一挥，签字同意了。

屈枝拿着省纪委主要领导的签字，如获至宝，一下子吃了定心丸。

他心想，我有了这柄尚方宝剑，还怕谁啊！这下你们有好果子吃了，看爷爷我怎么整你们，怎么收拾你们。等着瞧吧！他脸上露出了一丝狰狞的奸笑。

他接着想，既然谎言能瞒住这些大领导，蒙蔽他们的双眼，干脆一不做二不休，以假乱真，一谎到底。于是，他又如法炮制了一封洋洋洒洒五千字的举报信。

举报信中写道：平原市公安局刑侦支队私设小金库，挪用公款请客送礼，大肆挥霍，滥发奖金和加班费用。自一九九六年至二〇〇三年，涉案资金达三千八百八十万元。简直匪夷所思，触目惊心。平原市公安局刑侦支队领导用这笔资金请客送礼，滥发奖金，挥霍无度，是严重的违法违纪行为，请求省纪委领导明鉴，将平原市公安局刑侦支队这伙害群之马、人民的败类，清除出公安队伍，纯洁公安队伍，让党和人民放心，让人民群众满意。我将拭目以待，静候佳音。

举报信写好后，他立刻将它打印成文，寄给了黄河省纪委的主要领导和负责平原市和豫西地区的第五监察室及王嗨。

信件发出后，他翘首以盼，四处打探，时时刻刻都在盼望着好消息。他企望着省纪委尽快立案，进驻平原市公安局刑侦支队开展调查工作，以阻止部督"12·10"文物大案的侦查工作，最后达到解散专案组的罪恶目的。这样，他的犯罪事实就可以被掩盖，他就可以逃避打击，继续为非作歹。

王嗨收到匿名举报信后，心里恨得痒痒的。他心想，这下你们有好果子吃了，在我管辖的范围内，看你平原市公安局刑侦支队往哪里跑？让你们吃不了兜着走，咱们骑驴看唱本，走着瞧。

他叫来自己的心腹羊文生，吩咐他赶快召集省纪委五室的同志，准备到平原市公安局查办一起轰动全省乃至全国的私设小金库、挪用公款大案。他要求省纪委五室的二十五名干部全部上案，室里一个不留，一定要把警察队伍中的害群之马清除出去，纯洁人民警察队伍。

接着，他又安排心腹羊文生拿出一个详细的查办工作方案，待他签发后，组织具体实施，力求一炮打响。

二〇〇四年阳春时节的一天上午，正当部督"12·10"文物专案组斗志昂扬、紧张有序地进行侦查时，突然，省纪委第五监察室的二十五名纪检干部进驻平原市公安局刑侦支队。

他们一到刑侦支队，就急不可耐地开展工作，十万火急般地迅速下发紧急会议通知：

"当天下午两点半，召开刑侦支队全体干部民警大会，任何人不得以任何理由，任何借口缺席会议。否则，后果自负。"

突如其来的紧急通知，使刑侦支队上下都丈二和尚摸不着头脑，感到莫名其妙。

究竟发生了什么事？

下午两点半，支队全体干部民警准时与会，无一人缺席。能够容纳一百五十人的偌大会议室内，气氛异常紧张。大家屏住呼吸，耐心等待，鸦雀无声。只有"咚咚咚"的心脏跳动声，就是一根针掉在地上都能听到。

接下来会发生什么？人群中有人惴惴不安。

王嗨、羊文生端坐在主席台上，神情严肃，眼睛时不时地扫视会场，杀气腾腾，脸上不时地露出丝丝阴险奸笑。

会议室的气氛更加紧张起来。大家莫名其妙，两个陌生人端坐主席台上，什么来头？

一向与妖魔鬼怪打交道的刑警们，谁都不知道接下来会发生什么不测事。会场一片死寂。

"咳……咳……"王嗨咳嗽了两声，示意会议开始。

"同志们，现在开始开会，先自我介绍一下：我是黄河省纪委第五监察室主任王嗨，坐在我身边的这位同志，是省纪委五室副主任羊文生。

现在，宣布会议纪律：

一、请关闭通信工具，不准接打电话、发信息；

二、不准交头接耳讲小话，认真听讲，做好笔记；

三、不准随意走动，擅自离开会场，否则后果自负。

下面，请羊文生同志就有关情况和政策讲话。"

王嗨杀气腾腾地说完，完全是一副"钦差大臣"的做派。

羊文生那瓦灰似的脸上，嵌着一双色眯眯的小眼睛；塌塌的鼻梁下面，两个大大的鼻孔特别显眼。他暗自自鸣得意，同样杀气腾腾地说："同志们，我们省纪委核查小金库专案组一行，今天下午进驻平原市公安局刑侦支队，干什么呢？直白地告诉大家吧！也没有什么好藏着掖着的必要，省纪委收到了举报信，举报刑侦支队私设小金库，滥发奖金补贴。"

说着，他拿起举报信，高高地扬了两下。

举报信发出"哗哗"的响声。

"举报什么呢？举报刑侦支队私设小金库，肆意妄为，挪用公款，滥发奖金补贴，性质极分恶劣，涉案资金竟然高达三千多万元。嘿嘿……嘿嘿，金额不少嘛。更有甚者，支队领导还中饱私囊，居然侵吞私分资金。这是严重的违法乱纪行为，是党纪国法不容许的，必须严肃查处，以儆效尤，纯洁人民警察队伍。支队全体干部民警，要本着严肃认真的态度，配合纪委查办案件。根据党的纪律处分条例，如实说明问题的同志，视情况从轻处理；对抗审查的，必将严惩不贷。"

说着说着，"咚"的一声巨响，他一拳砸在桌子上。这更增加了会场的紧张气氛。

羊文生张口就来，口若悬河，洋洋洒洒足足训了一个半小时之久，四点十分才散会。

散会前，他神情严肃地宣布：刑侦支队所有干部、民警交出办公室钥匙，坐在各自的办公室，耐心等待，不得走动，不得串门串岗，听候发落。

无奈，大家只得交出办公室钥匙，回到各自的工作岗位，静静地耐心等待。

省纪委第五监察室查办私设小金库专案组人员猖狂至极，如狼似虎，翻箱倒柜，将刑侦支队所有的会计凭证、账簿，全部搜集打包拉走。

临走前，省纪委核查小金库专案组再次集合支队全体干部、民警，羊文生当众高调宣布：

"鉴于严峻复杂的形势，现对刑侦支队秘书科长徐英和支队重案副大队长、部督'12·10'文物专案主办侦查员尤益，采取'双规'纪律措施，以儆效尤。"

一时间，刑侦支队笼罩在一种巨大的无以言表的恐惧之中。大家人心惶惶，不知所措。

本来是平原市公安局纪委要对屈枝采取"双规"措施，为部督"12·10"文物专案侦查扫清障碍，殊不知竟瞬间反转，省纪委查办私设小金库专案组把部督"12·10"文物专案组成员"双规"了。

这简直是咄咄怪事，匪夷所思。如此黑白颠倒，真是天下奇闻。

平原市坊间，不久便广为流传着这样一首"盗墓贼之歌"的民谣：

平原盗墓贼，不怕刑警队，挖出古墓倒国外，
越干心越黑；
我是盗墓贼，老大在纪委，谁要敢和我作对，
就把谁"双规"。

第六章　血雨腥风

变色龙

变色龙属于蜥蜴目避役科动物，能根据不同的光照度、湿度和温度而随时随地变换自身的颜色，以适应物竞天择、适者生存的严酷自然环境，防御天敌侵犯，保护好自己。

人世间也有这样一些形形色色的"变色龙"，他们能根据人的权力、地位、财富、金钱、美女、利益，而变换自己为人处世的不同角色，见人说人话，见鬼说鬼话。

蔡塘，就是这样一条地道纯正的"变色龙"。他是土生土长、地地道道的平原市人，生于一九五五年，小学肄业。他能言善辩，口若悬河，善于攀附，两面三刀，常常拉大旗当虎皮，狐假虎威。改革开放初期，随着商品经济大潮兴起，全民经商，他也顺应时势，一心只想着挣钱。只不过他从事的是收购倒卖文物的勾当。自一九八四年开始，他就从事走私倒卖文物的违法犯罪活动，是改革开放初期平原市第一批收购倒卖走私文物的文物贩子，并由此赚得了第一桶金。他凭借着自己的三寸不烂之舌，低价收购，高价倒卖，赚得盆满钵满。他多次受到公安机关的打击处理。可他恶习难改，累教累犯，一如既往，我行我素。

一九九一年初夏，豫西大地山峦叠翠，流水潺潺，鸟儿欢歌，阳光明媚，凉风习习，一派美景如画。黄河省纪委干部王嗨到平原市办案出差，通过屈枝介绍，蔡塘结识了王嗨。

蔡塘看中王嗨的权势，想找一座靠山，以便日后被公安机关抓获时，好有人为他打招呼，帮忙说情，疏通关系，从轻或者免除处罚。于是，他不断想方设法主动接近王嗨，投其所好。王嗨则看中蔡塘身上的金钱铜臭。

一个人需要权，用钱买权；一个人需要钱，用权收钱；各取所需，心照不宣，臭味相投，一拍即合。很快，两人便混熟了，开始勾肩搭背，称兄道弟。

王嗨明知蔡塘是收购倒卖走私文物的违法犯罪分子，干着违法犯罪的勾当，走的是歪门邪道，但他并不反感，仍然乐于结交，并与他打得十分火热，毫无底线。

王嗨每年公休假，都去改革开放的前沿城市——广州，都把蔡塘带上。他们一同游山玩水，吃喝玩乐，他还不忘蔡总前、蔡总后地叫个不停。仿佛蔡塘是哪家集团公司的老总，财大气粗，不可一世。蔡塘则大言不惭，脸都不红一下，次次爽快地答应着。

一九九六年初秋时节，蔡塘因收购倒卖走私文物被雨州市公安局依法刑事拘留。

蔡塘告诉妻子，快去省纪委找人。

蔡妻便提着五万元人民币前往省城，找到时任省纪委第四监察室副主任的王嗨，请他关照，帮忙打通关节，尽快放人。

王嗨见钱眼开，满口应诺。

"放心吧，一定办好！保你满意。"他说。

蔡妻感激涕零，磕头如捣蒜。

王嗨拿起电话来，便给公安局局长施压道："什么走私文物不走私文物？文物不变现，就是个死东西。埋在地下，放在那里有什么用？既不能当饭吃，又不能当钱用，有什么价值呢？……"

迫于王嗨的淫威，公安局局长只得违心地将蔡塘无罪释放。

蔡塘出来后，对王嗨感恩戴德。他心想，自己找到了真正的大靠山了。于是，他死心塌地地鞍前马后为他效劳，变着法子给他送钱、送物、送美女。一九九七年年初至二〇〇三年间，蔡塘数次送钱给王嗨。王嗨心安理得，从来没有拒绝过他的贿赂。他的处世逻辑是，收人钱财，帮人消灾，了难办事，钱权两清，谁也不欠谁的。随着交往的不断加深，两人已经到了无话不说的程度。蔡塘年长王嗨一个月，王嗨便称蔡塘为兄长。

一九九八年初秋，王嗨升任黄河省纪委第四监察室主任，由副转正，如日中天。

随着职级地位的升迁，他飘飘然了。

一九九八年孟秋的一个周末晚上，王嗨为庆贺自己荣升，邀请一帮狐朋狗友在省城大酒店 8666 豪华包间聚餐。他满面春风，神采奕奕。席间，大家大杯喝酒，高谈阔论，言语间全都是权力、地位、金钱、美女、高官厚禄……

突然，王嗨的手机响起。

"喂……喂……"一个娇滴滴的女人声。

"正在吃饭，等等吧！"

"亲爱的嗨！我澡都洗完了，正等您来欣赏呢。"

"别乱说，我正在忙！"

"忙什么忙，不就是喝酒吗？难道比我还重要……"她娇滴滴地说道。

席间的狐朋狗友们，开始取笑王嗨。

"哈哈，是嫂子的电话吧！声音那么年轻，悦耳动听呀！"

"是小嫂子吧！"

"王兄艳福不浅啊！"

"去吧！去吧！去晚了，担心小嫂子让你跪板凳。"

王嗨顺坡下驴："那我就恭敬不如从命。兄弟们慢慢喝，我失陪了。"

他迅速地走到酒店大堂，下到地下车库，驾驶着他借来的一辆黑色奥迪轿车，急不可耐地开出酒店。

一路上，他脑海里不断地回放着他小情人的美丽胴体。俗话说，酒壮色胆，醉酒乱性。他的车速越来越快。

突然，市中心的一路与五路交叉路口红灯亮起，但他已经来不及刹车了。

"咚"的一声巨响，一辆正常行驶的摩托车被撞倒在地。顿时，驾驶员鲜血直流，不省人事。

王嗨被这突如其来的车祸吓得半死，酒一下子醒了一大半。

"喂……喂……喂……怎么还没有到啊！"小情人在电话里不断地催促他快点。她已经急不可耐。

"今天晚上，可能来不了了。"

"什么？花心大萝卜，你骗人！"小情人说着说着，"呜呜呜"地哭了起来。

"有紧急情况，以后再说吧！"

他待在那里，一时不知所措。

黑色奥迪车是公务用车，是他借用的省纪委另一个专案组的配车。车辆的前挡风玻璃上，赫然放着黄河省纪委特别通行证。他自己又是省纪委的领导干部，刚刚被提拔，尚未转正。他心里非常害怕，害怕就此结束了自己的仕途。他既没有报警，更没有施救，也没有拨打120救助电话，一心想着如何逃避事故法律责任，哪管受害者是死是活。

慌乱中，他开始拨打电话。第一个电话是打给黄河省副省长的女婿、他的拜把子兄弟刘斌。

刘斌闻讯，马上赶到现场。

王嗨随即逃离现场，消失在茫茫黑夜里。

逃离现场后，王嗨又打电话给屈枝，密谋如何掩盖车祸逃逸的事实真相。看来，只有以假乱真，张冠李戴，才能逃避法律责任，免于刑事处罚，保住自己的官位。

这时候，他想起了交往已久的蔡塘，便请他出面了难。

他拨通了蔡塘的电话。

"蔡大哥吗？"

"王大主任好！这么晚，有事吗？"

"有一件非常紧急的事情，非您出面不可。"

"请讲，请讲……愿效犬马之劳。"

"那就直说了啊！"

"我们两兄弟谁跟谁啊！哪有那么多客套话，直说吧！"

"我刚才驾车闯红灯，把一辆正常行驶的摩托车撞翻了，驾驶员伤势严重。您是知道的，我刚刚提拔……"

"不说那么多了，您要我做什么，尽管吩咐！不要客气！"

"大哥，请您看在兄弟多年交情的分上，找人前来'顶包'。"

"没有问题！愿效犬马之劳，您放心吧！"

王嗨马上安排平原市西工区委一领导的司机，连夜把蔡塘送到省城。王嗨、屈枝、蔡塘三人在省城大酒店会合，密谋如何狸猫换太子，瞒天过海，金蝉脱壳，逃避法律责任，免于刑事追究。

三人反复商量，权衡利弊，最后决定由蔡塘出面，找来刑满释放不久的高和，以"日后会用得着大领导"为诱饵，让高和出面"顶包"。

一切在神不知鬼不觉地进行着。然而，高和不会驾驶，尚未取得驾驶资格，没有驾驶执照。

这对于王嗨来说，是小菜一碟。在他的授意下，平原市公安局交警支队车管所办事神速，一夜之间速生出一个驾驶员——马路杀手。事故发生后的次日上午，高和便拿到了驾照。当然，驾照领证的日期是提前了的。一切做得天衣无缝，滴水不漏。

最后，交通肇事逃逸事故的医疗费、赔偿费、修车费等所有费用开支，都由蔡塘垫付。交通肇事逃逸事故的刑事责任由高和承担。高和违心地替王嗨冤枉坐牢，刚刚走出监狱大门，又进牢房继续吃牢饭。

就这样，一起交通肇事逃逸事故瞒天过海地处理好了。

蔡塘在与王嗨交往接触的过程中，发现了他很多见不得人的事情，比如偷养多个情妇，插手政府工程等违纪违法犯罪事实，而且他不讲义气，过河拆桥，忘恩负义，翻脸不认人。

蔡塘直接操办了王嗨交通肇事逃逸"顶包"案件，为他出钱出力，可谓肝脑涂地，便认为自己有恩于王嗨，他应该感谢他，待他为座上宾。

可是，王嗨不是这样想的。他认为蔡塘为他的交通肇事逃逸找"顶包"的是应该的，自己为他办了很多事情，打了很多招呼，他应该感谢自己才是。

于是，两个人心里开始产生了隔阂，相互抱怨，互不买账，嘴合心不合。

蔡塘死死地抓住王嗨的诸多犯罪证据，心想，既然抓住了你的把柄，就不怕你不为我卖命。于是自以为是，只等王嗨为其效劳卖命。

二○○三年一月十三日，蔡塘被部督"12·10"文物专案组抓获后，他自以为上面有人，有王嗨这把尚方宝剑罩着他，态度十分顽劣，拒不供述犯罪事实。

他自始至终坚信王嗨一定会保他，就是为了王嗨自己，他也会想尽办法保他，出面打招呼"捞人"。然而他想得太天真了，高估了自己。

随着时间的推移，其他的文物贩子该诉的诉，该判的判，该放的放，他则一直被关押着，无人问津。

他开始着急了。他翘首以盼，左等右等，就是不见王嗨出手保他。他心里恨得牙痒痒的，恨王嗨不讲义气，忘恩负义。

一时间，他情绪非常低落，大失所望。

他反复权衡利弊，心想，既然你王嗨不仁，那就休怪老兄我不义了。

二○○四年阳春三月，在看守所羁押达一年之久的变色龙——蔡塘，信奉"先下手为强，后下手遭殃"的信条，下定决心，与其坐以待毙，不如自寻生路，既然你王嗨不保我，那我只有自己保自己了，主动检举揭发王嗨的违法犯罪事实，争取立功赎罪，减轻责任。

于是，蔡塘告诉看守所管教民警，他有重要案件线索要举报。鉴于情况错综复杂，案情线索重大，涉及的人员敏感，他只向平原市公安局局长章太举报，其他人员一律不理。否则，不见不谈，拒不检举揭发。

章太局长预感到事情非同小可，便带领江岳大队长前去看守所提审蔡塘。

审讯室里，章局长说："蔡塘，你为什么非要向我举报？其他警察不行吗？"

他说："章局长，您让人信得过，我相信您，您公正执法，坚持正义，铁面无私，是一位好警察。"

"谢谢你的信任，请讲吧！"

"请章局长一定要为我保密，保证我的绝对安全。否则，我就不讲了。你们警察队伍中有坏人。"

"放心吧！一定为你保密，保证你的安全。"

"那就好。"

"你要举报谁？"

"我要举报黄河省纪委王嗨。他所在部门主管平原、三峡豫西地区，所以，必须向您举报，其他人来，我不放心啊！"

"说吧！举报他什么违法犯罪事实。"

"王嗨的违法犯罪事实很多。我想重点举报他一九九八年秋，在省城一路和五路十字路口，酒后驾驶闯红灯致人重伤的交通肇事逃逸'顶包'案件……"

鉴于案情重大、人员敏感，又涉及省纪委领导，为慎重起见，以防横生枝节，章太局长决定将蔡塘转所，异地羁押。

于是，蔡塘被转到西川县看守所异地羁押。看守所当即就把人提走，在西川县办好入所手续，羁押进西川县看守所，并与西川县看守所约法三章，严明纪律，严禁任何人以任何理由提审蔡塘。如需要提审，必须经过他允许，方可提审。

然而，螳螂捕蝉，黄雀在后。

章太局长刚离开西川看守所，黄河省公安厅那位曾经为陈无间入警打招呼施压，让其混入公安队伍的神秘领导，撩开了自己的神秘面纱，开始赤膊上阵，出场唱戏了。

不知道他是从哪里得来的神秘消息，章局长前脚刚走，他就后脚跟进，火速赶到西川县看守所提审蔡塘。

看守所所长瞠目结舌，支支吾吾，无可奈何。

神秘领导违规提审在押犯，是严重的违纪违法行为，其实就是通风报信、包庇纵容犯罪的行为。这是明令禁止的。

这为日后部督"12·10"文物专案组的侦查工作，埋下深深的祸根。

从此开始，部督"12·10"文物专案组的祸患便接二连三，持续不断，简直匪夷所思。

釜底抽薪

徐英和尤益是平原市公安局刑侦支队的业务骨干，政治素质过硬，业务精湛，属于支队年轻的老刑警了。当两人被羊文生当众宣布"双规"后，当着全体支队干部民警的面，被毫不留情地押上警车那一刻，回头满含热泪，令人无比心酸，有人禁不住泣不成声。

根据王嗨的安排，这样做的目的就是要杀一儆百，起到杀鸡儆猴的作用，为日后私设小金库的查办工作打下坚实基础。

平原市纪委办案基地的四平方米审讯室，四周布满席梦思床垫，一张老旧的四方桌子，两把本色木椅子。羊文生端坐在木椅子里，气势汹汹，不可一世。

"知道为什么'双规'你吗？"羊文生问道。

"不知道。"尤益答道。

"不知道？什么态度？用这种态度和我们纪委干部说话，不想活了。"羊文生威胁道。

"你们看着办吧！"

"看着办，看着办，看我怎么办你！"说着说着，羊文生冲上前去，对着尤益的嘴就是两个响亮的巴掌，打得他眼冒金星，双唇流血。

"你们竟敢打人，'刑讯逼供'，'法西斯'！"

"还敢嘴硬，胆敢骂我们是'法西斯'，真是吃了熊心豹子胆了。"

四名如狼似虎的审查调查人员齐声吼道："给我跪下，跪下！放老实点，否则，吃不了兜着走。不信，你试试看。"

"男儿膝下有黄金，跪天跪地跪父母。对你们，不跪！坚决不跪！"

见此情状，四名审讯人员冲上前去，使劲按他的肩膀，逼着他下跪。

可怜的优秀刑警，从来没有在犯罪分子和强权面前屈服过，现在居然被强迫下跪。时间已进入二十一世纪，竟然还有如此野蛮粗暴、亵渎法律的"法西斯"行为，简直就是和尚打伞，无法无天。

接下来的十多天里，尤益受尽折磨。超强噪声长时间在他耳边炸响，宛如酒吧高音喇叭，炸得他头昏脑涨，无法入睡；强光灯照着眼睛，照得他头昏眼花，眼冒金星；热毛巾敷面，敷得他面红耳赤，气喘吁吁，上气不接下气。

一个七尺伟岸刑警男儿，竟被逼得皮包骨头、瘦弱不堪，简直判若两人，令人触目惊心，辛酸至极。

另一间审讯室里，徐英遭遇着同样的待遇。

"徐科长，你是私设小金库的直接经办人，你把小金库的设立和资金流向，老老实实地交代清楚，争取从宽处理。"审讯员发问。

"这是大环境下的产物，不叫私设小金库，全国公安机关都一样。"

"什么？不是私设小金库，难道是公设小金库不成？"

"这是支队财务，市局财务、市财政部门都是认可的。"

"明明是违纪资金，还敢抵赖，什么态度？"

"皇粮吃不饱，地方粮不保，巧妇难为无米之炊啊！"

"资金来源于哪里？用在什么地方？"

"资金来源是支队罚没款的返还部分，全部用于办案所需，市财政局是同意的。"

"难道就没有侵占、私分、挪作他用吗？"

"没有，绝对没有。"

"胡说八道！"

"所有账户账本、会计凭证，你们都查扣了，不信，你们自己查账就是，账户一目了然，一清二楚。"

……

可怜的英姿飒爽又儒雅的女刑警，他们竟不让她睡觉。十多天下来，原先她那楚楚动人的娇容已变得面黄肌瘦，体重下降至健康警戒线以下，完全变得弱不禁风。他们毫无人性地侵犯着女刑警的合法权益。

面对有如"白色恐怖"般的严峻形势，不少正义之士纷纷站出来仗义执言，主持公道，大声疾呼依法办事，疾呼政府、媒体和社会加强监督。

二〇〇四年初夏的一天，平原市公安局刑侦支队以单位名义，对刑侦支队近年来财务管理情况，进行了认真梳理，并形成详细的财务工作专题报告，按程序经平原市公安局党委和纪委审核同意，向正在查办私设小金库的黄河省纪委工作人员进行了详细的口头和书面汇报。

然而，他们置之不理。所有这些专题报告和呼吁，没有起到任何实质性作用。

查办组依然自以为是，我行我素，继续滥施淫威，大有不找出问题誓不罢休的决心，就是挖地三尺也要挖出问题，就是鸡蛋里面也要挑出骨头。

原来，在省纪委查办平原市公安局刑侦支队私设小金库问题之初，平原市公安局党委、纪委领导层就觉得事情蹊跷，有违正常的办案程序。省纪委就不应该越过市纪委、市公安局纪委，直接去查市公安局一个二级机构刑侦支队的账户，这既不符合办案规定，也不符合办案程序。

随着调查的深入，人们渐渐发现，所谓查办私设小金库调查人员在询问涉案警察时，并不是围绕小金库的设立、资金来源和资金流向展开问话，而是反复纠缠部督"12·10"文物专案组的侦查工作领导小组成员、案件的进展情况，以及下一步的工作计划，侦查的主攻方向和工作重点，与私设小金库问题完全是风马牛不相及。

只要被调查的刑警不按照他们的要求回答问题，就会吃耳光、听强音、照强光、敷热面，不让睡觉，体罚虐待。

随着时间的推移，市公安局刑侦支队的刑警们明显发现了一个奇怪的现象，支队所有大队、所有人员都被查到了、问到了，唯独刑侦支队四大队没有一个人被涉及被审查。

刑侦支队四大队大队长是屈枝，他所在的大队和刑警似乎成了金刚不败之身，查办组不闻不问，真是奇怪了。

屈枝坐在办公室暗暗窃喜，幸灾乐祸，手端一杯茶，嘴叼一支烟，脸上露出一丝阴险狡诈的奸笑，口中喃喃有词："哼……哼……想整我，跟我玩阴的，你们还嫩了点，现在尝到滋味了吧，知道爷爷我的厉害了吧！"

不查四大队，不查屈枝，是有深层次原因的。小金库查办小组的带队领导羊文生，是王嗨的心腹，事先已经得到授意，目的是维护屈枝的威信，让大家以为他清正廉洁，没有任何问题，是过得硬、信得过的好警察，为其日后的升迁打下良好的群众基础。

可是，王嗨主导的小金库查办小组，并没有查到屈枝所检举揭发的私设小金库等任何资金问题——侵吞、贪污、挪用、滥发奖金补贴等，结果一时间骑虎难下，左右为难。

查办刑侦支队私设小金库，本来就只是幌子，虚晃一枪，其真实目的和险恶用心，是诬告陷害、打击报复部督"12·10"文物专案组副组长章太局长和专案组成员，冲散专案，逼迫专案终止侦查，致使专案侦查不了了之，使专案束之高阁。

王嗨之所以打击报复章太局长，是因为他通过黄河省公安厅神秘领导处得知，章太已经掌握他确实的犯罪证据，手上握有他的把柄。他恨得咬牙切齿，怒火中烧，只是不便发泄罢了。他恨不得马上把章太撤职查办，尽快免掉他的平原市公安局局长一职。

然而，章太手中掌握的证据，来自收购倒卖文物的走私贩子变色龙蔡塘的立功赎罪检举揭发。这是公安机关人民警察的职责所在，也是蔡塘指名道姓要向章太局长检举揭发的，这再正常不过了，无可厚非。

蔡塘被羁押在仁爱县看守所达一年之久，左等右等，就是等不来王嗨前来捞人的消息，干脆一不做二不休，既然你不仁，休怪我不义，为了立功赎罪，争取从轻发落，王八吃秤砣——铁了心地检举揭发王嗨这个披着人皮的狼。蔡塘供出"王嗨酒后交通肇事逃逸'顶包'案件"的全部犯罪事实后，章太局长觉得事态严重，不能等闲视之，就秘密将蔡塘转移到平原市西川看守所进行异地羁押。

二〇〇四年四月十四日，平原市公安局刑侦支队党委委员、重案大队队长江岳，提审了蔡塘，做了讯问笔录，并录音录像进行固定，可谓程序合法，实体客观，证据确凿，铁证如山。

可当江岳不辞辛劳、千里迢迢返回市公安局的当天下午，全局上下已流言蜚语满天飞，风传江岳和刑侦支队政委王宗很快就会被"双规"。

他俩却蒙在鼓里。

果不其然，四月十七日上午，江岳在刑侦支队办公室里被突然带走，省纪委查办私设小金库专案组将他"双规"。

第二天晚上，刑侦支队政委王宗也被省纪委查办私设小金库专案组悄无声息地"双规"了。

流言蜚语，竟然一传一个准，这世界真是奇了怪了。

此时，部督"12·10"文物专案组领导和民警已经无法再侦查办案了。他们只有被动地接受省纪委查办私设小金库专案组的调查，陷入了泥菩萨过河自身难保的困境。一段时间后，部督"12·10"文物专案组主办侦查员和主要办案人员，均陆陆续续被省纪委查办组全部"双规"了，无一人幸免。

而江岳、尤益两名主办侦查员，身为平原市公安局刑侦支队重案大队队长和教导员，主管全市的重特大案件侦查工作，根本就和支队所谓私设"小金库"没有任何关系，沾不上任何边，完全是八竿子打不着。

可是，省纪委专案组为什么也要对他们两人采取"双规"措施呢？

原来，江岳和尤益是部督"12·10"文物专案组的主办侦查员，案件的具体侦查工作由重案大队承担，他们掌握了案件的全部情况，对案件侦查了如指掌。对他俩进行"双规"，就是想让他俩说出案件侦办过程、案件的进展情况、案件取得的证据，起到敲山震虎、杀鸡儆猴的作用，无形中对其他办案人员产生威慑，产生巨大精神压力，可谓用心险恶。

江岳被"双规"后，自认干净清白，清正廉洁，没有任何违纪违法行为，所以理直气壮，任凭风浪起，稳坐钓鱼台。

审查调查人员逼问他部督"12·10"专案侦办的过程和进展情况，明目张胆地逼问他还掌握了哪些领导人的证据。

江岳气壮山河，守口如瓶。

这种讯问，对于具有丰富刑事侦查经验的老刑警江岳来说，只要他们一张口，他就知道他们肚里的花花肠子。这些雕虫小技，岂能瞒得过他的眼睛。

面对这种无法无天、胡作非为、为非作歹的小人，江岳想，必须尽快想方设法离开这个是非之地。俗话说，好汉不吃眼前亏啊！留得青山在，不愁没柴烧。

于是，他眉头一皱，计上心来。

四月二十日中午，江岳假装熟睡，鼾声如雷。看守人员见他熟睡，也就放松了警惕，也酣睡起来。

江岳见时机成熟，便蹑手蹑脚起床，顺利地逃离了"双规"场所，藏匿了起来。

与此同时，还有一个人，也逃离了省纪委专案组的魔爪。这个人叫李学，是平原市公安局副局长兼刑侦支队长、"12·10"专案组侦查员。

那是四月十九日，他突然接到紧急通知，要他当天晚上着便服到平原市纪委参加重要会议，不得以任何理由、任何借口缺席会议。

他心想，这事情有些蹊跷。事出反常必有妖。

他迅速找熟人朋友打听会议情况。经辗转多方，他最终得知，王嗨已准备对他采取"双规"措施。

他顿时大惊，仿佛天要塌了下来。这真是人在家中坐，祸从天上来。

于是，他报告章太局长，以到上海追捕命案逃犯为由，从省城乘飞机连夜离开平原市，飞往上海虹桥机场，到上海暂避风头。

然而，他心想，这样下去，暂时回避也不是办法。身为平原市公安局党委委员、副局长兼刑侦支队长，是支队的一家之主、领头羊，不能任由坏人胡来，必须用一个两全其美的办法来解决问题。否则，只能任由他人诬告陷害、打击报复。

小人掌权，欲加之罪，何患无辞啊！

部督"12·10"文物专案，是部、省交办的，部局是全国刑警的娘家，娘家人一定会为自己的儿女说话做主的。

李学反复思考权衡，终于有了主意。

他电话通知专案组成员，已接到"双规"通知的、被"双规"后没几天又被放出来的、预感到有"双规"风险的专案组侦查成员，分批陆续齐聚部招待所，共同向部局领导反映专案组成员所受飞来横祸的非人遭遇，请部局领导为基层撑腰，主持公道，伸张正义。

半个月后，在部领导的积极协调运作下，黄河省委常委召开专题会议，专门听取省纪委查办所谓私设小金库案件的专题情况汇报。最后，省委书记力排众议，为刑警撑腰，主持了公道。经会议研究决定，将查办小金库事件的调查工作，交由省纪委交平原市纪委负责查办，解除对刑侦支队所有干部民警的"双规"措施。

王嗨接到省委常委会会议纪要后，看都不看一眼，将文件丢在一边。

他竟然胆大包天，拒不解除对刑侦支队秘书科长兼会计徐英的"双规"措施，公然对抗省委常委的决定，拒不执行省委常委的决定。可见，区区一介省纪委正处级干部的王嗨嚣张猖獗、目无组织纪律到了何等的程度！

二〇〇四年五月初，省纪委小金库查办小组领队羊文生向王嗨汇报查办小金库的情况，告知已经全部查清，会计徐英没有任何问题，应该尽快对她解除"双规"措施，否则，涉嫌违纪违法。

王嗨一听，怒目圆睁，大发雷霆，坚决不同意解除徐英的"双规"措施。他严令羊文生继续执行，不得有误。

原来，徐英所说出的所谓有关事实，不足以阻止部督"12·10"文物专案组继续侦查陈氏四兄弟黑社会性质组织犯罪，和屈枝涉嫌参与黑社会性质组织犯罪，以及蔡塘收购倒卖走私文物犯罪。王嗨害怕拔出萝卜带出泥，引火烧身。

就这样，王嗨竟然冒天下之大不韪，徇私枉法，大笔一挥，批示将徐英异地关押到顶山市纪委的"双规"场所，继续审查。

徐英被继续实施非人的待遇，简直度日如年，生不如死。这真正是无法无天，丧尽天良啊！

时间转瞬即逝。到了二○○四年年底，这个案件依然被拖着不结不办，挂在那儿睡大觉。

对此，王嗨不置可否，就是不给一个具体结论，以此来影响大家的进步，这是他阴险狡诈的一步狠棋。

正义虽然迟到，但永远不会缺席。

不久后的一天，纪委新来的查办小金库调查组领导，主持公道正义，依法办事，主动作为，大胆工作，越过王嗨，直接向省纪委副书记汇报查办小金库事件。

所谓私设小金库，事出有因，情有可原，当时各地的行政执法部门都一样，都有此种情况，不单单是公安机关。此案可以结案了，不能再这样拖下去了。否则，既影响刑警正常执法办案，又影响警察的积极性，损害警察的身心健康，尤其不利于打击犯罪、保护人民，有百害而无一利。

省纪委领导大笔一挥，同意结案。

直到这时，徐英才被解除了"双规"措施，重见天日，重获自由。

可是，她被无辜"双规"长达整整一年之久，没有任何说法。

一系列的恶搞蛮缠，把平原市公安局刑侦支队搅得乌烟瘴气，一塌糊涂。干部民警人人自危，谁还有心思办案？谁还有时间对付陈氏四兄弟黑社会性质组织犯罪？谁还有精力挖出包庇纵容黑社会性质组织犯罪的保护伞屈枝？谁还有心思去侦查蔡塘这个收购倒卖走私文物的犯罪分子？

凡此种种，正中王嗨下怀。他的脸上终于露出了阴险狡诈的奸笑，一切如他所愿，他终于瞒天过海，金蝉脱壳了。

二〇〇四年六月，平原市公安局党委书记、局长、部督"12·10"文物专案组副组长章太，突然接到市委通知，要他到市委谈话。

他深感意外，一时间，仿佛丈二和尚，摸不着头脑。

他来到市委副书记潘胡的办公室。

潘书记面带微笑，口蜜腹剑地说道："章局长辛苦了！我代表全市人民感谢您，和您领导的全市公安民警，特别是市公安局刑侦支队全体干部民警。请代我向他们问好！"

"谢谢书记！感谢市委对全市民警的关心关爱！"

"根据工作需要，省委决定，调你到黄河省人防办工作，任省人防办副主任。明天即到省人防办报到。欢送会市委就不开了，我代表市委找您谈话，就是这个意思。请按时报到，不得迟到，否则，后果自负。"

章太心里暗自一惊，但迅速回过神来，坚定地回答："是！坚决服从组织安排。"

至此，部督"12·10"文物专案组失去了主心骨。

这个釜底抽薪的举动，让全市公安民警感到匪夷所思。市公安局群龙无首，各自都开始为自己去向忧心忡忡，担惊受怕。

从这一刻开始，部督"12·10"文物专案组其他成员，也陆陆续续接到市委组织部的谈话通知。结果是调离的调离，撤职的撤职，处分的处分，理由冠冕堂皇。

部督"12·10"文物专案组就此彻底被无情地打散了，再也无人敢过问文物专案和陈氏四兄弟黑社会性质组织犯罪案件。想当初，能够进入二〇〇二年部督"12·10"文物专案组的警察，几乎都是平原市公安局里政治素质过硬、业务精湛的刑警精英骨干和重点培养对象，是平原市公安局未来的栋梁和希望。然而，二〇〇四年下半年至二〇〇五年，他们都被调离原工作单位和原工作岗位，不得不各奔东西。

原来，章太局长调任省人防办副主任，是王嗨一手遮天操办的神来之笔。

那是二〇〇四年季春时节，京城冰雪消融，大地春暖花开。

王嗨拎着两件国家一级珍贵的文物——青铜镇宅宝剑，提着现金，前往北京拜访他的老上级、老首长江花水。早年在云南办案时他就和江花水认识了，两人一见如故，相见恨晚。

北京长城饭店包房装饰精美、古香古色，传统中华文化精美绝伦。王嗨带着礼物，坐在包房翘首以盼。江花水姗姗来迟。

突然，漂亮的服务员引进一位身高一米八五、身材魁梧、年约五十岁的中年男子。只见他国字脸，戴一副黑色宽边墨镜，一副大牌样子。

"我的王大主任，你这是唱的哪一出啊！"他进门便说道。

"首长好！有失远迎！失敬失敬！"王嗨边说，边点头哈腰。

接着，他迅速拿出那两件国家一级文物——青铜镇宅宝剑，并将二十万现钞交到江花水手上。

"感谢首长一直以来的关心关照，一点小意思，不成敬意！"他毕恭毕敬地小声说道。

席间，江花水高谈阔论，东南西北中，工农商学兵，仿佛无所不知。

王嗨洗耳恭听。

听着听着，他故意低头不语，显出一副委屈的面孔，满脸的忧伤。

"老弟，别来无恙吧？今天晚上怎么高兴不起来啦？来来来，老兄敬你一杯。"江花水注意到了王嗨的情绪。

接着，他举起酒杯。"咚"一声，两杯相碰，一干二净。

"不瞒老首长您说，小弟确实有难言之隐，不好说，不好说啊，怕影响老兄的酒兴。"

"我俩谁跟谁啊！不妨说来听听。"

王嗨这才壮着胆子说："情况是这样的。小弟我遇到了一点小小的麻烦，驾车不慎出了车祸，不想被平原市公安局局长章太抓住辫子，小题大做，上纲上线，企图诬告陷害，打击报复我。"

"那你的意思是？"

"我想请您出面，把他调离公安机关，离开平原市，安排一个虚职。"

这时的江花水，已经是北京的高官，位高权重。

"是这样啊，好说。"于是，他当即掏出手机，给黄河省委组织部主要领导拨通电话。

一番客套话之后，江花水说出重点："贵省平原市公安局局长章太，年轻有为，是一位优秀的公安局局长。但是，领导和群众对他有微词，告状信、举报信不少啊！多个岗位锻炼锻炼好，有利于年轻干部成长。我建议，贵部将章太调入省人防办工作，这个岗位也很重要嘛！城防工事，不可马虎啊。你意下如何？"

"坚决执行首长指示，马上落实，明天就办。"

就这样，章太被莫名其妙地调到了黄河省人防办担任副主任。

接着，江岳被调到平原市高新区公安分局任副局长；李学被调离公安机关，调入平原市委政法委任调研员，协管社会治安综合治理工作；尤益被调入市公安局巡警支队三大队任副大队长，分管巡逻防控常态化工作；徐英被调到市警犬大队任教导员，养警犬去了；其他专案组成员，分别被调入交警支队、看守所等单位工作。

总之，凡是参加过部督"12·10"专案组的成员，全部被扫地出门，一个都没能留任刑侦支队继续工作。

只有屈枝一人例外，不仅没走，反而从刑侦支队四大队长升任重案大队长。

一个与黑社会性质组织犯罪同流合污、沆瀣一气的涉黑犯罪分子，居然主管全市的重案侦查和扫黑除恶工作！原本非常团结、非常有战斗力的优秀战斗集体，则被腐败分子诬告陷害，打击报复，冲击得七零八落。从此以后，再也无人过问部督"12·10"文物专案，再也无人过问陈氏四兄弟黑社会性质组织犯罪案件。

而部督"12·10"文物专案被束之高阁以后，其卷宗何处安放？谁来接收移交，谁来保管案卷？平原市公安局干部民警无人敢接，找出各种理由推辞。这是部督案件，最后，经时任平原市局领导向省厅领导多次请示汇报，才将卷宗由省厅刑侦总队保管。

该案作为部督大案，从此开始一直睡大觉，这一睡就是十九年，卷宗上积下了厚厚一层灰尘。

这一切真是天下奇闻！

时任平原市委分管干部人事的潘胡副书记曾经放出狠话，凡是在部督"12·10"文物专案组工作过的人，一个都不能提拔重用。这简直是无法无天。

投案自首

二〇〇三年一月十三日，当部督"12·10"文物专案组开展第一次集群战役集中抓捕和追缴流失文物时，已经混入平原市公安局刑侦支队秘书科工作的陈二道，鬼使神差般地突然闯入支队文印室打印材料，无意中偷窥到了行动方案和抓捕人员名单，其中陈氏老大陈通吃、老三陈无道赫然在列。于是，他谎称腹痛，来到平原市第一人民医院门诊大楼假装看病，并偷偷来到医院门诊楼前的公用电话亭打电话，告诉老二陈无间："母亲病危，请速归。"

这是兄弟俩事先约定好的暗语。母亲病危，指的公安局要抓捕陈氏老大和老三；母亲病重，指的是要到家里和"三处私藏文物处"收缴文物；母亲感冒，是指公安局要对"三处"开展集中清查行动。

"三处私藏文物处"，是指陈氏兄弟三个违法犯罪活动场所，即陈氏民宅、纵横文化城、金水湾大酒店茶楼。

根据平原市公安局紧急通知，已任津县公安局政委的陈无间，当晚是负责全县集中统一清查行动的总指挥。然而，他根本就顾不了那么多，立即来到局长办公室，谎称母亲病危，必须立即请假回家。

局长迫于无奈，也是鉴于人之常情，只得准假。同时，他迅速安排常务副局长接替陈无间的工作，任临时总指挥。

陈无间火急火燎地跑到停车场，亲自驾驶局里的金杯海狮七座警车，风驰电掣地向陈氏老宅驶去。三十分钟后，车子到达陈氏老宅。

他神情严肃、火急火燎地敲开大门，只见陈通吃正在和广州的文物贩子展老板欣赏一米二高的唐三彩马。两人正评头品足，相谈甚欢。

陈无间神不知鬼不觉地闯进老宅，急急忙忙附在老大陈通吃耳边窃窃私语。一时间，陈通吃的脸由白变红，由红变白。

展老板顿时莫名其妙，愣在那儿发呆，手足无措。

"怎么回事啊？"

"你先别问了，情况非常紧急。事不宜迟，一切听我安排就是。"

于是，陈无间安排陈老大带起嫂子，马上驾车前去接母亲，然后让三人迅速前往新乡火车站新安大酒店等他。他则带着展老板和国家一级珍贵文物唐三彩马，驾车绕道前往新乡，随后赶往新安大酒店会合。

安排好逃跑路线后，一切都在陈无间的预料之中。他们刚刚出城离开平原市区，全市集中统一行动就打响了。

陈无间打开警灯警报器，一路鸣笛，顺利潜逃。他驾驶着警车在G107国道上疾驶。车上他与展老板两人均无语，各自打着自己的主意。

陈无间在想，私送犯罪嫌疑人，如何才能骗过领导和同志们，不让他们产生疑虑，做到天衣无缝，滴水不漏，自圆其说。展老板最担心的，是他的国家一级文物唐三彩马，如何才能安全完好无损地运到广州，途中不发生任何意外。否则，人财两空。

来到新安大酒店，已是晚上十时。

陈无间运筹帷幄，周密安排。他把国家一级文物唐三彩马在新乡火车站托运，发到广州。同时，让展老板乘当晚午夜时分的火车返回广州火车站取货。

他让老大和嫂嫂在酒店继续安心等待，并告诉他们，晚上会有人来接应他们。他一再叮嘱，千万不能随便离开酒店，要关闭通信工具，使用座机电话进行联系。离开黄河省界后，再电话报平安。

一切安排妥当后，他才放下心来，带上母亲，驾驶警车，一路警灯警报齐鸣，风风火火地返回平原市，把母亲送回家中。

路上，偶遇平原市公安局设卡查缉的民警，他按按喇叭，挥挥手，以示敬意。一路畅通无阻。

当天夜晚，陈无间安排陈氏兄弟黑社会性质组织犯罪团伙成员——马仔张下葛，驾车前往新安大酒店接应陈通吃，连夜离开黄河省，长途奔袭，昼夜不停地把陈通吃夫妇送往广东饶平县，躲藏在一出租房内，藏匿了两个多月。

然而，过惯了奢侈生活、好逸恶劳的陈通吃，哪受得了这份罪，哪吃得了这份苦，吵着闹着要回平原老家。他反复叨唠着："金窝银窝，不如自家的草窝。"

二〇〇三年阳春时节，陈无间安排余韩驾驶警车将陈通吃夫妻从广东饶平接回，送到巩义市躲藏。藏匿一段时间后，老四陈二道亲自驾驶警车将其接走，继续藏匿，逍遥法外。

话从两边说，事从两面表。

当天下午，陈无间安排陈二道把陈无道送出平原市，乘火车逃往西安，又从西安逃往成都，再从成都逃往昆明；然后，把他藏匿在中缅边境的打洛镇。

从此，一号、二号、三号对象便销声匿迹，杳无音信，宛如泥牛入海，无影无踪。

专案组内线反映，展老板和陈通吃正准备交易国家一级文物——一米二高的唐三彩马。所以，专案组指挥部当即决定，第一次集群战役提前开打，不承想竟出了岔子。

一月十四日，侦查员乘火车奔赴广州，准备拦截国家一级文物——唐三彩马，不料展老板已抢先一步，他在火车上就安排澳门的文物贩子前来广州火车站直接提货。钱货两清，互不相欠，展老板这才吃了定心丸。

他回到自己的珠江别墅里，正躺在摇摇椅上，手摇扶扇，嘴里哼着粤剧小调，优哉游哉。

突然，见警察来到跟前，心里暗自为之一惊，心想这么快呀，简直就是神速。

他马上镇定下来。因为他心中有数，陈通吃已安全出逃，警察抓不到他；唐三彩已卖到澳门，万事大吉了。

"警察同志光临寒舍，蓬荜生辉啊！请坐请坐！"展老板热情地说。

"你就是展民展老板吧！"

"是的。请坐下说！过门为客，小雅看茶，来客人了。"

"好嘞。"一个娇滴滴的美女声音。

"坐就不坐了，只想问你一个事情，你近期到过平原市吗？"警察问道。

"以前去过，平原是个好地方，人杰地灵，鸟语花香……"答非所问。

"哦……哦……最近没有去过，不好意思啊！扯远了，警察同志。"他认为在自己家里，警察奈他不得，就东扯西拉，装傻充愣。

侦查员本来想来个人赃俱获，结果扑了个空，只得悻悻地返回平原市。

二〇〇三年二月，逃亡一个月之久的陈无道，在中缅边境打洛镇落网，被押回平原市公安局刑侦支队，接受审讯。同年十二月，陈无道涉嫌走私贩卖文物罪和非法拘禁罪，被依法判处有期徒刑五年六个月。

可是，送监服刑仅两个月，经陈无间阴谋策划打点，他便被保外就医。

保外就医期间，他并未金盆洗手，而是继续从事盗掘古墓的勾当，纠集一帮马仔收购倒卖走私文物，强买强卖，为非作歹。

二〇〇六年下半年，已经升任津县公安局局长的陈无间，指使下属——黄鹤派出所所长张军协助陈通吃继续潜逃藏匿。张所长在黄鹤镇任庄村找了一处年久失修、无人管理的废弃养牛场，公款出资，加以装饰装修，让陈通吃心安理得地在此躲藏长达半年之久。

二〇〇七年春上，陈氏四兄弟黑社会性质组织犯罪团伙成员刘保军，又把陈通吃转移至武汉市藏匿，打一枪换一个地方，一个地方不超过半年，任凭公安机关如何追捕，也是瞎子点灯——白费蜡。

二〇〇九年孟春，陈无间又指使时任津县公安局后勤科科长张大力，协助转移陈通吃进行藏匿，张科长把自己在津县供销社家属院的一套住房免费提供给陈通吃居住生活，陈通吃在此藏匿达半年之久。

作为回报，陈无间在张军和张大力的职务升迁上极力举荐，两人均得以顺利进入津县公安局领导班子。如此协助窝藏网上逃犯的败类，已经涉嫌包庇窝藏罪，竟然还能混进县公安局领导班子，名正言顺地变成领导，真是世所罕见。

二〇一〇年寒冬，陈无间为了彻底漂白哥哥陈通吃的身份，安排刘保军出资一万元，花钱买了一个名叫"张新田"的空挂户，并用陈通吃的大头照片冒名顶替，借尸还魂，办理了"张新田"的假身份证，还用"张新田"的假身份证办理了银行卡和手机卡。于是，一名网上逃犯经陈无间一番漂白包装，瞬间变成了正常人，过上了正常人的生活。

陈氏兄弟黑社会性质组织犯罪称霸平原，肆意妄为，黑白两道，在平原市已经是公开的秘密，无人不知，无人不晓。

但随着扫黑除恶工作的逐步深入，作为公安局局长的陈无间，预感到了前所未有的巨大压力。

纸是包不住火的，迟早会出事。如果再任由老大陈通吃天涯海角漫无目的地逃亡，早晚有一天会落网。与其这样，还不如演一出假投案假自首的金蝉脱壳之戏，了结他的案件。案结事了，也就了却了陈无间的心头之痛，一了百了。

于是，在陈无间的策划运作下，逃亡十二年之久的网上逃犯陈通吃，于二〇一五年初夏的一天，来到平原市公安局刑侦支队投案自首。

此时，原部督"12·10"文物专案组人员已无人在岗，后任刑侦支队侦查员对该案一无所知。鉴于该案的复杂背景，谁也不愿意给自己添麻烦，惹不起还躲不起吗？没有任何人愿意接受陈通吃投案自首，给他做审讯笔录。

万般无奈，一名刚参加工作两个月的愣头青接受了这个任务，对投案自首的陈通吃进行审讯。

在平原市公安局执法办案区，陈通吃如入无人之境，仿佛在战场立功凯旋，而不是投案自首的犯罪分子。这一切都是陈无间苦心安排的结果。他叫陈通吃无所顾忌，一切有他顶着。

"这十二年，你东躲西藏在哪里？"审讯民警发问。

"在天上，过神仙生活，有时跟太上老君炼丹，帮他拉风箱。有时一个人在南天门看云彩。小伙子啊！南天门的云彩简直美不胜收，婀娜多姿，好像各式各样的美女。天上的七仙女就经常来南天门游玩，腾云驾雾来，腾云驾雾去，来无影，去无踪。如果你不信，我可以带你去南天门欣赏欣赏，如何啊？"陈通吃东扯西拉，一派胡言。

"国家一级文物——一米二高的唐三彩马哪来的？"

"哦……哦……哦……你问唐三彩马啊，为什么早不说，拐弯抹角，耽误我和玉皇大帝宝贵的聊天时间，我们聊兴正浓呢……"

"我问你，国家一级文物——唐三彩马哪里来的？"

"哦……哦……哦……记起来了，是天上神仙二郎神亲手送给我的。不知道他从哪里发货的，反正他没有告诉我，顺手就把唐三彩马交到了我手中，你说我高兴不高兴呢？小警察，嘴上没毛，办事不牢，要不然，你跟着我干如何？保准你有吃有喝，有好玩的有美女，嘿嘿嘿嘿嘿嘿……"

"你说的是人话吗？请你放老实点，不要胡说八道！否则，有你好果子吃。"

"什么好果子？拿来尝尝。我在天上人间，天天吃蟠桃，天天吃神仙果。太好吃了，太好玩了，那才叫神仙生活呀！你去不去，如果你想去的话，我可以和玉皇大帝说说情，你就能上天当神仙了，还当什么屁警察，钱没有几个钱，还要吃苦受累，何必呢……"

"请你端正态度，不准再胡说八道，东扯西拉，装疯卖傻，听见没有？"

"好的，听见了，警察同志，我不东拉西扯，我不装疯卖傻，一切听你的安排就是。"

"国家一级文物——唐三彩马现在放在什么地方？"

"哦……哦……哦……被孙悟空孙猴子拿走了，不是拿走的，而是抢去的。现在放在花果山水帘洞里，众多小猴子愿愿护着呢。你放心吧，没有一点问题，如果方便的话，你去拿，要不然，我陪你一起去拿回来，如何啊？"

"你这根本就不是来公安机关投案自首的，是来装疯卖傻的。这里是平原市公安局刑侦支队，请你放老实点。"

"老实，老实，一定老实，警察同志，你说我哪一点不老实，我有则改之，无则加勉。老老实实地重新做人做事，如何啊！反正一切都听警察你的，你叫干啥就干啥，好了吧！"

"请你放老实点，不要再装傻充愣！"

"警察同志，你刚才说什么唐三彩马是吗？哦哦哦哦，记起来了，那是一匹死马。死马当活马医嘛！这匹马它既不能走，又不能跑，也不能骑，但是，它却要吃草料，要喝牛奶，而且性欲特别强，经常要找公马性交，你说奇怪不奇怪？嘿嘿嘿嘿嘿嘿，警察同志你有想法吧，你想找她做女朋友了吗？这个不能找，千万不能找呀！要不，我在玉皇大帝面前说说看，请他把七仙女嫁一个给你做妻子，如何？"

"一派胡言，混账东西！"

"你说我混账，我可是从来没有借过别人的钱，别说欠钱了，只有别人欠我的钱，我从来不欠别人的钱，哪里来的混账？我的账户清清楚楚、明明白白的，哪有混账，你可千万别冤枉好人啊！人是被冤死的，一时半会气不过来，就会跳楼自杀、投河自尽，你千万别吓唬我呀……"

"别说了，你这叫投案自首吗？完全是装疯卖傻！"

"我是来刑侦支队投案自首的啊！真的，谁说不是？你们警察要为我主持公道啊！怎么回事，本来是来投案自首的，一会儿这么说，一会儿又那么说，很不是滋味，唉……唉……我们老百姓真是进退两难……"

陈通吃装疯卖傻，耍赖放横，企图造成一种神经错乱的精神病患者的假象，以期瞒天过海，金蝉脱壳，逃避法律责任，免于追究刑事责任。所有这一切，都是陈无间事先阴险狡诈策划好的。他出题，陈通吃答题，并在黄河省脑科医院给他办理了正式的患有精神疾病的医患疾病诊断证明书。一切天衣无缝，滴水不漏。

陈通吃是黑社会性质组织犯罪首犯，阴险狡诈，诡计多端，怎么会突然就傻了，精神错乱了？根据《中华人民共和国刑法》规定，精神病患者是不负刑事责任的。陈通吃成了精神病患者，应该免于刑事责任。

陈通吃投案后，装疯卖傻，民警只得草草审讯完结，做完无用的口供笔录，无法将他投入看守所羁押，不得不让他回家。

他大摇大摆、旁若无人地走出了刑侦支队大门。

后来，经过陈无间非法运作，打通关节，疏通关系，确定陈通吃患有精神疾病，不负刑事责任。一个罪大恶极的黑社会性质组织犯罪分子，就这样被堂而皇之地无罪释放了。

陈通吃被无罪释放后，重操旧业，继续在平原市以黑护商，以商养黑，走私文物，购买房产、商铺，洗白黑钱。他还染指矿山，非法采矿；插手建筑领域，坐大成势；横行霸道，无恶不作。老百姓敢怒不敢言。

二〇一八年三月，全国开展声势浩大的扫黑除恶专项斗争，陈通吃再次消失在公众视野里，仿佛在人世间销声匿迹。

罄竹难书

相传春秋末年，有一天，晋国卿相赵简子在中山打猎，遇到一只狼像人一样立在道中。赵简子弯弓搭箭，一箭射去，狼中箭而逃。赵简子从后面急追而来。恰有墨家的信徒东郭先生，正赶去北边中山国做官，骑着驴，驮着书，迷失了道路。狼跑到他面前，装出一副可怜相，要他效毛宝放龟和隋侯救蛇，让自己在书袋中暂避一时，日后定当竭力报恩。

东郭先生说："我并不期望报恩，只是墨家以兼爱为本，我自然要救你，即使因此得祸，我也在所不辞。"东郭先生空出书袋，却三次没能把狼放进去。追者越来越近，狼请求快些，并蜷缩四肢，东郭先生这才把它放入袋中，然后把袋子放在驴背上，等着赵简子过来。

不一会儿，赵简子追到面前，发现狼不见了，非常恼怒，便威胁东郭先生务必指出狼逃走的方向。

东郭先生跪在地上说："我自己尚且迷路不识方向，哪会看见狼跑向何处？这么多岔路，就是羊也会乱跑的，何况是狼？我是个过路的人，你怎么能怪罪我？我虽然迂腐，但还知道狼的本性，您要除掉它，我怎么会不告诉您呢？"

赵简子无言以对，便继续向前追去。赵简子走远了，狼才要求东郭先生把它放出来。

从袋中出来后，狼却咆哮着对东郭先生说："我刚才被猎人追逐，多亏了先生救我。我现在很饿，饥饿又没东西吃，必然会死，那还不如死在猎人手里。先生既然是墨家信徒，一心想为天下做点事，怎会吝惜自己的肉体呢？"说着，它便向东郭先生扑去。

东郭先生绕驴躲避，边躲边骂狼忘恩负义。狼说，人类天生就是给狼吃的。双方相持而立。

突然，从远处走来一个拄拐杖的老人，东郭先生忙走向前求老人救命。

老人问其缘故，东郭先生据实陈说。老人听罢，便指着狼说："这就是你的不对了，他有恩于你，你为什么还要吃他？快快走开，不然，我就用拐杖打死你。"

狼说："先生当初救我时，把我捆缚在袋子中，上面压上书，又慢条斯理地与赵简子说话，分明是要把我捂死在袋中，以独得其利，这种人怎么可以不吃他？"

东郭先生与狼各说其理，老人便说："你二人的话都不足信，请把狼再放入袋中，我看到底是个什么样子。"

狼同意了，于是伸腿让老人捆上，放入袋中。

老人当即让东郭先生以匕首刺狼，东郭先生不同意。

老人说："禽兽负恩到如此地步，你还不忍杀它，你虽然仁义，也太迂腐了。仁陷于迂，这不是君子所赞同的。"

两人相视，禁不住大笑。于是老人帮助东郭先生一起杀死了狼，把它丢弃在道上，继续赶路。

陈氏四兄弟，黑白两道，坐大成势，欺压百姓，宛如四条中山狼，在平原市横行霸道。

俗话说："乱世收金银，盛世藏文物。"二十世纪八十年代初，随着文物收藏风的刮起，平原市盗掘古墓的沉渣泛起，死灰复燃。陈通吃和陈无道兄弟俩乘机杀入平原市地下文物黑市淘金。

陈无道打小就是社会上的混混，出道早，出手狠，经常流窜在平原火车站周边和过往奔驰的列车上扒窃、抢夺、提包盗窃，流窜作案。他性格暴戾张狂，专横跋扈，动不动就喊打喊杀。

有一次，因扒窃失手，他被失主发现追赶，他逃跑时慌不择路，跳下奔驰的列车，结果跌断右腿，落下残疾，变成了跛子。

陈氏兄弟混入平原市地下文物黑市，是从马仔跟帮小打小闹开始的，后来自成一派，涉嫌盗掘古墓、走私倒卖文物、伤害、绑架、非法拘禁、诈骗、强迫交易、非法持有枪支、组织卖淫、开设赌场等多种犯罪行为，牟取了巨额非法暴利，用于组织开支和行贿，围猎拉拢腐蚀党政、政法干部，充当其保护伞，最终演变成黑社会性质组织犯罪，成为平原市黑社会性质组织犯罪的龙头老大。

平原市公安局刑侦支队缉私大队队长屈枝长期对其包庇纵容。陈氏兄弟坐大成势，犯罪组织形成公司化、集团化运作模式，以合法的公司，掩盖非法的黑社会性质组织犯罪活动，大肆插手矿山、建筑、娱乐行业，牟取巨额非法暴利。团伙主要成员按照古墓葬区域，划定势力范围，每个团伙成员都有自己的固定区域和势力范围，雇用马仔打手和当地盗墓人员，疯狂盗挖古墓。盗挖出来的文物要毫无保留地全部交给陈氏兄弟，否则按陈氏帮规家法处理，轻则挨打受骂，重则断手断腿，甚至招来杀身之祸。

个子矮小，又有残疾，自惭形秽的陈无道，为了立威，竟然公开叫嚣："凡是跟着我陈氏兄弟干的，就是杀个把人，也不是什么了不起、大不了的事。"

陈兵是该团伙的骨干马仔的金牌打手，听命于陈无道，唯他马首是瞻。他凶狠残暴，不计后果。

一九九四年初秋时节，陈无道听说巴爷手中有一件珍贵的文物，便安排陈兵从文物贩子巴爷手中收买文物。

可是，陈兵不仅文物没有买到，反而连交给巴爷的定金也被他吞了。

陈兵灰头土脸地回来报告陈无道，被他一顿训斥、臭骂："没用的东西，还自称什么金牌打手？我看你，就是一介草包、草包……"

陈兵被骂得哑口无言，满脸羞愧。

自此，他迁怒于巴爷，对他怀恨在心。

一九九四年寒冬的一天，陈兵与巴爷喝酒时，发生了争执。他故意借酒生疯，寻衅滋事，直至拳脚相加。混乱中，陈兵趁机掏出佩刀，当场将巴爷捅死。

案发后，平原市公安局依法将陈兵刑事拘留。

案件进入诉讼程序阶段，陈无道到处放风扬言："不惜一切代价，哪怕倾家荡产，也要摆平该案。"在陈无道的淫威和威逼利诱下，巴爷家属收下他八万五千元赔偿金，主动放弃对陈兵从重处理的诉讼请求。

最终，陈兵因故意伤害致人死亡罪，被依法判处有期徒刑十二年，押送平原市的黄河省第四监狱服刑。

直至二〇二一年初秋，黄河省公安厅公开征集陈氏四兄弟黑社会性质组织的犯罪线索，巴爷的家人早就得知陈氏四兄弟已被逮捕，仍然心有余悸，顾虑重重，不想重提旧案，就是专案组人员登门取证，还是不敢多说。

陈兵服刑后，陈无道开始密谋策划，围猎拉拢腐蚀贿赂司法警察，让陈兵减刑提前出狱。

一九九七年仲夏时节，手眼通天的陈无道通过关系，攀上了时任黄河省第四监狱监狱长李伍。钱色开道，李伍心领神会，指使狱政科长石头着手办理陈兵保外就医手续。石头收下陈无道一部手机，心甘情愿为其卖命，把监纪监规抛到了九霄云外。

仅仅一个月时间，石头就办好了陈兵保外就医的一切手续。

陈兵趾高气扬地跨出了监狱大门，重操旧业。

陈无道为此十分感谢石科长，亲自送给他九千元现金、皮包、皮带等贵重物品。石科长会心笑纳，毫无愧色。他心想，收人钱财，为人消灾，理所当然。

陈兵出狱后，因祸得福，瞬间变成了陈无道妻子的干弟。不料，这个"小舅子"不是一盏省油的灯，到处惹是生非，横生枝节。

陈无道非常恼怒。于是，一纸举报信飞入第四监狱，陈兵再次被收监服刑。

一波未平，一波又起。

一九九七年中秋的一天，陈无道的马仔刘飞到一户农民家里收购文物，双方因价格问题发生激烈争执。

刘飞顺手掏出随身携带的五连发猎枪，对着他的头部就是一枪。可怜那个二十多岁的农民，当场便被活活打死在自己的家中。

　　刘飞杀人后，伪造现场，逃之夭夭。

　　然而，奇怪的是，这桩人命关天的大案，却就此不了了之。

　　直到二〇二一年九月，陈氏四兄弟被逮捕，该案才大白于天下，沉冤昭雪。

　　一九九七年初冬的一天，陈氏兄弟骨干成员董杰，带领马仔在龙马区黑马寺镇附近，盗掘一座北魏时期具有较高历史艺术和科学价值的古墓，盗得石棺板一块。石棺板花纹锦绣，美不胜收。

　　董杰以二十万元的价格，将石棺板卖给马好强。双方交易时，得知消息的陈无道带领马仔手持棍棒和枪支赶到现场。

　　他持枪威逼马好强必须退出，否则人头落地。

　　马好强被逼无奈，被迫退出。

　　不久，陈无间便以七十五万元的价格，将石棺板贩卖到广州，致使石棺板流失海外。

　　一九九九年初春，陈无道又干了一起惊动平原市地下文物黑市的逆天大案——让另一伙黑社会老大黄怀透"臣服"于他。

　　黄怀透与陈氏兄弟同时起家，也是平原市一名黑社会龙头老大。双方相互排挤，互相打击，势均力敌，互不买账。

　　陈无道借警察之手假公济私，打击异己。到了二〇〇一年十一月，黄怀透被捕，一年后被判无期徒刑。

　　就这样，陈氏兄弟淫威震天，再也无人敢惹，真正实现了一霸独大。

　　一九九九年初秋的一天，陈无道出资，安排马仔马景周盗掘古墓葬。

马景周找到一村民，两人合谋在一麦地里盗掘一处唐代古墓葬，挖出唐三彩天王俑、文官俑，属于国家一级珍贵文物。

马景周迅速报告陈无道。陈无道指使陈兵、何建康以四万元价格将文物买走。后经鉴定，该古墓葬为唐代墓葬，具有极高的文化和历史价值。

二〇〇〇年初夏的一天，陈通吃的马仔王飞，花一万元买了一对梅瓶和一个瓷碗，拿回来后，发现是赝品，一文不值。

陈无道大怒，随即带人手持铁棍、尖刀，气势汹汹地冲到卖家，将其五花大绑绑架到金水湾宾馆后，将卖家按倒在地，硬生生地将其双腿打断，痛得他鬼哭狼嚎。万般无奈之下，他只得退还现金一万元。

二〇〇一年初春时节，陈氏兄弟手下马仔争风吃醋，发生内讧，大打出手。一个马仔被乱枪打死。事后，陈无道赶到现场善后，花钱消灾，案件就此不了了之。

陈氏兄弟为操纵平原市地下文物交易黑市，拉拢腐蚀平原市公安局缉私大队长屈枝，将其拉上贼船，沆瀣一气，成为其保护伞。

该组织成员从盗墓贼处收购文物，凡是遇到出价低、不愿卖文物的盗墓贼，陈氏兄弟就向屈枝提供所谓的犯罪线索。屈枝则滥用职权，违法办案，立案抓人。

随后，陈氏兄弟出面，假惺惺地找屈大队长说情，疏通关系。屈枝收钱放人，使其免于刑事处罚。

陈氏兄弟和屈枝狼狈为奸，以下三烂手段打击报复，恩威并施，收服马强、董杰等一大批盗掘、收购倒卖走私文物的犯罪分子，威震平原市黑白两道，无人敢惹。

二〇〇一年初冬的一天，陈通吃的马仔刘保军与麻水民密谋，由麻水民组织人员盗掘古墓。如果被公安机关抓获，由刘保军负责"了难摆平"，罚款放人。

二〇〇一年冬至二〇〇二年冬，麻水民纠集四名盗墓贼，在平原市工具厂附近盗掘古墓九座，挖出唐三彩灯台、唐三彩酒壶、红胎马、红胎骆驼、红胎文官俑等珍贵文物。刘保军将这些文物悉数收走，随后走私贩卖，牟取了巨额暴利，致使国家珍贵文物流失海外。

被盗掘的九座古墓，其中有五座为唐朝墓葬，四座年代不详，具有一定的历史、艺术和科学价值。

二〇二二年初春，陈氏四兄弟黑社会性质组织犯罪被查处时，从其家中搜查扣押的珍贵文物多达一千四百余件，大多数是国家一级文物。

陈氏兄弟倒卖走私文物，经常低进高出，"一进一出"就赚数十万元，甚至上百万元。

为掩饰倒卖走私贩卖文物的犯罪行为，陈无间巧立名目，通过当地一名演员，介绍多名知名画家与陈通吃、陈无道相识，用文物换字画，再出售字画，从中牟取暴利。

黑心的陈氏兄弟不仅倒卖真文物，还贩卖赝品、假文物。

凡此种种，陈氏兄弟强买强卖、明抢暗要、巧立名目、巧取豪夺的恶行，不胜枚举，罄竹难书。

黑白两道

狼和狽形状十分相似，性情也十分相近，不同的是，狼的两条前腿长，两条后腿短，狽恰好相反，它是两条前腿短，

235

两条后腿长。两种野兽在为祸为害时，充分利用各自的长处，取长补短，优势互补。诡计多端的狼和狈，常常一起出去偷吃人类饲养的家禽家畜，对人类造成极大的危害。

陈氏兄弟犹如四条恶"狼"，老大陈通吃和老三陈无道在社会上横冲直撞，抛头露面；而老二陈无间和老四陈二道则隐藏在幕后出谋划策，遥控指挥，使阴招要阴谋。

屈枝是一只小"狈"，是一只隐藏在平原市公安局披着人皮的"狈"。他曾经号称平原市公安局第一神探。屈枝生于军人世家，身高一米八五，身材魁梧高大，头脑灵活，能言善辩，破案如神。自从一九八〇年混入警察队伍，他便开始了罪恶的一生。文物缉私的职业范畴，是打击收购倒卖、走私文物案件。缉私警察们需要经常与香港、澳门、长三角、珠三角等经济发达地区的警方联系，交换情报，信息共享，协同作战。因此，屈枝熟练掌握了粤语、客家话、闽南话、东北话、上海话、山东话等地方方言土语，仿佛他真的就是"神探"了。而就是这种全身挂满荣誉光环的"狈"，更具欺骗性、危害性。

王嗨则是一只大"狈"，阴险狡诈，长期隐藏在纪委和政法战线。他利用手中的权力，明目张胆地假公济私，为非作恶，诬告陷害，打击报复，成为陈氏四兄弟黑社会性质组织犯罪的最大保护伞。他打着清查私设小金库的旗号，实则阻挠部督"12·10"文物专案侦查，强行冲散了专案组，致使部督"12·10"文物专案一耽搁就是二十年。人生能有几个二十年！以致陈氏四兄弟黑社会性质组织犯罪坐大成势，成为中华人民共和国成立以来平原市最大的黑社会性质组织犯罪，发人深省。

陈氏四兄弟是四匹"狼"，而屈枝、王嗨则是两只"狈"，他们狼狈为奸，作奸犯科，黑白两道，沆瀣一气，无恶不作，垄断了平原市地下文物市场，百姓敢怒不敢言。

　　一九九五年中秋至一九九六年寒冬，在未经主管部门许可的情况下，陈氏兄弟老大陈通吃通过暴力手段，抢占了平原市宁罗口金矿。随后他名正言顺地非法承包了平原市宁罗口虎沟金矿一矿口，在没有办理任何手续的情况下，陈通吃迅速组织非法开采，持续时间长达十四个月。后被行政执法部门发现，采取行政强制措施予以制止，陈氏兄弟才被迫终止开采。

　　陈无间身为人民警察，又是领导，执法犯法，深知非法开采属于违法犯罪行为，不当获利应当没收，悉数上缴国库。但他却通过非法手段，行贿受贿，疏通关系，打通关节，将黄金名正言顺地卖给人民银行，将非法赃款洗白，变成合法财产，心安理得地获利一百八十多万元。其实他们投入的成本仅三万元。

　　一九九七年寒冬的一天，农民工王三找陈无间讨要三千元工资，惹怒了陈无间。

　　于是，他安排老三陈无道在光天化日之下公然绑架王三，将其五花大绑，非法拘禁于一废弃的窑洞内，时间长达一个月之久。

　　陈无间竟然利用迷信手段，通过卜卦的方式，断定王三偷了他家的金锌丝，便指使马仔把烧得通红的烙铁烙在王三身上，发出"滋滋"的响声。马仔们哈哈大笑。烙完之后，他们再往王三伤口上撒一把盐，痛得他死去活来，生不如死。时隔二十几年后，王三身上还留有当年的烙铁落下的瘢痕，怪可怕的。

最终，王三被迫写下一份悔过认错书，按上红色手印，承认自己偷了陈家的金锌丝。

随后，他们便将王三扭送至宁罗县公安局，捏造犯罪事实，企图让王三受到刑事处罚。由于犯罪事实不清，证据不足，又缺少客观证据，仅有当事人的悔过书，宁罗县公安局依法不予立案。此事才画上一个句号。自此，王三再也不敢踏足平原市半步。一提起平原市，他就心惊胆战，浑身发抖。

二十四年后的二〇一〇年，当专案组民警再次找到王三调查取证、录取证词时，王三痛哭流涕道："沉冤昭雪了，沉冤昭雪了，终于沉冤昭雪了……"

一九九九年初春，已出任津县公安局党委委员、副局长的陈无间，执法犯法，胆大包天，竟然公开私放犯罪嫌疑人，使之逍遥法外，继续为非作歹。

陈氏老三陈无道的手下马仔，因盗窃古墓被津县公安局夕阳派出所抓获。陈无间利用其担任津县公安局副局长的职权，滥施淫威，干预基层公安机关办案，公开要求夕阳派出所将盗墓嫌疑人悉数释放，导致犯罪嫌疑人未被追究刑事责任，继续作奸犯科。

二十一世纪初的平原市金水湾大酒店，是平原市最豪华的涉外大酒店。平原市公安局出于加强酒店安全管理的需要，出台了相关政策措施，向六家星级酒店派驻民警，兼职担任相关职务。陈二道被派往金水湾大酒店，兼任酒店分管安全工作的副总经理。

一九九九年仲春时节，陈无道租下金水湾大酒店五楼演艺中心和六楼的洗浴中心，公开组织黄色淫秽色情表演，招募人员公开进行容留组织卖淫活动，特别是组织未成年人从事"破瓜""开处"，丧尽天良，专门侵害未成年少女。为此，他还专门圈养了一批凶神恶煞般的社会混混做打手，对不听话的失足卖淫女，采取威胁、利诱、侮辱、殴打、强奸等手段，逼其就范，手段之残忍，前所未有，令人发指。凶神恶煞般的混混打手们，心狠手辣，令失足卖淫女望而生畏，瑟瑟发抖。

陈二道身为金水湾大酒店的副总经理兼保卫科长，大开方便之门，导致演艺中心的淫秽色情表演、洗浴中心的卖淫行为公开化。他睁一只眼闭一只眼，放任自流，公开包庇纵容组织容留卖淫犯罪，还阻碍干扰其他人民警察的正常执法行为。

一九九九年初夏时节，平原市公安局西区分局民警对金水湾大酒店六楼洗浴中心进行执法检查。这时，陈二道竟冲在前面，公开阻碍人民警察的正常执法活动，造成恶劣的社会影响。最终，金水湾大酒店的卖淫嫖娼违法犯罪活动日益公开化，成了公开的秘密。陈无道因此非法获利数百万元。

陈无间任津县公安局局长期间，当地盗掘古墓违法犯罪活动特别猖獗。陈无道就是奔着哥哥是县公安局局长这个宝座去的。他明火执仗，由秘密盗掘古墓葬，转为公开盗掘，明目张胆地在津县大肆盗掘古墓，如入无人之境。

他与平原市公交集团公司周副经理私交颇深，两人密谋合伙盗墓。由周副经理出大客车，陈无道出人出资出力，公开驾驶运输集团的客车，作为作案运输工具，拉人前往津县盗掘古墓。一次拉上一百多个有盗墓技术的人前去盗墓，可见其猖狂到了什么的程度。

客车出发前，陈无道打电话通知老二陈无间，他们已经出发前往津县。

陈无间心领神会，立即将全县警力抽调到其他乡镇从事非警务活动，导致全局上下空空如也，哪里还有警力去理会盗掘古墓。于是，盗墓贼们便放心大胆地挖，心安理得地掘。

老百姓议论纷纷："以前盗墓贼在津县盗掘古墓，都是偷偷地干，夜晚干。现在是不分白天黑夜地干。"

"自从陈无间当上公安局局长，盗墓贼完全是明火执仗，毫无顾忌。"

"盗墓贼现在盗掘古墓，真是想什么时候盗，就什么时候盗。"

……

二〇〇〇年初夏时节，陈氏黑社会性质组织成员张忠，在津县走私贩卖文物时，被津县公安局张庄派出所当场抓获。

随即，陈无间便要求派出所将张忠等人释放，并退还收缴的走私贩卖的文物和作案工具，致使犯罪嫌疑人逃脱法律制裁，未被追究刑事责任。

二〇〇一年，陈无道在平原市青少年活动中心开了这个纵横文化城，成为平原市第二大文物交易市场。

纵横文化城占地面积约六百平方米，共有四层，一楼是茶室，二楼、三楼是古玩交易中心，四楼是美容美发按摩中心。楼里应有尽有，吃喝玩乐，黄赌毒一条龙服务，完全是典型的挂羊头卖狗肉的走私贩卖文物的黑市。名义上谈文化，观赏文物，私下里公开走私贩卖国家明令禁止的一、二、三级文物。这里的男盗女娼，在平原市早已是公开的秘密，无人不晓。

平原市公安局东西分局大门，与陈无道开设的纵横文化城同处一条街上，相距不过五十米。二〇〇一年深秋，分局接到群众举报，纵横文化城公开开设赌场，聚赌抽头，要求公安机关依法查处。

于是，东西分局刑警大队民警迅速赶赴纵横文化城查禁赌博，当场抓获二十四名聚赌的赌博分子，收缴赌资五万五千元及赌具。

当执法刑警准备将涉赌人员押回刑警大队进行处理时，陈无道突然撒泼耍赖，纠集马仔起哄闹事，推搡辱骂，阻拦民警正常执法。幸亏增援民警及时赶到，才将参赌人员强制带离现场。

陈无间听闻此事后，怒不可遏，立刻找到东西分局分管领导打招呼，干预案件办理。结果，二十四名涉赌违法人员未进行任何处理即被释放，造成了极为恶劣的社会影响。

二〇〇二年仲夏，东西分局西江路派出所民警根据110指令，来到纵横文化城执法查赌，再次遭遇陈无道和手下马仔的谩骂、阻拦、推搡，后增援民警赶到，才将参赌人员强制带离现场。

陈无道恶人先告状，反咬执法民警一口，花钱雇来《伊水日报》马大记者采访报道。马大记者不分青红皂白，先入为主，快速撰写了《是查禁赌博还是干扰经营》一文，发表在《伊水日报》上。文章将民警的正常执法活动歪曲成野蛮执法行为，干扰正常经营，扰乱营商环境。

文章刊发后，纪检监察人员迅速来到派出所追责问责，要求执法民警写出具体执法经过，吹毛求疵，搞得执法民警灰头土脸，严重干扰了民警的正常执法行为，极大地挫伤了民警的积极性，助长了赌博行为。

从此，纵横文化城公开聚众赌博再也无人过问，无人敢管。

二○○一年初冬到二○○三年初春，陈无道指使团伙成员在纵横文化城内利用麻将、游戏机、打鱼机、推牌九聚众开设赌场，聚赌抽头，每局抽头五百元至一千元不等，非法获利达三百八十万元。

二○二○年孟夏，一位年约二十岁的"富二代"在平原市人人酒吧门口，不小心与陈无间撞了个满怀。

陈无间应声滑倒，眉骨受伤流血。

他站起身来，大骂道："瞎了你的狗眼，吃了熊心豹子胆，竟敢碰你爷爷！"

跟随的一帮马仔如狼似虎，一拥而上，将"富二代"按倒在地，一顿拳打脚踢。然后，他们把他拽进酒吧包间，又是一顿毒打。

"富二代"跪在地上，浑身颤抖，不停地求饶，磕头如捣蒜。直到他跪着喝下二十杯啤酒，惩罚自己，赔礼道歉，这才得以脱身，逃命似的离开酒吧。

"滚你娘的臭蛋，有多远滚多远。否则，爷爷我见你一次，打你一次……"陈无间大声吼道。

"富二代"回到家中，号啕大哭："爸爸，您要为我出气啊！我长这么大，还从来没有被人欺负过，今天受尽了折磨……"

"怎么啦，儿子？有话慢慢说。"父亲问道。

"被人打了！太屈辱了！"

"谁敢打你？告诉父亲，我为你出这口恶气！"

"我不知道他的名字，他一伙的人都叫他陈大爷。"

"啊！是陈局长，是吗？"

"他们叫他陈局长。"

"如此看来，也只能忍气吞声了。儿啊！我们斗不过他的……"父亲一边摇头，一边唉声叹气地说。

"他有什么了不起的？"

"儿啊！说出他的名字，吓死你。平原市黑白两道的陈无间，人称陈大爷、陈老虎、陈阎王。你今天在太岁头上动土了，不幸中的万幸，你的腿没被打断。别说了，此事我来处理，就当被疯狗咬了，自认倒霉吧！"

第二天，"富二代"的父亲竟然给陈无间送去五箱飞天茅台酒和五千元医药费，赔礼道歉，此事才算彻底了结。

一个堂堂的县公安局局长，居然霸道猖狂嚣张到了如此程度。

第七章　福兮祸兮

如蚁附膻

"天下熙熙，皆为利来；天下攘攘，皆为利往。"王嗨、屈枝、蔡塘、陈氏四兄弟就是这样一群为利益勾结在一起、贪婪成性的黑社会性质的犯罪团伙。

一九九五年孟夏时节，云南红塔集团贪腐一案轰动全国。当时，中纪委从黄河省抽调人员到云南参与办案，王嗨和屈枝两人同时被抽调。

远在他乡，人生地不熟，一时半会儿找不到熟人朋友。

一天，王嗨正在办公室抽烟，屈枝来到他的办公室讨烟抽。两人一边吸烟，一边拉起家常，交谈中发现都是黄河人，原来是老乡，于是一个"中"字拉近了两人的距离。

王嗨年长屈枝八岁，所以屈枝称王嗨为王叔。两人以叔侄相称，臭味相投。

三年的异地办案生活，转眼间就要结束了，即将返乡回家，回到原单位，一切恢复原样。这时候的叔侄俩，已经到了能够拍胸脯说话的程度，挂在两人嘴边的口头禅是："你的事就是我的事，甚至比我的事还重要。"

从云南办案回来，王嗨经常以办案为由，抽调屈枝到他负责的省纪委第五监察室协助办案。多年交往下来，他对屈枝信任有加，言听计从。凡是重要工作、重要线索、重要案件都交由他主办。

渐渐地，屈枝就不知天高地厚了，有些忘乎所以了。

二〇〇三年一月十三日，集中抓捕行动开始后，因屈枝通风报信，部督"12·10"专案组组长、副组长曾到黄河省纪委请示汇报，建议控制被省纪委借调的屈枝，让他回到平原市公安局配合调查。

当时，屈枝正在参与办理省纪委的"石发亮案"。黄河省纪委对专案组和平原市公安局纪检组的建议置若罔闻。"石发亮专案"是当时黄河省纪委着重办理的大案要案，影响非常大。石发亮曾任黄河省交通厅厅长，他是第三位在任上倒下的交通厅厅长，他的前两任已经服刑。他们前"腐"后继，在黄河省造成了极为恶劣的社会影响。二〇〇二年季冬，石发亮因严重违纪违法行为被黄河省纪委采取"双规"措施。该案落在王嗨手里，由他负责的省纪委第五监察室办理。

屈枝自知理亏，做贼心虚。当得知部督"12·10"专案组想要控制他配合调查的消息后，他急得团团转。突然，他一拍脑袋，计上心来，找时任黄河省纪委第五监察室主任、他的亲叔王嗨帮忙。事不宜迟，他立刻提着一匹唐三彩马、两把镇妖压邪的青铜宝剑、十万元现金来到王嗨家里请安，以求得保护伞和尚方宝剑。

王嗨心知肚明，马上出马，帮忙打通关节，使得屈枝顺利向省纪委主要领导当面汇报，谎称遭人诬告陷害，打击报复，受到了巨大的冤屈。

屈枝哭诉着说："我在缉私队工作期间，曾经侦办过一起黑社会性质组织犯罪案件，主犯名叫黄怀透，曾与陈氏兄弟因走私贩卖文物多次发生持械斗殴。黄怀透的亲属就是部督'12·10'专案组成员之一，在平原市公安局刑侦支队任大队长。所谓部督'12·10'文物专案，其实就是黄怀透的亲戚为打压陈氏兄弟，买通平原公安局高层捏造的一起假案，纯属子虚乌有。专案组要我配合调查，实际上就是黄怀透的亲属假公济私，要打击报复我……"

当时的省纪委主要领导半信半疑，一时半会儿不置可否。

王嗨见状，马上使出阴招，故意拖延"石发亮专案"的办理进程，甚至中止"石发亮专案"的办理进度，迫使省纪委主要领导就范。

省纪委主要领导迫于无奈，违心地同意了王嗨的意见，不同意对屈枝采取"双规"组织措施。

屈枝就此逃过一劫。

蔡塘是平原市最早一批收购倒卖走私文物的违法犯罪分子，曾在王嗨酒后交通肇事逃逸案中，为他安排人"顶包"。

蔡塘因部督"12·10"专案被抓后，王嗨犹如热锅上的蚂蚁，害怕蔡塘随时供出其酒后交通肇事逃逸，拔出萝卜带出泥。再加上部督"12·10"专案组坚持要抓屈枝，王嗨更害怕屈枝和蔡塘为立功赎罪减轻处罚，而供出他的犯罪事实。

迫于压力和无奈，王嗨决定再次赤膊上阵，出手大干。

于是，他专门寻找部督"12·10"专案组成员的短板和问题，进行绝地反击。他还故技重演，故意将"石发亮案"的办理进度再次拖延放慢，甚至停止办案，让黄河省纪委主要领导感受到，部督"12·10"专案组的调查行为，已经为省纪委的工作带来了巨大压力和影响，严重影响到省纪委的正常办案。

二〇〇四年孟春时节，王嗨明显感受到，省纪委主要领导对平原市公安局刑侦支队已有微词，表现出不满，流露出反感情绪。

他认为反击的时机已经成熟。机不可失，时不再来。

当屈枝得知王嗨要打击报复平原市公安局刑侦支队刑警时，他马上向他谎称："平原市公安局刑侦支队私设小金库，涉及金额达数千万元之巨，大部分资金被侵占，挪作他用、发津补贴、大吃大喝、私分、行贿受贿……"

此时此刻，王嗨正愁找不着合适的借口来诬告陷害平原市公安局刑侦支队，这真是踏破铁鞋无觅处，得来全不费工夫。可是，他又觉得自己直接出手不妥，必须找一个两全其美的"正当理由"，以免他人的口舌。

两个臭味相投、如蚁附膻的小人便继续密谋策划，继续使阴招，让屈枝将所谓私设小金库一事，写成举报信，匿名举报，直接把举报信寄给黄河省纪委主要领导和省纪委第五监察室相关领导。

二〇一五年孟春时节，已决犯黄怀透在服刑期间因患癌症，被江苏徐州监狱批准保外就医，回平原市老家治病。

黄怀透在保外就医期间，持续不断地举报陈氏四兄弟涉嫌黑社会性质组织犯罪。

陈氏兄弟害怕事情败露，为达到将黄怀透收监的目的，便与屈枝密谋，向王嗨汇报。在王嗨的授意下，由陈通吃、陈二道炮制材料，向中央、省、市纪委和司法机关多渠道、多部门举报监狱部门，举报黄怀透违规保外就医的手续违反程序，不符合规定，是违规暗箱操作行为。

屈枝则通过冒用黄怀透黑社会性质组织犯罪专案组民警的身份，匿名举报黄怀透假患病，真逃避服刑，分别向中纪委、司法部领导投递举报信，企图引起高层重视，达到将黄怀透收监的不可告人的目的。

二〇一五年仲夏时节，司法部为此专门成立调查组，对黄怀透保外就医情况进行专题调查，结果显示，黄怀透保外就医符合条件，相关审批程序依法依规，没有瑕疵。

然而，当年夏季时分，部监狱管理局还是正式下发了通知，要求黄河省监狱管理局焦南监狱将黄怀透收监执行，然后调至陕西省监狱管理局西安监狱服刑。

屈枝与陈氏兄弟的交往，最早可以追溯到二十世纪八十年代前后。屈枝曾经也犹豫过、徘徊过、害怕过，害怕自己陷入泥潭，不能自拔。可随着交往的加深，巨大的利益的诱惑，他和陈氏兄弟便成了一条贼船上的难兄难弟，走上了一条不归路。

当屈枝向王嗨汇报，蔡塘被部督"12·10"专案组抓获的消息时，王嗨不是不想保他，不是不想"捞人"，而是想采取曲线隐形的方式把蔡塘"捞"出来。

王嗨对部督"12·10"文物专案组成员不择手段地进行无情打击，以致专案组成员人人自危，最终达到了其不可告人的罪恶目的。

王嗨、屈枝、陈无间、陈二道，臭味相投，相互勾结，结成利益集团，明火执仗地在平原市横行霸道，垄断了该市地下文物交易市场，严重扰乱了平原市的社会秩序，严重地影响了平原市人民群众的正常生产生活秩序。

陈氏四兄弟，陈氏老大和老三明火执仗地从事暴力犯罪活动，走黑道；陈无间混入警察队伍，位居一局之长，陈二道混入刑侦支队要害部门，兄弟俩充当内鬼通风报信，行无间道，走白道；黑白两道，为非作歹，无恶不作，老百姓怨声载道。

屈枝利用职务便利滥用职权，假公济私，徇私枉法，包庇纵容陈氏兄弟，诬告陷害对手，极大地助长了陈氏兄弟的嚣张气焰，致使其最终演变成平原市规模最大的黑社会性质组织犯罪团伙。

王嗨既是屈枝的保护伞，也是陈氏黑社会性质组织犯罪的保护伞。他利用党和人民赋予的权力，疯狂地诬告陷害打击异己。

后来，王嗨竟升职为黄河省司法厅厅长。他的保护伞又是谁呢？

赤胆忠心

章太局长从平原市委大楼出来后，心情久久难以平静。对于马上就离开自己心爱的二十几年的工作岗位，对于亲爱的战友们，他实在难分难舍。

当他回到市局大楼时，大门两旁已整齐排列着两行长长的队伍。

他心想：这是怎么啦？这么快，大家都知道了？

是的，他调任的消息就像长了翅膀一样，迅速地飞回到局里。

大家迅速放下手头的工作，纷纷从各自的工作岗位来到市局大门口，自觉列队，欢送这位政治素质过硬、业务精湛、清正廉洁、敢作敢为、有格局有魄力的好局长。

看着两行长长的队伍，熟悉的面孔，亲爱的战友，章太的泪水顿时模糊了双眼。

他哽咽着说："这是怎么啦？回吧！都回去工作吧……"

同志们个个眼泪汪汪地站在原地，一动不动，像被钉子钉在了那儿，目送着他们的好局长、好领导、好战友、好兄弟。

第二天上午八点，章太准时来到黄河省人防办报到。

省人防办是两块牌子，一套人马，属于省计委的二级机构，由省计委主任兼任省人防办主任。章太是副主任，共三名干部职工，两间陈旧的办公室，两张桌子，两把藤椅，省人防办的牌子还未挂上。

"章局长，您好！欢迎您加入人防行列。"省计委主任兼人防办主任说。

"谢谢您！车主任。"

"我知道你的情况，世事无常，塞翁失马，焉知非福。"

"我会认真对待的，请车主任和组织放心，一切归零，从头开始。决不辜负您的期望和组织的信任，一定把工作做好。看我的行动吧！"

"相信你！刑警是警察中的精英，刑警出身的，就没有办不好的事，就没有攻不破的难关。放开手脚，大胆地干吧！"

……

从此，章太轻车简从，深入全省的人防工事，详细调查，全面掌握第一手资料，形成了有针对性的调查报告。

调查报告呈报黄河省人民政府。省长看到后，非常重视，马上签批，呈省委书记阅示。

省委书记批示："请省委办公厅安排专题常委会会议，专门听取全省人防工作汇报，切实扭转落后局面，造福人民群众。"

一个月后，黄河省委常委会会议专题听取全省人防工作汇报。

会上，章太就全省人防工作现状、存在的主要问题及原因分析、下步工作打算，简明扼要，信手拈来，有的放矢，侃侃而谈……

与会常委一致同意省人防办的工作意见，并就全省的城防工作发出专门的常委会会议纪要。

黄河省的人防工作，从此迎来了明媚的春天。

章太带领全省人防干部职工，开拓创新，锐意进取，用心用情，任劳任怨，忘我工作，无私奉献，使全省的人防工作迅速迈上了一个新的台阶，跃居全国先进行列。

当年，黄河省人防办被省政府评为先进单位，并被国家人防办评为先进集体。自此，黄河省人防工作连续多年被评为国家人防工作先进集体，成为全国人防系统一面高高飘扬的旗帜。

李学被调到平原市委政法委任调研员，负责全市的社会治安综合治理工作。

他到达新的工作岗位后，没有气馁，没有自暴自弃，没有怨天尤人，而是以崭新的姿态、积极的心态，投入紧张的全市社会治安综合治理工作中。

李学出谋划策，积极作为，创新工作方法思路，使平原市的民调和社会治安综合治理工作，一举扭转了十几年的后进局面，成为黄河省的先进。

江岳被调任平原市公安局高新区公安分局副局长。

高新区公安分局是平原市公安局新成立的一个单位，牌子刚刚挂上，班子尚未搭好。办公大楼借用高新区的两层办公楼。一切都得从头开始。

该分局是正科级单位，江岳名义上是副局长，其实就是一个副科长，分管刑侦、法制、治安三大块主要业务。

江岳想，革命工作不分轻重，不能拈轻怕重；共产党员到了哪里，就要在哪里生根发芽，开花结果。人生一世，草木一秋。男子汉大丈夫就要能屈能伸，顶天立地地活着。

中毒大案

巍巍邙山，伊水潺潺。华江县是平原市的下辖县，地处豫陕鄂三省交界，一地鸡打鸣，三省闻鸡声。此地民风淳朴，鸟语花香。县内的天河水库，素有"人间瑶池"的美誉。百里平湖，碧波荡漾；大小岛屿，星罗棋布。两岸青山郁郁葱葱，白鹭展翅，点缀其间，犹如白帆点点；水鸡在湖面上追逐起舞，踏水飞翔，溅起阵阵浪花；薄雾蒙蒙，烟雾缭绕，宛若仙境。

邙山之下，伊水北麓，有一条著名的小溪，名曰龙溪。龙溪发源于邙山之巅，向北顺流而下汇入伊水。河流冲积而成的狭长平原，土地肥沃，物产丰富，山上高大的杉树直冲云霄，是华江特有的优质生态林，也是黄河防护林。山腰梯田层层环绕，高山流水，自流灌溉，宛如条条白练挂在其间；秋收时节稻浪滚滚，这是龙姓家族赖以生存的根基。

半山腰上，有一个坐北朝南的木质结构的四合院，门前有四棵高大的红豆杉，相传是盘王所种，树龄已有数千年之久，树冠直冲云霄，遮天蔽日。每当红豆花开，花香四溢，沁人心脾。

龙传宗打小在红豆杉下长大。他家到他这一代，已经是第十代了。龙家三代单传，为续香火、保平安，爷爷便将他取名为龙传宗，意为传宗接代。他没有辜负爷爷的期望，膝下两儿一女，一举打破了龙家三代单传的魔咒。大儿子取名龙兴，二儿子取名龙旺，寓意为龙家兴旺发达。

龙传宗守着一亩三分地，伐木砍竹，靠山吃山，日出而作，日落而息。妻子贤惠，孝敬顺淑，勤俭持家，一家人和和美美，幸福甜蜜。虽然他大字不识几个，但他知道耕读传家，要求儿女们读书改变命运。

龙兴、龙旺兄弟俩从小就在镇上上幼儿园，读小学、初中、高中。龙兴初中毕业没有考上高中，来到改革开放的前沿——汕头经济特区务工。

"龙旺啊！你哥哥没考上高中，你一定要努力啊！"爷爷语重心长地说。

"是，听爷爷的，一定努力！"龙旺点头答应。

爷爷奶奶身体健康，是长鼓舞的第十五代传人。农闲时节，爷爷奶奶敲起长鼓，舞起身姿，唱起嗓子"沙由沙沙由，沙沙由……"

龙旺高中毕业后，没有如愿考上大学。父母想要他复读，来年再战。

然而，青梅竹马的王艳劝他到广东打工，打工赚钱来得快，而读书赚钱来得慢。他俩是发小，从小学、初中、高中，一路走来，亲如兄妹。她家住龙溪上游龙潭村，他家住下游龙溪村，两家相距不到十分钟的路程。她上学、回家都要路过龙家门前。红豆杉下，两小无猜，窃窃私语，情同兄妹。

他大她一岁，经得双方父母同意，两人合计，双双来到广东南海务工。

龙兴到达汕头后，进入澄海李氏五金厂打工。龙旺则在南海装饰材料有限公司打工。兄弟俩吃苦耐劳，勤奋好学，积极上进，一年下来进账二十来万。除去日常生活开支，其余全部寄回交给母亲，准备换房。住了几代的祖屋已十分破旧，他们要造一座乡间别墅，光宗耀祖。三年下来，兄弟俩共寄回九十万元。

龙传宗和爱人商量，可以动工了，赶在明年父亲八十大寿前竣工，可以在新房庆寿。于是，开工建房，三个月的工夫，一座三层乡村别墅拔地而起。

爷爷奶奶、父母住一楼，龙兴住二楼，龙旺住三楼。乔迁之喜，龙家的五个女儿女婿、亲家、外甥男女、七大姑八大姨、十里八乡的亲朋好友前来恭贺，锣鼓喧天，鞭炮齐鸣，热闹非凡。爷爷奶奶满面春风，笑得合不拢嘴。

龙旺和王艳同在一个工厂，工作之余，花前月下，卿卿我我。不久，王艳怀上了，诞下一女。夫妻俩喜不自禁，取名龙晶，寓意为爱情的结晶。

李氏五金厂的李老板，育有三子，一直想生一个女儿，可偏偏生不出来，生下的又是一个儿子。于是，他收养了一个女儿，取名李雪。李雪打小就娇生惯养，自私自利，阴险狡诈，有"钟无艳"之貌，却无"钟无艳"之才。

龙兴来到工厂后，自私霸道的李雪盯着他不放。上班她跟到车间，下班她跟到宿舍。他想：你一个富家千金，我一介打工仔，不般配啊。中国婚姻大事历来讲究门当户对，更何况远隔千山万水，生活习惯、语言文化环境都不同。

他有自知之明，认为他俩结合不合适。然而，李雪仍对他死死追求。他依然犹豫不决，始终不表态。最后，在李雪的坚持下，二人确立了关系。

春暖花开的时节，龙旺爷爷八十大寿。龙家儿孙满堂，四世同庆，共享天伦之乐。红豆杉下，搭一个结实的红色舞台，舞台背面正中央贴上一个大大的红色寿字，两边绘有麻姑献寿、五女拜寿彩绘。舞台四根粗大的杉木柱子用红色彩布包裹，一根红丝线连接前台两根柱子，两边各挂一红色彩球，正面柱子上贴一副"福如东海长流水，寿比南山不老松"的寿联。场面气势恢宏，喜气洋洋。暖场的长鼓舞，响彻云霄。

祝寿时刻，爷爷奶奶着盛装，端坐于舞台中央，红光满面，神采奕奕，接受晚辈们拜寿。首先，由子女辈拜寿，再由孙子辈拜寿，再到曾孙辈拜寿。唯一的曾孙女龙晶刚满三岁，别看她小小年纪，却非常机灵，三脚两步，跑上台去，面朝祖爷爷奶奶一跪，三拜三跪，三个响头，奶声奶气地喊道："祖爷爷、祖奶奶，生日快乐！长命百岁！"

顿时，响起雷鸣般的掌声。祖奶奶抱起她，"叭叭叭"好几个亲吻，并塞给她一个大大的红包。

这时候，谁也没有注意到台下的李雪，嘟哝着大嘴，四只白眼翻来覆去，甚是吓人。她满脸横肉，颧骨凹陷，一脸的青紫，红一阵白一阵。很显然，她在生着闷气。

龙兴见状，问道："亲爱的，怎么啦？"

李雪这才回过神来："没……没什么。"

寿宴散后，一切归于平淡。

五年后的二〇一〇年中秋时节。

龙旺夫妇俩已经三年没有回家了。由于工厂事多，抽不开身，再加上节假日领双倍的工资，他们便将女儿交给爷爷奶奶，龙晶由此成了留守儿童。现在龙晶已经八岁，读小学三年级了。

　　聪明伶俐的她非常懂事，每当妈妈打电话回家时，她都把学校老师、同学们的高兴快乐事，一一向妈妈讲述。当妈妈问她想不想妈妈时，她强忍泪水："晶晶不想妈妈。晶晶听爷爷奶奶的话，好好读书，将来读大学。"小小年纪就懂人情世故。电话那头，妈妈捂住嘴，已经泣不成声。娘身上掉下来的肉，谁不心疼，母女连心啊。

　　于是，夫妻俩商量，今年中秋，无论如何都要回家陪爷爷奶奶、父母和晶晶过中秋节，一家人好好团圆，互诉衷肠。

　　夫妻俩开始准备节日礼物。爷爷奶奶、父母一盒月饼，每人一套保暖衣服、一双保暖棉鞋。山里风大，山风特别猛，老人容易受寒生病。女儿两套衣服、两双鞋子、一个双肩包。晶晶特别喜欢吃小蛋糕，特地为她准备了三十个小蛋糕。

　　一切准备就绪，夫妻俩便驾车从广东回到黄河老家。

　　到家时，正是女儿下午放学时分。王艳下得车来，迅速把礼物放在家里，快步下楼，跑到村口接女儿。龙晶看到妈妈，简直喜从天降，高兴得蹦了起来。

　　回到家里，王艳见李雪带着女儿龙珍在家玩耍，妯娌间打过招呼，便回房间休息。龙晶则一直缠着妈妈，有说不完的话，问不完的事。母女俩欢声笑语，沉浸在幸福快乐之中。

　　李雪和龙兴的婚姻，李家父母是不乐意的。奈何李雪吃了秤砣铁了心，父母也就任其自然。龙兴高大帅气的身躯、健康的皮肤、健壮的体魄，让她心里痒痒的，一日不见如隔三秋。尽管父母反对、龙兴犹豫，她剃头挑子一头热，仍咬定目标不放松，心想：你们反对，他犹豫不决，我的婚姻我做主，谁也休想干涉我！先下手为强，干脆来个先发制人，将生米煮成熟饭，看你们还同意不同意。

李雪二十五岁生日那天，她早早地做好准备，在澄海喜来登大酒店订了一个豪华套房，并要服务员像布置新房一样布置好，不能贴喜字，但房间灯光要红色喜庆、温馨浪漫。

李雪父亲在酒店二楼8888包房订了一桌丰盛的晚餐，全家人悉数到场。唱生日歌、吹蜡烛、许愿，一气呵成。

李雪父亲打开一瓶三升的XO，高兴地说："人头马一开，好运自然来。祝女儿生日快乐！祝大家好运连连，吉祥如意。"

酒过三巡，开始分头相互敬酒。

龙兴本来不胜酒力，几杯酒下肚，已醉眼蒙眬、晕头转向，如坠云里雾里，一头趴在桌子上。

"靓妹过来！"李雪对餐厅服务员叫道。

"什么事？"餐厅服务员立马过来俯身问道。

"叫两个靓妹来，把这位帅哥架到8999房间去。"

瞬间，两个时尚漂亮大方的服务员，一边一个架起龙兴的左右手，便扶起他向外走去。进到8999房间，他便一头倒在床上。

"现在没有你们的事了！"李雪说道。

"房门需要带上吗？"

"走吧！走吧！少啰唆！"

两个美女知趣地迅速离开。

龙兴躺在床上，满脸通红，厚厚的嘴唇更显帅气性感，胸部一上一下，喘着粗气。

李雪见状，已急不可耐，如饿虎扑食般地扑向前去，伏在他胸部，迅速地在他的前额、左右两边脸上亲吻三下。然后，她对着他的嘴深深一吻，那吻声，犹如水牛蹄踩在半湿半干的泥田里扯出牛脚的声音。第二年，李雪产下女儿龙珍。

中秋之夜，一家人围坐桌前，四世同堂，边吃边聊，好不热闹。

李雪草草地吃了几口饭，带着女儿回房去了。王艳要女儿向祖爷爷奶奶、爷爷奶奶问安后，也带着女儿上到三楼休息。她拿出女儿最喜欢吃的小蛋糕。龙晶拿起蛋糕轻轻一眠，有点舍不得吃的意味。当吃到第四个时，她不想吃了，感觉有点困，想睡觉。

刚刚睡到床上，突然，她从床上滚到地下，四肢乱打乱冲，宛如杀鸡杀鸭濒死时打浮挺，乱蹦乱滚，嘴里说不出话来。

突如其来的变故，一家人措手不及，迅速齐聚三楼，六神无主。

龙旺迅速驾车，将女儿送到水口医院。刚到急诊室，龙晶瞳孔散大，停止了呼吸。如花似玉、美好年华的她，永远定格在八岁。

经诊断为猝死。

王艳抱着女儿，就地打滚，呼天抢地，撕心裂肺，令人潜然泪下。

连日的秋雨，天空未曾放晴过。龙家笼罩在悲痛的巨大阴影之下。好端端的万家灯火中秋团圆夜，却变成了生死离别。

遭此巨大打击，祖爷爷、祖奶奶均一病不起，不久便离开了人世。

接连失去三位亲人，龙旺内心的悲痛无以言表。但人死不能复生，活着的人还是要继续努力活下去。极度悲哀的王艳，一时很难从失去女儿的悲痛中解脱，无法自拔，仿佛一下子老了十多岁。他只得百般哄劝妻子节哀顺变，注意身体。

　　回来快一个月了，中秋节应该到娘家送节礼。可接二连三的家门不幸，王艳把去娘家送节礼、拜望父母的事情都已甩到脑后，忘得一干二净。夫妻俩商量，择日去娘家拜望父母。

　　第二天，天刚放亮，王艳早早起床，梳妆打扮，把自己先准备好的中秋节礼收集好，打包码放。早餐后，夫妻俩提着节礼，辞别父母出发。刚走到红豆杉下，她突然想起，买给龙晶吃的小蛋糕，还剩二十六个。一想起女儿，她便泪流满面，泣不成声。于是，她跑上楼去，提起尚未吃完的蛋糕，准备带给侄儿王奇吃。

　　出得门来，一路上夫妻俩默默无语，只有"嚓嚓"的脚步声，失去了往日去娘家的欢快。不经意间，就来到了娘家门前，父亲带五岁的侄儿王奇站在门口张望。盼女心切的他，一直站在门前等候女儿女婿。

　　"姑姑！姑姑！"王奇稚嫩的声音十分可爱。

　　"宝仔！"

　　王奇冲上前去，扑进姑姑的怀里。王艳顺手抱起他，给了他两个亲吻。

　　"宝仔好乖呀！"王奇安静地依偎在姑姑的怀里，甚是幸福。

　　放下礼物，王艳走进厨房帮厨，妈妈心疼女儿，不让她干。她麻利地择菜洗菜切菜，不一会儿，一桌丰盛的中餐摆上桌子。酒足饭饱，夫妻俩离开娘家返回。

　　他俩刚走到红豆杉下，突然接到妈妈的电话："不得了，王奇突然在地上打滚，乱蹦乱跳，你们俩赶快回来呀。"

龙家和王家相距不到十分钟的路程，夫妻俩没命似的跑回娘家。

只见王奇倒在地上，口吐白沫，双眼翻白，嘴里说不出一句话来。其症状与龙晶一模一样。

王艳抱起王奇便往医院跑，龙旺飞也似的跑回家开车。停下车，两人刚刚跑进医院急诊室，王奇就停止了呼吸。年幼的生命，永远定格在五岁。

王艳还未从失去女儿的悲痛中缓过神来，现在又失去了至亲至爱的侄儿，发生在谁的身上都难以承受。

她抱着侄儿号啕大哭，呼天抢地，撕心裂肺："老天啊，您太不公了！为什么总是我们家遭受不幸？为什么啊？"

面对突如其来的巨大不幸，龙传宗始终弄不明白个中的原因。短短一个月之内，竟然失去四位亲人，他百思不得其解。莫非我们家族有遗传病？可他的上代下代都没有发现过遗传病，家中多少代从未发过如此怪病，从未发生过如此怪事。

龙传宗给儿子龙旺打电话，叫他赶快回家，接他去医院探个究竟。

他来到医院太平间，见王奇躺在冰冷的冰柜里，仿佛熟睡一般。他是看着王奇出生、成长的，忍不住老泪纵横，泣不成声。

必须找到王奇死亡的原因，哪怕倾家荡产，也要找到病因。于是，父子俩驾车来到华江卫生局反映情况，请求派技术精湛的医务人员前去验尸，查明死因。

接待父子俩的陈局长非常重视这件事情。他想，前不久有一个小孩暴亡，卫生部门和公安部门不是都去了吗？当时，卫生和公安部门确实派员前去查看了，可没有发现问题。这次又发生一模一样的病情，短时间内暴亡。事出反常必有妖。毕竟人命关天，不能等闲视之。

于是，陈局长马上向平原市卫生局请求派医术精湛的医务人员前来验尸。他请父子俩回家等候消息，将尸体存放好。

平原市卫生局刘局长接到华江卫生局的请示后，马上安排张副局长带队，率内科、外科、遗传科的相关专家前往华江。同时商请市公安局刑科所李所长一同前往。

职业的敏感，使李所长认为事情没有那么简单。他从发病症状看，感到有疑惑。

李所长马上向分管刑侦的江岳副局长汇报情况。

江岳明确指出，此事不能等闲视之，人命关天，必须高度重视，并提出三点意见：

一是要按照命案标准，查明死因，确定事件性质；

二是要依法客观全面地收集固定证据，勘查现场，进行尸检，提取胃内容物和脏器送检；

三是要严格保密，内紧外松，严防犯罪分子狗急跳墙。

李所长领命，便率痕迹、法医、理化一行五人，会同张副局长一行，共十人，中午驱车赶往华江水口医院。

晚上九点，到达水口医院后，他们便马不停蹄地开展工作。在了解龙晶、王奇的发病症状后，从尸表特征看，疑似中毒症状，综合分析初步判断，应该是中毒身亡。

李所长作为一名主任法医师、毕业于西安医科大学法医专业的高才生，几十年的法医工作经验和职业敏感，使他断定，是中毒身亡，而非疾病暴亡。

于是，李所长给江岳打电话，汇报了工作情况。

两名未成年人离奇死亡，非同小可。江岳马上报告一把手蒋局长，蒋局长明确指示："高度重视，依法办案，查明死因，确定性质。"

江岳连夜驱车赶往华江水口派出所。

凌晨四点，水口派出所依然灯火通明。

在大家简单汇报情况后，江岳指出："当务之急是尽快封存、提取蛋糕，再也不能吃了。同时，对龙家存放的米面油等所有食品一律封存，严禁食用。待公安机关查明情况，解除危险后，方可食用。"

黎明前的黑暗终究遮不住光明。灰蒙蒙的清晨，同志们前往龙溪村开棺验尸。绵绵秋雨，寒气逼人。

打开棺盖，李所长先做尸表检验。然后，他麻利地提取脏器和胃内容物封存。

案件分析会上，大家各抒己见。

最后，江岳副局长就下一步工作进行安排：

一是提取的检材尽快送检，要求鉴定机构依法出具科学结论。胃内容物和蛋糕样本送市局毒化实验室检验有毒成分及定量分析；脏器样本送暨南大学法医鉴定中心委托死因及病理学鉴定。

二是对龙家封存的米面油等食物进行详细的检验，排除污染源及毒性物质。

三是围绕蛋糕的生产、储存、运输、销售各个环节，以及有可能接触蛋糕的人，进行详细的调查访问，不放过任何蛛丝马迹。

……

很快，理化检验结果显示：龙晶和王奇的胃内容物和蛋糕都含有致命毒物——毒鼠强。脏器检验，姐弟俩都没有疾病。

由此可见，龙晶和王奇是因毒鼠强致死，完全可以排除误毒和中毒。

调查证实，龙旺所购蛋糕，是正规的大型超市，食品安全合格，不存在误毒和中毒的情况。

那么，唯一的可能，就是有接触蛋糕条件的人进行了投毒。

龙旺夫妻俩驾车回家，一路上，蛋糕未曾离开视线。到家后，王艳将蛋糕放在三楼客厅的茶几上，然后去接女儿。

当时，李雪母女俩住在二楼。所有证据都指向李雪。

李雪在龙晶去世的第三天就回广东了，连爷爷奶奶去世，她都未回家奔丧。

事不宜迟，为防止李雪毁灭证据或自尽，必须迅速前往澄海抓捕。

刘政委一行五人连夜驾车驰奔澄海。在当地公安机关的协助下，他们直扑李雪住处。刚到李雪家门口，就碰了个正着。

李雪牵着女儿，一身漂亮的装扮像是要出远门或走亲戚。

见到民警，她故作镇定，但是一双四白眼掩盖不住恐惧的眼神："我知道你们会来，没想到你们来得这么快。"

原来，李雪自知罪孽深重，整天惶恐不安，度日如年。也许是良心发现，她心存愧疚，感到无脸再活在世上，想一死了之。于是，她写好遗书，揣在身上，一番精心打扮后，带上女儿，准备投海自尽，了却自己罪恶的一生。遗书中，她还不忘向弟媳和侄女道歉，请求原谅。不料刚刚出门，她就与前来抓捕的警察碰了个正着。

李雪自幼生活在一个五女一男的家庭。她是满女（最小的女儿），打从娘肚子里出来，父母就不高兴。因为父母想要男丁，可生下的偏偏又是女孩。三个姐姐已经够麻烦了，送人没人要，遗弃怕坐牢，只好让她自生自灭。从小就有自卑心理的她，见别人家的孩子穿红戴绿，她却总是吃姐姐们吃剩的饭菜，穿姐姐们穿不了的旧衣服，无形中自惭形秽。家里人对她总是冷眼相待，三岁该上幼儿园了，她却在家玩泥巴，在海边玩沙子，一天下来像个野孩子。六岁时已到上学的年龄，重男轻女的父母心事重重，竟不愿送她上学。

山不转水转。李老板家有三个男丁，想要一个千金，总是不如愿。经人介绍，李雪被过继给李老板。从生母家来到养母家，李雪一下子从丑小鸭变成了白天鹅，从灰姑娘变成了千金小姐。养父母将她视为己出，疼爱有加，捧为掌上明珠。从小学、初中到高中毕业，她吃的穿的用的都比同龄孩子的好，一家人对她倾注了大量心血，期望她成为大家闺秀。

美中不足的是，她天生身材矮胖，身高只有一米五一，肥臀硕大，犹如两个米筛，胸部一马平川，走起路来一扭一扭，满脸横肉，颧骨下凹，鼻梁塌陷，一双四白眼，阴险狠毒，一条马尾巴在脑后甩来甩去。见到漂亮的女同学，她马上走开，口中念念有词："丑货！看你能骚多久……"

法国大文豪巴尔扎克有句名言："嫉妒者所受的痛苦比任何人遭受的痛苦都大，他自己的不幸和别人的幸福都会使他痛苦。"爱美之心人皆有之。漂亮的美女，人见人爱。可是，她却产生抵触情绪。美的，她视为丑的。别人学习成绩好，她认为是老师照顾的结果。在她眼里，黑白已颠倒，别人的幸福就是她的痛苦。她的相貌令她更加痛苦。天天沉浸在痛苦之中，她没有一天快乐的日子，心灵也就扭曲了。

高中毕业后，她进入父亲的工厂，出任行政主管。她见谁都不顺眼。自从龙兴出现后，她才找到了自己的快乐。在他犹豫不决时，她先下手为强，霸占了他，一切如她所愿。

可是，自从参加爷爷八十大寿的寿诞，王艳母女俩成了红人，李雪却被晾在一边，她又感到了痛苦和自卑。王艳皮肤白嫩，眉目传神，人见人爱。特别是龙晶给祖爷爷奶奶拜寿的那一幕，一直萦绕在她脑海里挥之不去。她恨得咬牙切齿，狠狠地说："看你怎么死！一个农村婆和我富家千金比，看我怎么收拾你！"

她心里反复想着报复、报复，以致心态彻底失衡。

龙兴自从被设计与李雪发生关系后，心里一直愤愤不平，但慑于她的家庭，人在屋檐下，不得不低头。既然生米已经煮成熟饭，他也就认命了。

然而，李雪得寸进尺，时时刻刻怀疑、跟踪他。只要厂里的女同事和他打招呼、说句话，一张笑脸、一个眼神，她就会追着骂："妖精，勾引我男人。"这样搞得全厂的女职工见到龙兴，犹如见到瘟神一样，躲得远远的，致使他非常难堪。

晚上回到家，等着他的，又是一顿臭骂："农村土包子，穷光蛋一个，你有什么资格吃着碗里的看着锅里的，吃里爬外，勾引别的女人？我一个富家千金下嫁给你，你修了八辈子的福，我倒了八辈子的霉……"

无论龙兴怎么解释，她都听不进去。这还不算，她还要对他拳脚相加。

龙兴好男不与女斗，处处让着她，忍着她。他心想，时间长了，一切都会好起来的，脸上留下几道爪子印，又算得了什么，毕竟是自己妻子的爪子。他始终认为，为人不做亏心事，半夜不怕鬼敲门，也就没有当一回事，始终让着忍着。

然而，人的忍耐是有限度的。随着时间的推移，李雪不仅不改，反而变本加厉。面对心理严重变态的妻子，龙兴苦不堪言，就辞了厂里的工作，从粤东澄海来到南海弟弟的工厂。

他想，距离产生美，分开一段时间，好让她带着女儿静下心来，反思已过，修正扭曲的心灵，改变失衡的心态。

然而，他前脚刚到南海，她就带着女儿，后脚追了过来。分别还不到一个月，她就度日如年，心里痒痒的。可一见到他，她又旧病复发。

她说："你想到南海找情人，找乐子，丢下我们娘俩不管，休想。"接着，她一哭二闹三上吊，弄得他有苦难言，疲惫不堪。

李雪见弟弟夫妻俩出双入对，恩爱有加，表面上笑脸相迎，内心里却嫉妒极了。

天长日久，龙兴便产生了厌倦、烦躁情绪，开始对她爱理不理，任其自然。转眼间女儿五岁了。

二〇一〇年中秋时节，兄弟俩商量回家陪爷爷奶奶父母过节的事情。

龙旺说，王艳想女儿了，几年不见，女儿已经八岁，上小学三年级了。

李雪马上插嘴："我也好久没有回婆家了，带女儿回家见见爷爷奶奶。"

龙兴本来就讨厌她，心想你回家，我留下来看厂，过几天清闲的日子，便说："好吧，那你们快回去吧！"

李雪马上返回澄海，准备好毒鼠强，开始实施投毒杀人计划。她原本是想把龙家人全部毒死，只留下她们一家三口。

她带着女儿先期回到龙溪村。爷爷奶奶见大媳妇和孙女回来了，非常高兴。

龙传宗从猪栏里牵出准备过年吃的大肥猪，一刀宰了；叫来五个姐姐、姐夫一起陪她。盛大席面，好不热闹，一家人将母女俩奉为座上宾，盛情款待，热情似火，好大的面子。

夜深人静，山风呼啸。

李雪躺在床上，辗转难眠，心里想着的是自己的报复计划。"骚货，你骚吧！看我怎么收拾你……"

龙旺夫妻俩回到家时，她想机会来了。

她瞄准王艳去接龙晶的当儿，上到三楼，来到客厅，见茶几上放着一袋小蛋糕，说时迟，那时快，她用事先准备好的注射器，将毒鼠强注入蛋糕；然后迅速溜回自家房间，就当什么也没有发生。

然而，毕竟人命关天，做贼心虚的她，心脏怦怦直跳，心有余悸。直到王艳请她下去吃饭，她才缓过神来。

晚饭后，龙晶突然暴亡。

当听到龙晶暴亡的消息时，她高兴得口里念念有词："看你骚不骚了，骚吧！这下好了吧！……"

三天后，李雪返回澄海。

临行前，她将剩下的毒鼠强注入了龙家米桶和白糖里。幸亏龙家办大事，没有用米桶里的米，这才躲过一劫。否则，后果不堪设想。

王奇则是误食姑姑带去的有毒蛋糕致死。

当李雪得知公安机关开棺验尸后，自知罪孽深重，插翅难逃。于是，她写好遗书，带着女儿准备投海自尽，了却罪恶的一生。

法网恢恢，疏而不漏。投毒杀人案件侦破以后，平原市公安局高新区公安分局在老百姓中声名鹊起。

龙旺、龙兴兄弟俩送来了"人民警察为人民，破案如神擒顽敌"的锦旗，真诚赞誉江岳和他的刑警们。

这个时期，徐英和尤益也在各自的工作岗位上，爱岗敬业，成为业务骨干、顶梁柱，年年被评为优秀公务员、优秀共产党员。

可以说，平原市公安局刑侦支队的这些人，虽然被诬告陷害，各奔东西，降级使用，但并没有自暴自弃、怨天尤人，并没有影响他们的斗志，真正是愈挫愈勇。

艰难困苦，玉汝于成。

实名举报

部督"12·10"文物专案组的刑警勇士们没有在沉默中灭亡，而是勇敢地拿起法律武器，誓死要把黑社会保护伞——王嗨、屈枝、陈无间、陈二道之流拉下马，将其绳之以法。同时，平原市公安局、新闻媒体和社会各界的一大批正义之士勇敢地大声疾呼，揭露腐败分子，呼唤公平正义。

这一切，给王嗨、屈枝、陈无间、陈二道之流造成了巨大精神压力，寝食难安，惶惶不可终日。

二〇〇四年寒冬，江岳被调到平原市公安局高新分局任副局长后，作为部督"12·10"专案组的主办侦查员，他深知"12·10"专案背后，有一股无形的巨大能量牵制着专案侦查，还有一只无形的黑手在与专案组掰手腕。

自从变色龙蔡塘检举揭发王嗨酒后交通肇事逃逸"顶包"案件后，他就深知时任黄河省纪委第五监察室主任王嗨就是

269

这只无形的黑手，屈枝是陈氏兄弟黑社会性质组织的保护伞、隐藏在刑侦支队里的内奸败类。

他心想，让这样的蛀虫、腐败分子占据高位，不知会给党和人民造成多大损失，带来多大危害。他们是隐藏在党内的定时炸弹，随时随地都可能爆炸，不知道还会有多少正义人士倒在他们脚下，决不能任其恣意妄为，必须除之而后快。深思熟虑之后，江岳决定实名举报王嗨，以期挖出隐藏在党内的腐败分子，正本清源。

二〇〇五年阳春时节，江岳会同李学等刚正不阿的平原公安刑警勇士，正式开始实名检举揭发举报王嗨。

江岳在举报信中写道：

尊敬的领导：您好！我叫江岳，中共党员，一九八一年八月从黄河省人民警察学校毕业后，被分配到平原市公安局伊水县公安局工作，从基层派出所侦查员干起，用心用情用力用功，诚诚恳恳，任劳任怨，一步一个脚印，脚踏实地，历任派出所副所长、所长，县公安局刑警大队副大队长、副科级大队长、正科级大队长，平原市公安局刑侦支队重案大队长，市公安局刑侦支队党委委员、政工科长兼重案大队长，是部督"12·10"文物专案组的主办侦查员。自从部督"12·10"文物专案组于二〇〇三年一月十三日第一次发起集群战役以后，专案组所有人员厄运从此降临，祸从天降，接二连三的祸患接踵而至，就从来没有间断过。专案组成员被诬告陷害，打击报复，残酷无情地被冲击得七零八落，人人自危。甚至，连案件卷宗材料都无人敢接，无人敢管，匪夷所思。所以，陈氏兄弟黑社会性质组织犯罪、走私倒卖文物的主要犯罪分子老大陈通吃和老二陈无道意外漏网，逍遥法外。他们的保护伞就是黄河省纪委第五监察室主任王嗨。王嗨明目张胆，明火执仗，公开与陈氏四兄弟黑社会性质组织犯罪分子同流合污，沆瀣一气，严重地败坏了党和政府在人民群众中的形象。而且，王嗨在一九九八年的深秋时节，酒后驾驶交通肇事逃逸后，让人"顶包"，已经构成交通肇事逃逸罪，理应革职查办，依法追究其刑事责任。可奇怪的是，他仍然边腐边升，带病提拔，仍然占据高位，毫发无损，继续发号施令，诬告陷害、打击报复平原市公安局刑警干警。他假公济私，以权谋私，徇私枉法……

就这样，从二〇〇五年孟春，到二〇一九年季冬，江岳持续不断地实名举报王嗨，不间断地反映王嗨是部督"12·10"文物专案主要犯罪嫌疑人陈氏兄弟的最大保护伞，必须依法惩处；必须尽快启动部督"12·10"文物专案侦查，将犯罪分子绳之以法，以儆效尤。

就在江岳持续不断地向上级有关部门举报的同时，专案组其他成员也没有停止过举报。他们无数次地向纪委、检察院、公安部、最高法院、全国人大、全国政协举报。十多年来，寄出两千余封举报信，主要诉求就是两点：

一是要求彻查部督"12·10"文物专案，要查个水落石出；

二是对于已经牵涉的违纪违法线索要查个究竟，如对王嗨之流的违纪违法事实要查明追责。

然而，令人遗憾的是，寄出去的举报信宛如泥牛入海，杳无音信。

部督"12·10"文物专案从二〇〇四年被无情地搁置那一刻开始，新闻媒体一直在大声疾呼，呼吁加强监督，从未停止过。先后有全国性知名媒体实地采访调查报道，伸张正义。还有央媒专门转发报道，并加以评论。媒体持续报道呼吁此案，长达十七年之久，舆论影响力不可谓不大，时间跨度不可谓不长。

可是，案件却始终离奇地处于沉睡状态，叫也叫不醒，推也推不醒。这一睡就是整整十七个春秋。人生能有多少个十七年春秋啊！

直到二〇二一年仲夏，随着王嗨、陈无间和屈枝相继落马，尘封十七年的部督"12·10"文物专案才从沉睡中被叫醒，艰难地从床上爬起来，揉揉眼睛，重新启封。这起一度被搁置的大案，终于重新步入侦查轨道。

令人费解的是，王嗨虽然被不断实名举报，却一路升迁，带病提拔，官至黄河省委政法委员会副书记、省司法厅厅长、党委书记，窃居高位，领导黄河司法系统长达数十年之久。

王嗨，男，汉族，黄河省渑池人氏，大专学历。一九五五年十二月出生；身高一米七八，五大三粗，出身于铸石厂打石头工，健硕的肌肉，一身蛮力；国字四方脸，左右两边脸犹如大鼓的鼓身，由内往外绷得紧紧的；一双浓眉大眼，常常翻出四白眼，发怒时，白眼上下翻滚，怪吓人的；圆圆的脑袋瓜子，头发根根上举，犹如黑猪的鬃毛，浓密油黑；鹰钩鼻子下，两个黑黑大大的鼻孔，鼻毛伸出鼻外，他时不时地用手扯着鼻毛；四方大嘴，满口黄牙，说起话来声音如打散雷，嗓门巨大。

从王嗨的升迁史可以看出，他早年当过铸石厂工人，由工人变成国企政工科干事，便有了干部身份，由此一路高升，仕途多是在黄河省检察院、省监察厅、省纪委、省委政法委、省司法厅等纪检和司法部门。

三十多年的仕途顺畅腾达，主要得益于两次借调经历。两次借调，彻底改变了王嗨的人生轨迹，由此步步高升。

第一次是一九八〇年。那时王嗨还是新华一厂政工科普通干事，正是这个国营企业非业务部门的政工科，成为王嗨进入纪检、政法部门的重要跳板。他任政工科干事时，曾被临时借调到黄河省检察院协助办案。

这个从铸石厂工人一路爬到纪检、司法系统高位的男人，身上始终带着当年抢铁锤的狠劲。

借调检察院期间，王嗨大显身手，打人骂人，胆子贼大，如凶神恶煞，酷吏来俊臣再世，刑讯逼供成了他的独门绝技。

省检察院领导听闻他办事比较狠，心狠手辣，由此认定他是一个"办案高手"。

后来，黄河省检察院便以人才紧缺、人才难得为由，将王嗨正式调入黄河省人民检察院工作。王嗨忘乎所以，沾沾自喜，开始了他罪恶的人生。

二〇〇一年仲春时节，中纪委查办某省原省长案。第二次抽调的机遇，再次降临到王嗨头上。

中纪委因办案人手少，需要从全国各地纪委抽调人员。彼时，正在黄河省纪委工作的王嗨，便被抽调到中纪委参与协助办案。

王嗨抽调到中纪委的一年间，其恶劣手段再次凸显。这所谓办案能力和水平，颇受负责联系西南、西北十省及新疆生产建设兵团纪检工作的中央纪委第五纪检监察室主任江花水的赏识。

从此，王嗨攀附江花水，臭味相投，如蚁附膻，沆瀣一气，为非作歹。这为他日后的升迁打下了坚实基础。

随着江岳、平原市一大批正义之士对王嗨的持续不断举报如泥牛入大海，更加助长了陈氏兄弟的嚣张气焰。他们继续控制着平原的文物倒卖地下市场，称霸一方。

二〇一六年季春，陈无间故技重演，辅以钱色开路，勾搭上了平原市公安局的李混。两人密谋，让陈通吃投案自首，然后，出具其患有精神疾病的虚假诊断证明，以期瞒天过海，金蝉脱壳。最后，罪大恶极的陈通吃逃避了法律责任，未受到任何刑事追究。

陈无间和陈二道兄弟俩走黑白两道，在平原市是公开的秘密，无人不知，无人不晓，民愤极大。可兄弟俩的仕途并未受到任何影响，一路升迁。

二〇一一年初夏，陈无间从津县公安局局长任上，调任平原市公安局任巡特警支队支队长，随后晋升至三级高级警长、二级高级警长，边腐边升，一路平安，高歌猛进。

陈二道则离开平原市公安局，以平原水席园旗舰店董事长的身份在商界活动。

俗话说："恶有恶报，善有善报，不是不报，时候未到，时候一到，自然来报。"王嗨倒台后，他们也一同被押上审判台，同台受审。

党同伐异

子曰："君子周而不比，小人比而不周。"品德高尚的君子善于团结人，不搞阴谋诡计；而小人则结党营私，党同伐异。王嗨、屈枝、陈无间、陈二道之流就是一伙典型的小人。

一九八〇年初秋，平原市公安局原政委郭伟与王嗨同时被抽调到黄河省纪委办案。王嗨凶狠残暴，常常先入为主，刑讯逼供，为人诟病。当时，专案组主要领导对他很不待见，便想将其退回原单位，不再借调。

王嗨疑邻窃斧，认为是郭伟在背后搞鬼，挑拨离间，说了他的坏话，便对他怀恨在心。两个人从此结下梁子。

部督"12·10"文物专案组被诬告陷害，无情冲散后，多名正义的平原市公安局刑警要求主持公道，持续不断地举报王嗨。郭伟也持支持态度，完全是正义之举。然而，王嗨却因此更加迁怒郭伟。他恨之入骨，想方设法要报一箭之仇，以平心头之怒。

谁也不曾料到，郭伟因受贿罪于二〇一二年仲夏经法院判处无期徒刑，收监执行刑罚。当案件转入司法的管辖范围，王嗨立即启动了对在押人员的"特殊管理"程序……

这时，王嗨好不快乐。此后案件进入刑罚执行阶段。

王嗨与屈枝密谋，准备报复郭伟。这正中屈枝的下怀，求之不得。

想当年，王嗨插手平原市公安局人事问题，违规打招呼推荐屈枝任平原市公安局刑侦支队副支队长。可是屈枝声名狼藉，恶名远扬，在群众的心目中形象和口碑非常不好。郭伟主持公道，坚决不同意提拔屈枝。还有，当年屈枝任平原市公安局缉私大队队长时，郭伟不遗余力地侦办部督"12·10"文物案，不但断了他的财路，还差点把他送进监狱。

二〇一六年仲夏，王嗨假公济私，私自启动所谓狱内侦查工作，以侦查郭伟的"余罪、漏罪"为名，行打击报复之实，公然对他实施刑讯逼供，简直惨无人道。

屈枝则化名"曲也"，冒充"中央纪委干部"来到平原市督办案件。他直接督办狱内侦查，出任总指挥，并专门负责侦查郭伟所谓的涉"余漏罪"专案。

他鬼鬼祟祟，神秘兮兮，俨然一位要员，不可一世。

仲夏的一天，时任黄河省监狱管理局副局长苗正，接到黄河省司法厅厅长王嗨的电话，要求他专门成立一个特别专案组，对郭伟涉嫌病情造假、逃避刑罚执行和"遗漏罪"进行专案侦查。

其实，此事根本就不属于监狱管理局的职责权限，他们已经越权。根据《中华人民共和国刑事诉讼法》和《中华人民共和国刑法》规定：侦查遗漏罪是地方政法部门的职责权限，监狱部门只能提供情况，无权管辖，更无权行使狱内侦查。

苗正接到调查任务后，屁颠屁颠地来到王嗨的办公室门前，大声道："报告！"

"请进。"王嗨答道。

苗正小心翼翼又满面春风地推门而入。

"老板好！老板好！"他点头哈腰、笑容满面地喊道。

"哦，苗大局长啊！稀客，稀客！"

"关于狱内侦查的事情，我有一点不成熟的想法……"他吞吞吐吐，欲言又止。

"说吧！这里没有外人。"

"我认为，监狱局没……没有……管……辖……权……"苗正小心翼翼地说，唯恐王嗨不高兴。

果不其然，他大声训斥道："什么？没有管辖权？领导批示，不就是管辖权！你还怕啥？"王嗨高高在上，阴阳怪气地奸笑着，满脸冷嘲热讽。

苗正被吓得大气不敢出，支支吾吾，坐也不是，站也不是，满脸通红地低着头。

"不是怕不怕的问题，而是涉及法律问题，弄不好，是要进班房的……"苗正麻起胆子，轻轻地说，生怕惹他发火。

苗正的这番话，后来果真一语成谶。

未等苗正说完，王嗨抢过话头说："什么？你刚才说什么来了？什么法律问题？你这不是孙媳妇告太婆生产，多此一举。我问你，你是厅长，我是厅长？不知天高地厚……"

王嗨说着说着，站起身来，拍桌打椅地大声吼道。

苗正被这一吼，吓得再也不敢出声了，像做错事的孩子，低头不语，站在原地不知所措。

"中纪委都派人来现场直接指导办案，你还怕什么怕？还犹豫什么？婆婆妈妈的，说直白点，行不行？不行，我就另请高明。看来，还是我有白内障，你是我一手提拔的，我看走眼了，是不是？……"王嗨大吼大叫地骂道。

苗正被这突如其来的大吼大叫吓得恨不得找条地缝钻进去。

"坚决执行首长指示，就是上刀山、下火海，也在所不辞。"

"嗯，这还差不多，像我提拔的人。当领导，就是要霸道，要霸气，不然怎么管人？"

苗正回到局里后，慑于王嗨的淫威，从全省监狱系统抽调了八名狱警，组成狱内侦查专案组。其中，有平原监狱的教育监区监区长史斌、狱内侦查科副科长罗强，第三监狱十二监区三级警长崔华、王阳，省城监狱狱内侦查科副科长武成，周口监狱狱内侦查科副科长刘涛、十五监区副监区长靳飞，省城未成年犯管教所六监区一级警长焦杰。

曾获得"全国优秀监狱人民警察"称号的史斌，被确定为狱内侦查专案组组长。

"狱侦专案组"的办案地点设在豫北监狱。八名狱警采取两班倒工作制，车轮战，日夜不停，轮番上阵，开展凌厉的审讯攻势。

曲也，就是冒充"中纪委领导"的屈枝，出现在狱侦专案组成员面前时，自吹自擂道："我叫'曲也'，曾经办理过多起大案要案。这个案件非同小可，同样事关重大，参加人员一定要严格保密，一切听我的……"

二〇一六年六月十八日，狱侦"专案组"正式开始审讯。

第一个被审讯的是服刑人员马好强。曲也先入为主，认为他是郭伟的马仔，是他的钱袋子，应该掌握郭伟的余罪漏罪重要线索。所以，他决定采取先易后难的战术，先审马好强，从他那里打开缺口，再乘胜追击。

马好强曾是平原市瀍河乡塔西村村委会主任，是陈氏兄弟黑道上的死对头，也是屈枝和陈氏兄弟合谋将其送进监狱的。仇人相见分外眼红，"曲也"心知肚明。

马好强在二〇〇三年季秋因收购倒卖走私文物，被劳教；后来因黑社会性质组织犯罪，于二〇一四年初冬被黄河高级人民法院二审判处无期徒刑，送黄河省第一监狱服刑。二〇一六年仲夏，他突然被调入豫北监狱。

马好强的调犯令，是王嗨指使黄河省监狱管理局李局长私下出具的。审讯马好强，都是"曲也"的馊主意。

王嗨对曲也是言听计从。他明确警告苗正，狱侦"专案组"八名成员一切听命于"曲也"，审讯工作要在他的指挥下进行。

王嗨对苗正说："你们专案组只对他负责，他对我全权负责。否则，唯你自问，吃不了兜着走。"

王嗨高高在上，盛气凌人。"曲也"每天向王嗨汇报审讯进展情况，同时安排第二天的审讯深挖工作。

当时，狱侦专案组没有人怀疑过"曲也"的身份，对他中纪委的身份深信不疑，尊称他为"曲老师"。

首先，审问马好强，要他交代向郭伟行贿和走私倒卖文物的事情。十二小时后，另一组接着审问，中间不准休息，车轮战，二十四小时两班倒，轮流作战，不分白天黑夜。

马好强被关在一个密不透风的黑屋子里，连续被刑讯逼供三天三夜。他一直坐在一张凳上，四肢不能动弹，就是上厕所也要戴上头套、手铐、脚镣，简直就是非人待遇，生不如死。

三天三夜后，他被关押在另一个房间休息。他的四肢用四个 U 形锁锁住，固定在铁床上，长时间的固定一动不能动，导致其身体僵直，受到了严重的摧残。

几个小时后，他又被审问同样的问题。如果答不出来，没有审讯组想要的满意结果，他就不能吃，不能喝，不能休息。

审讯一段时间后，狱侦专案组组长史斌发现情况有异，觉得事情蹊跷，明显违反办案程序，长时间审讯，体罚虐待，这是严重的违法犯罪行为。

他感到了巨大的压力，忧心忡忡，担惊受怕，寝食难安。

于是，他鼓起勇气，向"曲老师"反映："无论审讯罪犯，还是单独关押罪犯，都需要有合法手续，才能进行。否则，是违规违法，甚至是犯罪行为……"

"曲也老师"说："污点证人不需要任何手续。"

"对待证人更应该如此。证人是只能询问，不能审问啊！更不能关押审讯呀！"史斌说。

"你懂什么？你是总指挥，还是我是总指挥，你指挥我，还是我指挥你，同志哥呀，要摆正自己的位置。你只对我负责，知道吗？""曲也"用手指着自己的鼻子，大声吼道，边说边冷笑。

史斌被他一吼一叫，吓得一时不敢说话了。

过了一会儿，他又小心翼翼地对审讯时间、审讯地点、审问方式等一一质疑，都被"曲也"一一否决。

这时候，史斌已经预感到了前所未有的压力，他害怕出事坐牢，脱警服，丢饭碗。

一天深夜，他麻起胆子，向"曲老师"提出了中纪委和最高检的明文规定："晚上十点以后讯问犯人，涉嫌违规违法。"

"曲也"一听，气不打一处来，对史斌大声骂道："别管那么多！制度是死的，人是活的，难道活人被尿憋死吗？岂有此理！天大的事情我顶着，怕什么怕？婆婆妈妈，成不了大器，加大审讯力度，一鼓作气，不然，你卷铺盖走人。"

无奈，史组长迫于"曲也"的淫威，只得继续逼取他想要的口供。可是，狱侦专案组对马好强再次逼取口供长达四十天之久，仍然一无所获。直到二〇一六年七月十七日，审讯才告一段落。

二〇一六年季夏的一天晚上十时许，郭伟也被调入豫北监狱。

一间阴暗潮湿、密不透风的审讯室里，弥漫着一股刺鼻的霉味，室内静得出奇。突然，一束强光射向郭伟的双眼，照得他连眼睛都睁不开，只好低着头，不停地摇头，躲避强光。

"郭伟，你老实点，抬起头来！今天你必须老老实实地把问题交代清楚，争取从宽处理……"史组长警告道。

"我的案件，法院已经终审判决，没有其他问题，请你们尊重法律……"

"法律？什么法律？你一个阶下囚，和我们谈法律，没有资格。不要狡辩，否则，吃不了兜着走。"

"既然你们不依法办案，那就听你们的，你们说有就有，没有就没有吧！"

"什么？我们说有就有，没有就没有，你一个阶下囚，还这么冥顽不化，简直就是茅坑里的石头，又硬又臭。"

突然，又一束强光射向他的眼睛，紧接着，三记响亮的耳光打在他脸上。他尚未睁开眼睛，双眼已被打得眼冒金星。

"郭伟，你老实交代，你向哪些领导送过钱、行过贿？"

"没有，根本就没有。有的话，早就交代了。"

"好吧！好吧！咱们骑驴看唱本——走着瞧，走着瞧！"

"要打要骂，要杀要剐，任由你们，人为刀俎，我为鱼肉，有什么办法呢？"

狱侦专案组第一次对他审问时长达三十小时之久，不准吃，不准喝，不准休息，车轮战役，轮番上演。第一个回合下来，他已被整得九死一生，奄奄一息，差点丢了老命。

"曲也"没有达到他不可告人的罪恶目的，马上召集狱侦"专案组"全体人员会议，再次施加压力。

他坐在主席台上，铁青着脸，怒目圆睁，凶神恶煞，气势汹汹。他左手夹着一支烟，右手端一杯茶，环顾四周，一言不发。

突然，他用力将杯子砸在桌子上，"哐当"一声巨响，茶水四溅。只听见他大声吼道：

"你们就是一群蠢猪，蠢猪！还说是什么优秀狱警？我看，就是一群蠢猪……"

大家吓得面色如土，脸色苍白，谁也不敢出声，生怕惹祸上身。

"聋了，还是哑巴了，我只要结果，不问过程，你们看着办吧！"说完，他摔门而出。

狱侦专案组八名成员面面相觑，不知所措。

接下来，对郭伟的刑讯逼供又加码了。强光灯继续照射，爆音在他的耳边炸响，他的脑袋瓜子简直就要炸裂开来了，手铐脚镣同时戴上，他被逼得求生不能，求死不得。

面对如此灭绝人性的刑讯逼供，警察出身的郭伟知道，刑讯逼供是无能的法西斯主义表现，是法律明令禁止的行为；轻者违法，重者犯罪。

于是，他全力抗争，拒绝进食，以无声的方式方法抗争。

在绝食和折磨双重压力下，郭伟已经无法进食。

审讯人员就安排狱医强行给他插胃管，进行鼻饲，力争逼取他有余罪漏罪的口供，好向"曲老师"交代。否则，他们骑虎难下。

为了保命，他最终违心地在专案组的审讯笔录上签名画押。

狱侦专案组违法对郭伟打车轮战，二十四小时不停地轮番对他刑讯逼供长达四个半月之久，致使郭伟臀部长出的褥疮溃烂，身体极度消瘦，身心受到了严重的摧残。真是惨无人道。

二〇二三年仲夏，八名涉嫌刑讯逼供的狱警被押上黄河省平县人民法院审判庭，依法公开审理。法庭审理查明：八名狱警身为司法工作人员，执法犯法，明知故犯，伙同他人在狱内侦查过程中，对服刑人员违法使用警械警具，进行羞辱侮辱，变相使用肉刑，逼取口供，其行为均已构成刑讯逼供罪。

随后，法院一审判处八名狱警犯刑讯逼供罪，史斌、武成、刘涛、罗强、靳飞分别被判处一年至六个月不等的有期徒刑，焦杰、崔华、王阳免于刑事处罚。

从管理罪犯的监狱管理者，瞬间变成了罪犯，成了被管理者，突然间的大反转，他们一下子便坠入万劫不复的深渊。

这一切能怨谁呢？

第八章　重整旗鼓

临危受命

自从章太局长调离平原市公安局以后，陈氏四兄弟黑社会性质组织犯罪团伙失去天敌，更加嚣张，肆无忌惮，简直到了猖狂的地步；整个平原城被搅得鸡犬不宁，当地社会治安状况一片混乱，乌烟瘴气。

陈无间利用手中权力，辅以钱色开道，围猎拉拢腐蚀政法干部，一些腐败分子甘愿被围猎，与之同流合污，更助长了陈氏四兄弟黑社会性质组织犯罪团伙的嚣张气焰，人民群众怨声载道。

面对平原市如此严峻的社会治安混乱形势，人心思治，已经到了乱世用重典的非常时期，省委领导越来越迫切地感到，必须派一名熟悉平原市情、有魄力和能力、政治过硬、业务精湛、原则性强、清正廉洁、稳得住的得力干将，入主平原市公安局，才能扭转平原市社会治安混乱的状况，实现平原市社会治安由乱到治的根本好转。

思来想去，黄河省委全面平衡综合考虑，认为还是章太最合适。

于是，省委力排众议，决定派章太再次出任平原市公安局局长，并以市委常委、市委政法委书记兼平原市公安局局长的方式任命，便于章太大刀阔斧地开展工作。

章太接到任命后，二话不说，马上收拾行李奔赴平原市，走马上任。

十九年前离开平原市公安局时，大家欢送他的那一幕，仿佛就在眼前。他的泪水模糊了双眼，禁不住心潮澎湃，感慨万千。

章太到任后，平原市犹如平静的池塘投下一块巨石，溅起阵阵涟漪。人民群众拍手称快，这下平原市的社会治安有盼头了，老百姓终于可以放心睡大觉、走夜路，安居乐业了。而陈氏四兄弟、屈枝、王嗨之流，则惶惶不可终日。

陈无间决定故技重演，再次利用手中权力，辅以钱色开道的老伎俩，企图拉拢围猎章太局长。可是，这些都被章太局长大义凛然地一一拒绝了。这一次，陈无间的老伎俩失效了。他无计可施，寝食难安。

平原市公安局的春天来了。

章太局长开始重整旗鼓，一切从头开始。一大批被诬告陷害、打击报复的优秀人民警察，都回到了原工作岗位，获得重新重用。

江岳从平原市公安局高新区公安分局，回到市公安局刑侦支队任支队长。他大刀阔斧，正本清源，重组刑侦支队，打响了第一炮。

二〇二〇年阳春三月的一天，江岳来到高新区公安分局例行指导检查工作时，发现区内到处都张贴着寻人启事：何莲芝，别名芝芝，十三岁半，身高一米七，身体健康，身材苗条，离家出走，父母盼你速归，如发现提供线索者，必有重谢。

望着这一张张寻人启事，江岳心里非常难过，心想，如果何莲芝落入恶人手中，那不就惨了？父母焦急盼望，真可怜啊！

他想着想着，车辆已到达曾经工作过十几年的高新区公安分局办公大楼门前。他这才回过神来。

于是，他和高新区公安分局局长商量，决定晚上在全局开展一次集中统一清查行动，以创造良好的社会治安环境，迎接五一国际劳动节。

三月的中原大地，春回大地，阳光明媚，青草吐绿，花儿绽放，鸟儿叽叽喳喳，一派气象万千的阳春美景。

凌晨时分，高新区公安分局集中统一行动如期开展。警车、便车悄悄地驶出公安分局大院，奔赴各自的目的地。

江岳支队长一行来到平原市临空经济区。临空经济区是平原高新区的重要产业园，园内聚集了来自全国各地的优秀企业和世界五百强企业。园区内人来车往，川流不息。虽然是凌晨时分，但园区如同白昼，人声鼎沸，一派欣欣向荣的景象。

平原市蜜诚文化发展有限公司坐落在园区东侧，占地二百一十八亩。高大的厂房错落有致，道路两旁的景观树郁郁葱葱，一栋八层楼的红墙绿瓦独栋别墅，掩映在绿树丛中，灯火阑珊，特别耀眼。

江岳一行来到大厅，检查消防设施，询问公司发展情况，两位身高一米七五的美女落落大方地汇报情况，气氛和谐。

接着，他们来到六楼8666房间。房门虚掩，屋内传来一阵阵打情骂俏的嬉笑声……

他们轻轻地敲开房门。只见房内粉红色的灯光下，三对男女正赤条条地疯狂派对，花天酒地，醉生梦死。

警察们立即行动，将六人带离公司，带回高新区公安分局执法办案区进行审讯。

三名少女，似三瓣羞羞答答的粉色玫瑰，稚气未脱，满脸害羞。其中一位身材苗条，她的刘海遮挡面部，露出一双黑黑大大的眼睛，掩不住漂亮的脸蛋。

江岳一眼扫去，好面熟啊！好像在哪儿见过，可一时半会又想不起来了，越想越想不起来，一下子被蒙住了。

突然，他想起来了，是在寻人启事上见过她的玉照。

江岳马上回过神来，心想此事不简单，绝非简简单单的普通刑事案件。

他眉头一皱，计上心头。

他安排悄悄地把三名少女分开，请来三名女警，单独对寻人启事中的美少女问话。

果然，美少女就是寻人启事上的失踪女孩何莲芝。

她白里透红的粉红色脸蛋、一双水灵灵会说话的大眼睛，非常可爱。她正在读初中二年级。

一天，因为上网打游戏，她被妈妈批评了几句，便心高气傲地拿起手机，头也不回地离家出走了。

身无分文的何莲芝在街上瞎转几圈后，不知所措，有点发蒙了。她来到一家网吧，准备上网消磨时光。她刚打开网页，一则招工启事跳了出来，映入她的眼帘：平原市蜜诚文化发展有限公司招前台公关美少女，条件是年轻貌美、如花似玉，身高一米七以上，包吃包住，月薪三万。

三万，这可是天文数字啊！她不禁被这广告吸引了，心想自己正好符合要求，不妨去试试看呗！于是，她加上了人事部部长的微信。

　　经微信聊天，人事部刘玉部长对她非常满意，即刻通知她前去面试。

　　何莲芝来到别墅大堂，刘玉热情地接待了她。通过面试，刘玉将她领到自己的卧室，师父带徒弟，与其同住一室。

　　刘玉端来牛奶、西餐等美食。香气四溢的全麦面包，奶黄奶黄的，令人垂涎欲滴，她从未见过。于是，她开始狼吞虎咽，风卷残云。

　　随后，刘玉拿来一件粉红色的丝质浴袍，叫她沐浴更衣。

　　芝芝脱掉衣服，打开水龙头，"哗哗"的流水淋在她白皙粉嫩光洁的皮肤上，丝滑丝滑的。

　　突然，张功的闭路电视出现了这一画面，出水芙蓉，美若天仙。

　　"我的乖乖啊！世间竟然有如此尤物，美不胜收！"张功边说，边双眼死死地盯住画面，口水不知不觉地流了出来，自己竟全然不知。

　　"刘玉吗？马上来我8666房间。"

　　"好的！"

　　不一会儿，刘玉敲开张功的房门。他走上前去，一把抱住她婀娜多姿的水蛇细腰，在她脸上一阵狂吻。

　　随后，他问道："什么时候招来了如此尤物？我怎么不知道？"

　　"这不是给您一个惊喜吗？刚刚沐浴更衣，她还是一个处子，尚未破瓜呢，你可要悠着点啊……"说着说着，一阵淫声浪语，哈哈大笑。

"知道，知道啦。"说着说着，他在她大腿根部捏了一把。

"死鬼，色狼，老不正经……"

"什么时候让我破瓜啊？我可等不及了。"他说着，将手伸进她的前胸，抓住双乳来回轻揉。

"看你猴急的，我自有安排。奖励我什么？"

"你说呢？"说着，他将手伸进她下体抚摸起来。

"死鬼，这个我不要，我要金子。"

"好的，我给你精子。"说着说着，他抱着她"咚"的一声把她丢在床上。

"我要的是人字头下的金子，不是米字旁的精子。"说着，她一阵会心淫笑，脉脉含情，含苞待放。

"好吧！只要我高兴，都给，行了吧！"

于是，他拉开抽屉，拿出一根黄灿灿的金条，放到她手里："满意了吧？"

"嗯！"她娇滴滴地发出了急促的呼吸声，顺势倒在张功怀里。

刘玉来到卧室时，芝芝已穿着睡袍坐在沙发上睡着了。由于奔波劳累，她已发出轻微的呼吸声，睡美人仪态万方。

自从芝芝离家出走后，她妈妈像掉了魂一样，担惊受怕，寝食难安。在平原市到处寻找未果后，便到处张贴寻人启事。

芝芝初来乍到，对别墅的一切都感到非常好奇和新鲜。她这里摸摸，那里弄弄，在偌大的卧室里奔来跑去，发出银铃般的笑声。有一次，她穿着那粉红色的丝质浴袍，在穿衣镜前反复欣赏自己，这一幕恰恰被张功偷看到了。

张功淫心大发，急不可耐，恨不得天马上就黑下来。

"芝芝，到 8666 房间来端茶倒水。"刘玉用对讲机呼喊道。

原来，所谓前台公关，其实就是在别墅里端茶倒水、服侍客人、提供性服务，固定工资月薪三万，奖金根据客人的满意度，上不封顶。

芝芝披着浴袍，红色的三角裤紧紧包住下体，两个小馒头凸显，雪白的胸罩下，罩着一对"小兔子"，活蹦乱跳，脚穿一双红色拖鞋，如出水芙蓉，性感迷人。

她来到 8666 房门前。房门虚掩，屋子里传出一阵一阵的打情骂俏的淫声浪语。

她轻轻敲门。

"请进。"刘玉答道。

芝芝进入房间，粉红色的灯光温馨浪漫，满屋子弥漫着法国迪奥浪漫型香水的气味。只见一对男女坐在红木宽体沙发上紧紧地抱着，如胶似漆。

芝芝站在那里，顿时满脸羞红，全身燥热，不知所措。

"过来呀！我的芝芝妹妹，给张老板倒茶。别愣在那儿呀！"刘玉娇滴滴地说道。

芝芝走过去，只见张功宽大的胸部毛茸茸的，他一双大手正紧紧地搂着刘玉的水蛇腰。

"别怕，别怕，过来呀！"

芝芝端起茶壶，倒上一杯满茶，双手捧着，满脸羞红，心里怦怦直跳。

这时，张功已松开紧抱的双手，将手放在刘玉的胸部，不停地来回轻抚。突然，他低头吻了下去。

刘玉"啊"的一声大叫，而后便"啊……啊……啊……"叫个不停。

芝芝被这突如其来的一幕吓住了，不知道发生了什么。她端着茶，站也不是，坐也不是，全身燥热。

二十五分钟后，室内总算平静下来了。张功满头大汗地接过茶水，"咕咚咕咚"一饮而尽。

芝芝开始收拾打扫残局，满屋子弥漫着一股从未闻过的味道。

张功走出浴室，拉开抽屉，拿出一个厚厚的红包，握着芝芝的纤纤细手，放在她手中，说："这是给你的，今天表现不错。如果以后表现好，红包大大的有。"说着，他在她水灵灵的脸上轻轻捏了一下。

芝芝拿着红包，屁颠屁颠地回到房间，一股脑儿地倒在床上，心里久久难以平静。

刚才那一幕男女之事，对于一个涉世未深、完全是一张白纸的女孩来说，冲击力非常之大。

"芝芝，我的乖乖啊！红包大吗？"刘玉问道。

"我没有数，不知道多少。"结果她一数，足足有五千元人民币。

"以后你要好好表现哟。"刘玉说着，拿出一根金条，在她眼前晃了晃。

原来，这里既是平原市蜜诚文化发展有限公司法人代表张功的私人高档豪华会所，也是他寻欢作乐的淫窝。

正当张功和他的同伙引诱、诱骗、奸淫三名未成年少女，进行派对淫乐之时，被例行检查的江岳支队长一行逮个正着。

张功，又名张太功、张霸弓，高中文化，黄河陵县人，是二十世纪八十年代最先富裕起来的那部分人之一，是家财万贯的亿万富豪。当人们还在向往万元户时，他已经是百万富翁了。他财大气粗，不可一世，饱暖思淫欲，性侵未成年幼女上瘾，是远近闻名的淫棍，被冠以"采花大盗"之恶名，恶贯满盈。不久，张功因涉嫌强奸罪被依法刑事拘留。

章太局长再次走马上任后，大刀阔斧，迅速调整中层班子，特别是刑侦支队班子，以充分发挥刑侦支队的尖刀作用。

江岳任刑侦支队长后，重新启动部督"12·10"文物专案组侦查工作，将陈氏四兄弟黑社会性质组织犯罪案并案侦查，同步开展工作。

借全国扫黑除恶的东风，平原市公安局以雷霆万钧之势，开展了一场声势浩大的扫黑除恶专项斗争，得到了全市人民的衷心拥护。

首先，平原市公安民警从部督"12·10"文物专案撕开口子，对陈氏四兄弟黑社会性质组织犯罪团伙成员集中收网，摧枯拉朽，势如破竹，黑社会犯罪分子束手就擒，陆续投案自首，以求宽大处理。

其次，黄河省纪委监委开展破网打伞，对王嗨、屈枝、陈无间、陈二道一伙，以及与黑社会性质组织犯罪分子沆瀣一气的腐败分子，迅速采取留置措施。

双管齐下，行动取得了明显的反腐败效果，平原市老百姓拍手称快。

天怒人怨

二〇〇四年初秋，部督"12·10"文物案专案组成员一边工作，一边坚持不懈地向上级有关部门举报王嗨酒后交通肇事逃逸并找人"顶包"的刑事案件，呼吁依法追究刑事责任。于是，中纪委派出专门调查组，专题调查此事，以期查明真伪，以正视听。

王嗨早有思想准备。他采取威逼利诱的手段对抗组织，订立攻守同盟，迫使相关人员翻供，作伪证，以假乱真，得以蒙混过关，骗过了中纪委调查组。

最终，中纪委调查组认定所谓交通肇事逃逸案件"顶包"事件纯属子虚乌有，查无实据。就这样，一起铁证如山的酒后驾驶交通肇事逃逸的刑事案件就此结案，不了了之。

然而，"顶包"刑事案件虽告一段落，由此引发的一系列案中案却接二连三，一波未平一波又起，持续不断地向王嗨袭来。

王嗨一时间焦头烂额，忧心忡忡，担惊受怕，寝食难安。他利用手中的权力，又以钱色开路，贿赂江花水，继续寻求保护伞的祖护。

二〇一一年孟冬，"顶包"者高和平出狱后，见蔡塘不履行诺言，拒付五十万元顶包费，便向法院起诉，控告蔡塘。法院判决蔡塘须给付高和平本息七十八万元。可判决生效后，迟迟得不到执行。

二〇一四年中秋时节，法院准备执行蔡塘的房产。蔡塘找到王嗨，要了二十万元交给执行局。

这二十万元"顶包"费，并非王嗨所出，而是由寻阳监狱一园林绿化工程项目承包商楚老板支付。他为了感谢王嗨介绍寻阳监狱绿化工程项目，先后多次向其行贿，贿金高达一百多万元。

高和平愤愤不平，他替王嗨"顶包"，蔡塘既没有给他介绍工程，也没有让他得到应得的报酬，完全是竹篮打水一场空。

高和平怒火中烧，怒气冲冲地来到黄河省司法厅找王嗨理论，讨要说法。

王嗨见到高和平，盛气凌人，很不耐烦地说："你来干什么？谁让你来的？"

"我自己来的，我为你坐了五年牢，难道不能见你一面吗？你的良心被狗吃了……"高和平愤愤不平地骂道。

"你胆敢骂人，信不信把你又送进大牢？"

"谅你没有狗胆，应该坐大牢的是你，而不是我，狗咬吕洞宾，不识好人心。谁怕谁啊？"

高和平越说声音越大，越说越激动。

王嗨害怕事情闹大，收不了场。毕竟做贼心虚，把柄落在别人的手里。他便暂时忍气吞声，偃旗息鼓。

高和平愤愤不平，一步三回头，悻悻地离开了黄河省司法厅。

他去找王嗨的目的，就是想让王嗨明白，蔡塘没兑现承诺，承诺的事情打了水漂。

想当初"顶包"时，蔡塘打了一张借条，借条内容为："2009 年 11 月，蔡塘借高和平 50 万元现金，月息 3%，每月 30 日前支付利息，到期后一次性偿还本金，如不能偿还支付违约金 10 万元。"

高和平起诉蔡塘时，要求他偿还五十万元，支付一年的利息十八万元及违约金十万元。他向法庭提交了借条及取款五十万元的银行凭证。

高和平坚称，他在蔡塘的车上给了对方五十万元现金。蔡塘拿不出任何证据，只称没有借款事实。所以，法院判决蔡塘偿还五十万元本金、十八万元利息、十万元违约金，共计七十八万元。

蔡塘当然根本就没有借高和平的钱。在借条上签字，是高和平挖了个坑诱他签字，为了替王嗨摆平"顶包"案件，他就违心地签了字。五十万元，其实就是"顶包"坐牢的费用。

判决生效后，蔡塘没有履行判决。二〇一四年，法院开始强制执行。

蔡塘迫于无奈，分三次向法院交纳了四十五万元执行款。他心有不甘，只得打破牙齿往肚子里吞。

二〇一五年十一月，由于尚有余款未缴纳，法院决定查封他的房产。

此时此刻，蔡塘想到了王嗨。

蔡塘曾经向部督"12·10"案专案组供述过王嗨酒后交通肇事逃逸"顶包"案件。此后，王嗨再也不愿搭理蔡塘。

蔡塘只好通过屈枝来联系王嗨，摆平事态，要回"顶包"费用。

二〇一五年仲冬的一天，蔡塘将判决书交给屈枝，并讲述了帮王嗨"顶包了难"一事。王嗨曾承诺给付他五十万元费用。现在"顶包人"高和平刑满释放了，王嗨却分文未付，一毛不拔，是个典型的铁公鸡。结果为了王嗨，他就连自己的老窝都搭了进去，被法院查封了，真是竹篮打水一场空，有苦难言啊。如果王嗨再不给"顶包"费，他就去省司法厅上访、闹访、缠访，一定要回"顶包"钱。否则，鱼死网破，两败俱伤。

屈枝见状，害怕事情闹大收不了场，便打圆场，最终息事宁人。

二〇一五年季冬的一天，屈枝带着弟弟找到王嗨说："我老弟目前生活困难，现在园林公司打工，公司想承包寻阳监狱的园林绿化工程项目，请王厅长高抬贵手，关心关照……"

王嗨听罢，二话没说，掏出手机，当着两人的面即给寻阳监狱长邵波打电话："这家公司资质不错，信誉好，就让它中标吧。"

他还将邵波的电话号码和名字写在便笺上交给屈枝，让兄弟俩直接去找他就是，他会买账的。

随后，屈枝的弟弟将便笺交给了楚老板，果然一举中标寻阳监狱的园林绿化工程项目。

一个月后，楚老板如愿以偿拿到了工程款。为感谢王嗨，楚老板通过屈枝的弟弟将五十万万元现金送给屈枝。屈枝将钱放在背包里，背着背包亲自将钱送到王嗨手中。

王嗨二话不说，心安理得地收入囊中。后来，楚老板又通过屈枝送给王嗨六十万元现金，以示感谢。

王嗨简直贪婪无度，又背信弃义，一个电话受贿一百一十万元，而蔡塘为其出钱出力，差一点连自己老窝都搭进去了。

部督"12·10"文物大案侦查期间，正是王嗨主办黄河省交通厅原厅长石发亮受贿案期间。

在石发亮任交通厅厅长时，王嗨巧立名目，向其索贿奥迪 A6 轿车一辆，并办理了特种车辆免费通行证。他美其名曰是办案所需，是办案专车。其实该车就是王嗨的私人用车。记得是在一九九〇年季冬，王嗨在黄河省纪委升职时，石发亮还受其所托，专门为他向有关领导说情，打招呼，说好话，不遗余力。

在查处石发亮受贿案时，王嗨将大量的赃款赃物明目张胆地据为己有，明抢明要，公开私吞，比强盗土匪有过之而无不及。

"小张，把石发亮家里收缴的名贵手表、名贵字画，都拿到我办公室来，让我瞧瞧，欣赏欣赏，开心开心呗！"王嗨兴奋地说。

小张立马屁颠屁颠地端来两大箱贵重物品，累得上气不接下气，满头大汗，送到他办公室。

"去吧！去吧！没你的事了。"

小张站在原地，不知所措。

王嗨打开纸箱，只见带钻劳力士手表、浪琴手表等应有尽有，于是就将劳力士戴在手上，甩来甩去，在办公室来回踱步，时不时地抬抬手腕，一副忘乎所以的模样。

一会儿，他又拿出齐白石、张大千的字画欣赏一番，然后挂在办公室。

两箱赃物一律全收，毫无愧色。

王嗨曾经有一位下属，从市级司法局局长升任省管监狱领导，为人公道正派，刚正不阿，不卑躬屈膝，不同流合污，因此很不受王嗨待见。

一天，部里领导到黄河视察监狱工作，王嗨认为机会来了，于是就亲自给不受待见的监狱局领导打电话说。

"唐监狱长吗？"

"是，请厅长指示。"

"部里领导点名要到你监狱视察工作，你要倾其所有，接待好，茅台酒、和天下香烟尽管上，超点标，违点规没问题。接待嘛，哪有不超标之理。有责任我来负，不要怕……"

唐监狱长只得按照王嗨的指示抓好落实。

部领导前脚刚走，王嗨后脚跟进，马上打电话催促唐监狱长，尽快将名烟名酒招待发票核账报销，以免夜长梦多。

三天后，黄河省纪委接到举报："该监狱违反八项规定，公款招待，公款吃喝，公款报销名烟名酒，飞天茅台酒、和天下香烟悉数在列，置党纪党规于不顾，严重违反八项规定精神，应予严肃查处，以儆效尤。"

可怜的唐监狱长，尚蒙在鼓里。他到任不到一年时间，便莫名其妙地被就地免职，调离原领导岗位，坐上了冷板凳。

这一切，都是王嗨一手操办的。

唐监狱长是哑巴吃黄连——有苦说不出。

张功奸淫幼女一案被意外发现后，撕开了王嗨腐败串案、窝案的口子，恰如多米诺骨牌效应，他的奴才马仔、朋党猢狲，一个个都原形毕露，纷纷倒下。

江岳作为刑侦支队支队长，亲任张功奸淫幼女案的专案组组长。他深知此案非同小可。通过内审外调，两条腿走路，迅速取得了意想不到的结果。

张功自一九八六年孟夏至一九八七年季夏，一年时间里，以金钱、物质、办待业证、安排工作为诱饵，先后奸淫幼女四名，强奸少女三名；还利诱性侵十四名未成年女性，以淫为乐，诱骗奸淫少女，特别是未成年少女成瘾。一九九〇年仲夏，三门市中级人民法院一审以强奸罪、流氓罪等判处张功死刑，立即执行。老百姓奔走相告，鸣炮庆贺。

张功不服判决，提出上诉，黄河省高级人民法院发回重审，三门市中级人民法院再次做出死刑判决，立即执行。张功再次上诉，买通法官，枉法裁判。一九九一年仲秋，黄河省高院二审将死刑立即执行改判为死缓，次年张功投牢，在黄河省寻阳第四监狱服刑。

不久，民愤极大，影响极坏，罪大恶极的死刑犯张功，竟然又被黄河省高级人民法院减刑了，而且减刑的速度之快、幅度之大，超出人们的想象。

一九九二年孟冬，张功刚坐牢一年，就由死缓改判为无期徒刑。一九九三年仲冬，再审将刑期由无期徒刑减刑为有期徒刑十六年。一九九八年孟夏，第三次再审，以强奸罪判处张功有期徒刑十年，以流氓罪判处有期徒刑七年，合并执行十五年。

令人感到诡异难辨的是，黄河省高级人民法院一九九八年第三次再审改判之时，服刑仅八年的张功，已于一年前保外就医，期满后并未入狱，早已逃之夭夭，逍遥法外了。改判后宣判时，竟然无人接判。整个一个缺席空判，简直是天大的讽刺。

二〇〇八年初冬，一个名叫陈美中的地产商，以湖湘省黄河商会会长身份，高调现身省城商圈，趾高气扬。此人正是潜逃达十一年之久的犯奸淫幼女罪的服刑逃犯张功。

一个神通广大、手眼通天、资产数亿、能量非凡的亿万富豪，竟然是从黄河省第四监狱保外就医潜逃多年、逍遥法外的重刑罪犯张功。

二〇一一年孟春，公安部开展清网行动。当年十一月十四日，平原市公安局"清网行动"小组在省城将化名陈美中的张功缉拿归案。

张功被抓获后，一系列深层次的问题相继浮出水面：

一是张功的身份是如何漂白的？张功原户籍所在地是黄河省陵县，被抓获时，其户口早已迁入湖湘省会城市，而且身份证号码也是湖湘的号码。

二是张功作为一名服刑的网上逃犯，是如何将户籍成功从黄河迁往异地省会城市的？

三是张功当年办理保外就医手续，程序是否合规合法？

四是张功保外就医的后续监管措施是否到位？

五是张功潜逃长达十一年之久，监狱是否上网追逃？是否实地追逃、通缉在逃、发布通缉令？

······

一系列疑窦丛生，令人费解。

二〇一二年孟春，张功被投入黄河省第二监狱继续服刑。二〇一三年孟夏，张功被减刑一年三个月。

这次减刑不到两年，黄河省第二监狱又对张功提出减刑九个月的建议。

二〇一五年孟春，旧乡市中级人民法院减刑裁定：

罪犯张功自上次减刑以来，认罪服法，认真遵守监纪监规，接受教育改造，积极参加政治、文化、技术学习，积极参加劳动，完成生产任务。二〇一三年九月二十日，获表扬一次；二〇一四年七月二十日，被记功一次；二〇一三年度被评为监狱改造积极分子。

旧乡市中院据此认为，张功在服刑期间认罪服法，确有悔改表现，并且被评为监狱改造积极分子，符合减刑条件，遂对张功准予减去有期徒刑九个月。

张功两次减刑后，于二〇一五年五月四日刑满释放，顺利走出监狱的大门。

至此，他实际服刑期加起来也只不过十年。而法律明文规定：死刑犯就是减刑假释，至少要坐满二十年。

十年的牢狱之灾，并未使张功的灵魂受到洗礼，也就没有金盆洗手，重新做人。出狱后，他重打锣鼓另开张，短短两年间，注册了十五家公司，故技重演，钱色开路，牟取了巨额暴利，积累了巨额财富，风风光光地重现江湖。

淫心不死，恶习难改的张功，经常吹嘘其养生之道："采阴补阳，延年益寿……"他在其高级豪华会所，继续引诱未成年少女，秘密开展性服务，拉拢官员与其一道聚众淫乱，恶贯满盈，罄竹难书。

二〇一七年至二〇二一年四年间，他先后对七名未成年幼女采取引诱、利诱、诱骗方式实施奸淫，社会影响极为恶劣。

张功自从第一次入狱，保外就医后潜逃，异地洗白身份，以亿万富豪身份"衣锦还乡"，接着东窗事发，二度进宫，他继续提钱减刑，快速减刑，提前出狱，后又三度入狱。其跌宕起伏的黑色人生轨迹，世所罕见。

这一切，迅速在黄河省政法界掀起了轩然大波。

没有人相信，张功自一九八七年夏被捕判刑后的经历，不涉及政法系统公职人员徇私枉法、权钱交易的腐败问题。

而恰恰张功服刑脱逃、立功减刑、提"钱"出狱期间所发生的一切，正好是王嗨任黄河省委政法委副书记、司法厅厅长期间。所有黑色奇闻，都发生在王嗨任上。其中诸多巧合，他难道脱得了干系？

后来的事实证明，张功立功减刑、提"钱"立功、提"钱"加分、提"钱"减刑、提前出狱，王嗨便是幕后之人。

原来，李仕的老婆于雪在黄河省高院工作时，她作为皮条客、捐客，数度为张功出谋划策，跑上跑下，已经有二十多年的罪恶交往史。他们的交往，最早可追溯到一九八七年张功第一次被判死刑，而后数度减刑改判，她都"功不可没"。

李仕早年在黄河省纪委给领导当秘书，后来领导高升，一人得道，鸡犬升天，李仕由此下派到陈州检察院任副检察长。他后升任陈州市检察院检察长。他后又调入黄河省检察院，先后任政治部主任、副检察长、党组副书记。

在黄河省纪委工作期间，李仕便与王嗨相识，臭味相投。

张功在黄河省第二监狱二次服刑期间，通过提"钱"减刑，提前获释，李仕和王嗨都难脱干系。

于雪在黄河省高级人民法院刑事审判庭工作多年，后来做到了黄河省高级人民法院机关党委副书记。她深知张功是亿万富豪，早就和张功混得烂熟，心照不宣。

张功以钱开道，主要通过李仕之妻于雪说情、打招呼。

王嗨在多个场合表示："李检察长对我们监狱系统贡献很大。他让我们办张功的事情，是信任我们，大家一定要全力以赴。"

二〇二一年季夏，王嗨被留置。

这立刻引发了多米诺骨牌效应，其在黄河省监狱管理局的心腹马仔一个个原形毕露，各求自保，树倒猢狲散。

王嗨退休前的二〇一六年一月，极力推荐毛章解决副厅级，使其成为黄河省监狱管理局数位副局长中唯一的副厅级干部。在王嗨被留置的第三天，毛章也被留置。这就是他结党营私种下的因果。

王嗨、毛章被留置五天后，黄河监狱管理局原副局长、副巡视员郭威落马。八月初，该局狱政处副处长高生被留置。

二〇二一年仲秋的深夜，豫北平原的焦南监狱党委书记、监狱长郭禄畏罪自杀身亡，了结了其罪恶的一生。

郭禄自杀，与张功在黄河省第二监狱服刑期间减刑密切相关。

郭禄是王嗨的死党、贴心马仔，唯他马首是瞻，言听计从，作恶多端，罪孽深重，自知罪责难逃，于是就畏罪自杀，自绝于人民，自绝于组织，死有余辜。

二〇一〇年至二〇一三年仲秋，郭禄担任黄河省第二监狱监狱长，是王嗨一手提拔的。二〇一四年季夏，郭禄已是焦南监狱监狱长。旧乡市中级人民法院减刑裁定书显示：二〇一二年二月七日，张功投入黄河省第二监狱服刑；二〇一三年五月八日、二〇一五年三月二十日，分别减刑一年三个月和九个月，都发生在郭禄任监狱长期间。真是罪不可赦。

王嗨长期在黄河省检察、纪检和政法系统工作，官居要职，培养和提拔了一大批投机钻营的死党，其势力盘根错节，不可一世。

二〇一八年初春，声势浩大的扫黑除恶专项斗争在全国展开，各类黑社会保护伞惶惶如丧家之犬，整天提心吊胆。

张功立功减刑、提"钱"出狱的窝案，由此撕开了口子。各路妖魔鬼怪，纷纷露出马脚，现出原形。

二〇二一年仲秋，黄河省纪委监委网站消息，黄河省高级人民法院党组副书记、常务副院长王如，涉嫌严重违纪违法，投案自首，接受纪律审查和监察调查。

原来，王如在二〇〇四年至二〇〇九年任西阳市中级人民法院和寻阳市中院院长。二〇一一年，他重返省高院，先后任政治部主任、副院长，二〇一九年三月任正厅级的黄河省高级人民法院党组副书记、常务副院长。他与张功提"钱"

减刑案渊源颇深。其任省高院刑一庭副庭长期间的发回重审、再审减刑，张功提"钱"减刑，提"钱"出狱的罪恶勾当，都与他不无关系，罪不可赦。

还是二〇二一年仲秋，黄河省纪委监委又公布消息，曾任黄河省检察院常务副检察长的黄河省人大常委会环境与资源保护工作委员会副主任李仕，涉嫌严重违纪违法，接受纪律审查和监察调查。

至此，黄河省"两院"都有在任或前任正厅级常务副院长落马。两人都倒在了张功的糖衣炮弹之下，罪有应得。

接着是李军投案自首。李军曾任濮阳市公安局局长，三年后调任罗河市副市长兼市公安局局长。在李军任职于昌市公安局期间，他给张功办了户口迁移手续，使之漂白了身份。

黄河省纪委监委驻省机关事务管理局纪检监察组副组长担生，也因张功案和王嗨案一同被查处。担生是王嗨在省纪委工作期间的下属，是他手下的得力"打手"之一。五十六岁的担生，是江西省都昌县人，二〇〇一年从部队转业到黄河省纪委，"多次受命参与中央纪委、黄河省纪委一些重要案件的查办工作，多次荣立个人二等功"。这一切都是王嗨精心安排扶植的结果。

二〇二四年孟夏，黄河省纪委监委发布消息：黄河省监狱管理局原党委书记、局长李随涉嫌严重违纪违法，目前正接受河南省纪委监委纪律审查和监察调查。公开简历显示，李随，男，汉族，一九五六年一月出生，黄河新郑人，一九七二年十二月参加工作，陈州大学函授本科学历。他曾任西阳市公安局局长、马店市公安局局长、黄河省公安厅副巡视员，黄河省司法厅党委委员、纪委书记，黄河省司法厅党委委员、副厅长、省监狱管理局党委书记。

至此，黄河省政法系统的王嗨朋党，他培植的亲信，以及与之有交集的在职或者退出领导岗位的狐朋狗友，无一例外地全部被留置。

黄河省监狱管理局原班子成员几乎全军覆灭，纷纷被投入监狱。他们从罪犯的管理者变成了被管理者——罪犯。

王嗨结党营私，假公济私，徇私枉法，唯利是图，从害人开始，以害己结束。

云开雾散

陈氏四兄弟黑社会性质犯罪团伙自一九九一年开始混迹江湖，小打小闹，冲冲杀杀，逐渐演变，到二〇〇二年季冬，该犯罪团伙已经形成了较为稳固的犯罪组织，组织结构清晰，人员固定，组织规则约定俗成，以老大、老板、大哥相称，垄断平原市地下文物市场，盗掘古墓葬，倒卖走私文物，牟取巨额非法暴利，用非法所得支付犯罪组织开支，为犯罪后果买单，围猎拉拢腐蚀纪委、党政干部和政法干警下水，充当其保护伞，最终坐大成势，称霸平原市。

陈无道一手炮制的"纸面服刑"，坐实了"跟随陈氏四兄弟卖命，就是杀了人都没事"；又纠集团伙成员，持枪威胁另一"黑老大"马好强，让其老老实实地"臣服"于陈氏兄弟；并拉拢腐蚀时任平原市公安局缉私大队长屈枝，党同伐异，诬告陷害，打击报复，为黑社会性质组织犯罪当保护伞。

二〇〇二年部督"12·10"文物大案立案侦查后，陈无间感到了巨大的压力。

于是，陈无间、陈二道从幕后走到台前，漂白非法资金，向餐饮、矿山开采、房地产、民间放贷、套路贷行业转型发展，以黑养商，以商护黑，以合法掩盖非法，继续为非作歹，危害社会。

陈氏兄弟开的平原市第一家水席餐馆，经常偷税漏税，非法经营。他们非法采矿，占用基本农田，牟取巨额非法暴利，以致农田无法耕种而抛荒。他们非法放贷、搞套路贷，累计放贷达两亿元之巨，非法获利五千多万。他们还插手建筑房地产领域，强迫交易，非法获利一千五百余万元。他们利用非法牟取的暴利获得的非法资金，涉足娱乐行业，进行黄赌毒等勾当，将非法资金洗白，然后通过地下钱庄洗钱，把资金悉数转入日本，为日后逃避打击进行铺垫。

一系列非法运作，畅通无阻。

后来的事实充分证明，陈通吃和陈无道两名黑社会性质犯罪的主犯已经漂白身份，潜逃日本，至今尚未归案，一直逍遥法外。

平原市公安局全局上下，对第一次集群战役中通风报信的内鬼十分痛恨，群情激愤，誓言一定要将内鬼、害群之马揪出来，绳之以法。

各种证据表明，屈枝和陈无间、陈二道兄弟俩嫌疑最大。陈无道的贴身马仔何健康在逃跑车上，都听见了屈枝和陈无道通电话的内容，叫其跑得越快越好，跑得越远越好。技术侦查也印证了这一事实，无可辩驳。

二〇〇四年严冬，江岳等刑警联名实名举报王嗨酒后驾驶交通肇事逃逸并找人"顶包"，偷养情妇，插手政府工程等违法犯罪事实。可每次举报都石沉大海。

原来，王嗨早已和中纪委副部级巡视员江花水同穿一条裤子，一个鼻子出气了。同时，他还向直接老上级"伯乐"狐力书记声称自己是被诬告陷害、打击报复的。

狐力轻信了谎言。

随着时间的推移，边腐边升的王嗨，拟由省纪委第五监察室主任，升任省监察厅副厅长。

苦于其举报不断，口碑不好，为免众人口舌，为其升迁扫清障碍，王嗨的"伯乐"狐力书记亲自出马，协调中纪委江花水，派员前往黄河省专门调查，查明事实真相，以正视听。

很快，中纪委即派员前来调查，蜻蜓点水，走马观花。王嗨亲自陪同他们，在黄河省名胜古迹、旅游景区游览了一遍，酒足饭饱后，即打道回府。不久，调查结论即出："平原市公安局刑侦支队部分刑警举报王嗨酒后驾驶交通肇事逃逸等违纪违法行为，没有事实依据，纯属子虚乌有。"

王嗨拿到调查结论后，如获至宝。

这样，他便双喜临门。一喜是从正处级荣升为省监察厅副厅长，二喜是平原刑警再也无法撼动他这棵大树，他已经有了"尚方宝剑"和保护伞。

原来，中纪委调查组来黄河省之前，王嗨和他的"伯乐"狐力书记，早已做足了功课，调查组下来调查，只不过是走走过场而已，根本就不想认真查、仔细查，纯粹做做样子而已。

在章太局长和江岳大队长提审蔡塘，并将其转押至西川看守所后，蔡塘的情妇去看他时，被告知已转至西川看守所羁押。

当时，神通广大的王嗨深感压力巨大，得知消息后，迅速找到时任黄河省公安厅党委委员、纪委书记牛大，请他出面了难。

身为纪委书记的牛大，假公济私，赤膊上阵，亲自前往西川提审蔡塘，审问其向章太局长交代了什么问题。他得知，蔡塘为了立功赎罪，已经交代了王嗨酒后驾驶交通肇事逃逸"顶包"刑事案件等违法犯罪事实，木已成舟。

见状，牛书记铁青着脸，威胁道："你再敢胡说八道，小心你的狗命。我让牢头狱霸整死你，不信你试试看？"

蔡塘被吓得脸色苍白，丈二和尚摸不着头脑，瑟瑟发抖地说："这……这……这如何……是好啊……"

他已结结巴巴说不出话来。

"我是章太的上司，一切听我的。你马上翻供，说向章太检举交代的问题，全都是假的，是他们刑讯逼供逼出来的……"

当中纪委调查组前来黄河省调查时，查到的事实，便是所有当事人全部翻供的事实。因此才有了"纯属子虚乌有"的结论。

王嗨的"伯乐"狐力书记，位高权重，官居黄河省委副书记，一言九鼎。临近退休，他便把他的心腹马仔和死党，全部提拔，安插到政法系统。

这样，王嗨才离开监察厅副厅长的位置，升迁至黄河省委政法委副书记的重要岗位，再到黄河省司法厅厅长，霸占黄河省政法系统长达十五年之久。他欺上瞒下，无恶不作，缺德事、害人事，数不胜数，罄竹难书，真是死有余辜。

张功奸淫幼女，两度被判死刑，发回重审，两度改判，死里逃生，漂白身份，再度入狱。狱中所谓表现积极，都是提"钱"表现积极，提"钱"立功，提"钱"减刑，最后提"钱"释放，都是钱起着决定性作用，简直是有钱能使鬼推磨。

朝看水东流，暮看日西坠。世事无常，苍天有眼。

王嗨沾沾自喜，自认为已经平安着陆，再无后顾之忧，可以安享晚年了。谁知人算不如天算，机关算尽太聪明，反误了卿卿性命。

一审开庭后，王嗨自知罪孽深重。已是肝癌晚期的他，结果暴毙狱中。真是死有余辜，遗臭万年。

二〇一八年初春，声势浩大、轰轰烈烈的扫黑除恶专项斗争在全国展开。章太局长临危受命，重新入主平原市公安局。至此，徇私枉法、作恶多端的王嗨之流，再也难逃恢恢法网，纷纷束手就擒，接受法律的审判。

二〇二一年七月十四日是个云开雾散的日子，黄河省纪委监委官网公布：

王嗨因严重违纪违法，被采取留置措施。

平原市公安局刑警们十九年艰难的举报路，终于画上了一个沉重的圆满的句号。

正义终于战胜了邪恶。

二〇二一年冬季的一天，黄河省公安厅公开征集陈氏四兄弟、王嗨和屈枝涉嫌黑社会性质组织犯罪线索，并公开了举报电话，广泛发动人民群众，检举揭发其涉黑犯罪事实。

尾声

二〇二三年季夏，黄河省西阳市中级人民法院公开开庭审理平原市陈氏四兄弟涉嫌黑社会性质组织犯罪案，四十二名犯罪团伙成员被押上神圣的法庭，接受法律的审判。

该犯罪团伙共涉二十四种罪名，即组织、领导、参加黑社会性质组织罪，盗掘古墓葬罪，倒卖文物罪，组织卖淫罪，协助组织卖淫罪，非法拘禁罪，诬告陷害罪，强迫交易罪，诈骗罪，赌博罪，妨害公务罪，寻衅滋事罪，非法采矿罪，职务侵占罪，非法占用农用地罪，窝藏罪，妨害作证罪，掩饰、隐瞒犯罪所得罪，洗钱罪，伪造居民身份证件罪，故意伤害罪，贩卖毒品罪，重大责任事故罪，敲诈勒索罪。

陈家老二陈无间犯领导黑社会性质组织罪、盗掘古墓葬罪、倒卖文物罪、组织卖淫罪、非法拘禁罪、诬告陷害罪、诈骗罪、开设赌场罪、妨害公务罪、寻衅滋事罪、非法采矿罪、盗窃罪、非法占用农用地罪、妨害作证罪、洗钱罪、伪造身份证罪共计十六种罪，合并有期徒刑八十四年五个月，决定执行有期徒刑二十五年，并处罚金人民币五百一十三万元，没收个人全部财产，剥夺政治权利四年。陈无间当庭认罪认罚，不上诉。

陈家老四陈二道犯黑社会性质组织罪、倒卖文物罪、组织卖淫罪、妨害作证罪、洗钱罪、非法采矿罪、重大责任事故罪共计七种罪，合并有期徒刑四十五年两个月，决定执行有期徒刑二十三年，并处罚金三百万元，没收个人全部财产，剥夺政治权利三年。

其他四十名团伙成员，分别被判五到二十年不等的有期徒刑。

陈家老大陈通吃和老三陈无道，在陈无间的精心策划下，漂白身份，数典忘祖，潜逃东瀛。国际刑警组织中国中心局已商请国际刑警局，发出红色通缉令。

平原市公安局刑侦支队四大队原大队长屈枝和黄河省司法厅原厅长王嗨分别被判处二十年有期徒刑和无期徒刑，等待他们的将是漫长的牢狱生涯。

王嗨在黄河省的保护伞、省委原副书记、他升迁的"伯乐"——狐力，已于二〇二一年清明前夕被吓死了，结束了他罪恶的一生。

王嗨的另一个保护伞江花水，于二〇一七年八月被留置。二〇一九年五月二十七日因受贿罪，被依法判处有期徒刑十二年。他当庭认罪认罚，不上诉。

陈氏四兄弟黑社会性质犯罪团伙的彻底覆灭，留下诸多的反思，教训极为深刻。这些反思和教训是极为悲伤的、沉痛的。

正义虽然会迟到，但是永远不会缺席。

一代又一代的中国刑警，必将前仆后继，继往开来，秉公执法，惩恶扬善，高悬法律利剑，高扬法律大旗，将一切违法犯罪分子、腐败分子送上正义的审判台，接受法律和历史的审判，让他们永远钉在历史的耻辱柱上。